ARTEMIS

Volume 8

Narrativa

Nicola Tenani

CHITRASHALABHAM

LA METAMORFOSI DI SABINE

Editing e impaginazione: R. D. Hastur

Copertina: Davide Romanini

ISBN: 978-88-6817-064-6

Pubblicato da **Eclypsed Word**

Marchio di **Kreattiva Edizioni**
Via Primo Maggio, 416, 41019, Soliera (MO)
Tel. +39 3316113991 +39 3392494874
Cod. Fisc. 90038540366
Partita IVA 03653290365

Introduzione

È sempre curioso vedere come nelle varie lingue cambino le semantiche delle parole: la farfalla in spagnolo diviene mariposa, mai riposa, la falena in malayali, la lingua parlata in Kerala, stato di cultura dravida del sud indiano, non ha un termine per definirla con una sola parola, ma si utilizza la terminologia composta 'chitrashalabham', magnifica farfalla.

Quindi la protagonista del romanzo, Sabine, una ragazza tedesca laureata in lingue in attesa di trovare la sua via nel Mondo, la definiremo e la vedremo crescere come chitrashalabham, una inconsapevole falena, perché quasi nell'oscurità del suo io ancora in definizione, trova la luce attraverso la metamorfosi, il cambiamento, il coraggio di cambiare.

Per cambiare ci vuole coraggio: mutare le proprie attitudini ha lo stesso valore di un viaggio avventuroso all'interno del se profondo e nel caso di Sabine sarà un cammino doppio, nella sua interiorità, scoprendo un'alternativa alla sua vita di ragazza tedesca appartenente alla media borghesia convenzionale, e nel Kerala dove accetterà un'offerta come insegnante di lingua inglese parlata all'interno di un college keralita, malayali, per rimanere nella terminologia locale.

Viaggiare è sempre il momento ideale per mettersi in discussione, per capire meglio il Mondo, i meccanismi diversi, l'adattamento al proprio territorio, l'amore per esso.

In India questo valore è elevato all'ennesima potenza: il sub continente più popoloso del Mondo è un tragitto profondo nella storia stessa dell'uomo, pronta in ogni momento a porre chiunque di fronte al concetto di trascendente, costringendo ad accettare, senza voler cambiare, ciò che sul cammino peregrinante, potrebbe apparire come un ostacolo, offrendosi invece come opportunità d'apertura, di comprensione, di realizzazione su altre convinzioni.

Questo sarà per Sabine il primo anno in quel Paese in cui il verde della natura e il rosso delle passioni, delle vicende umane e del karma alle volte apparentemente crudele, costringe gli individui a una continua ridefinizione di loro stessi.

Ma Sabine sarà sedotta da quel verde che implode nello sguardo, i colori dei sari delle donne, i lunghi capelli ornati dai gelsomini, il profumo di fiori e frutti sulle strade, l'odore dell'incenso nei templi ma anche lo stridulo canto dei corvi al mattino, i clacson impazziti delle automobili e delle motociclette.

Anche quando tra la ragazza e una collega locale nasce una tenerezza trattenuta sul filo della complicità emotiva, Sabine si accorge che nella sua nuova identità la seduzione è mutata, ora è analogia più che contatto, la sottile energia tantrica che si traduce in piccole esperienze sospese sui silenzi tra donne che si attraggono per la loro antipodale indole femminile, culturale e fisica.

In India Sabine scoprirà che i toni centrali non esistono: tutto è bianco e nero e ciò che è a volte appare bianco, improvvisamente mostra il suo lato oscuro senza vie di mezzo.

Vita e morte, notte e giorno, luce e oscurità, Lune e Sole sono sempre la faccia speculare della propria antitesi.

In questi contrasti Sabine imparerà ad accettare e ad accettarsi, capire come il suo nuovo sé stia uscendo dal bozzolo tendendo le sue ali damascate come un tessuto di seta indiano, per portarla in volo verso il proprio futuro, senza nessuna certezza se non quella di volere sempre e comunque esistere.

Ogni crepuscolo è doppio, aurora e sera.

Questa formidabile crisalide

che si chiama universo

rabbrividisce eternamente nel sentire,

allo stesso tempo,

il bruco agonizzare

e la farfalla ridestarsi.

Victor Hugo

Praveen

Sabine era assorta davanti allo schermo del suo notebook, chiusa nella sua camera: guardava e riguardava quella mail arrivata da lontanissimo, da una città che individuò tramite motore di ricerca, nel sud indiano: Ernakulam[1].

Non aveva mai sentito parlare di Ernakulam, le suonava strano quel nome esotico, speziato nell'essenza; anche la stessa localizzazione di questa città, il Kerala, uno stato che localizzò nel sud indiano.

Comunque le piaceva il nome, suonava esotico, per nulla familiare.

A parte un viaggio assieme ai suoi genitori, nel periodo della sua adolescenza qualche anno prima, non era mai uscita dalla sua Europa, dalla Germania in cui era nata e cresciuta.

Fu il suo primo vero viaggio: aveva quindici anni e, al seguito dei suoi genitori, si recò sul Mar Rosso per un periodo di vacanza balneare, mare trasparente, albergo concepito per appagare le esigenze di turisti occidentali, buffet pantagruelici e poche esigenze culturali o coinvolgimenti intellettuali per tutta la durata della vacanza.

Il posto ricordava si chiamava Hurgada, e lì trascorse sette giorni in Egitto, meta economica, per molti europei la prima porta d'uscita verso il mondo al di fuori del vecchio Continente.

La affascinò molto quell'accozzaglia rumorosa di suoni, canti islamici dai minareti, quasi sempre amplificando nastri pre-registrati con altoparlanti vecchi e stonati, profumi di spezie di cui non identificava le singole essenze, colori nivei di calce polverosa appena stesa delle case e tonalità d'azzurro del mare in contrasto con l'ocra rossastro uniforme del deserto alle spalle del villaggio.

---

[1] Ernakulam è un importante distretto del Kerala centrale, un agglomerato di villaggi più o meno piccoli tra cui spicca per importanza Kochi (o Cochin) e la relativa parte costiera Fort Kochi, meta turistica importante, nel sud indiano.

Una vacanza e nulla più, divertente, interessante ma mai, sin da allora, l'esotismo itinerante aveva condizionato le sue scelte di viaggio o di vita.

Non che non le interessassero altre culture: semplicemente trascorse la sua adolescenza sui libri che la portarono a un'ottima laurea a pieni voti in lingue, inglese come prima scelta, ma anche spagnolo e francese. Europa anche nelle scelte didattiche, il mondo non la interessava, la sua bolla felice era la sua città, il viaggio non la attraeva affatto.

Tutto ciò era ampiamente ampliato dal suo senso di insofferenza alle attese: attese negli aeroporti, nelle lunghe code dei check-in, nelle ampie sale anonime degli imbarchi, le ore spese durante i voli, per i quali s'immaginava sospesa tra nuvole e fusi orari.

La sua ambizione reale era di divenire negli anni traduttrice, interprete, o trovare una professione simile, spostandosi tra Spagna, Italia, Scandinavia, Inghilterra, magari di supporto a manager che richiedevano le sue traduzioni, anche scritte, a compagnie che richiedevano la sua propensione a imparare velocemente una lingua.

Sognava Strasburgo, Bruxelles: in definitiva le sue aspettative si limitavano all'Europa dell'Unione e del relativo sviluppo sociale e politico.

Invece arrivò quella mail che catturava la sua attenzione, firmata da Sri[2] Praveen Kumar, direttore di un college proprio in quel distretto del Kerala centrale.

Kerala: nel mondo esiste uno stato indiano che si chiama Kerala. Così rimuginò quella parola dentro di lei. Sabine che mai aveva lontanamente immaginato l'India come attrazione, tantomeno il Kerala.

---

[2] In tutta l'India 'sri' (o shree, shri) è un titolo che, dato agli uomini (shrimati per le donne) ha lo stesso valore del nostro *'signore'*, del *mister* inglese o del *san* giapponese, un'onorificenza che nasce nei testi sacri dove con shree ci si rivolge alle divinità nel pieno rispetto di esse.

Conosceva Delhi, Gandhi, il Taj Mahal: aveva riso guardando quelli che definiva buffi, ma colorati, spensierati film Bollywood trasmessi alle volte da alcuni canali della televisione tedesca in seconda serata. Aveva anche più volte cenato assieme ad alcuni compagni d'università in un ristorante indiano della sua città, Berlino. Durante la cena le erano persino piaciute quelle piramidi fritte ed unte che si chiamavano samosa, il fritto pakora, il lassi di rose, fresco e delicato, ma questo, e poco altro, erano i suoi unici riferimenti con l'India.

Invece no, ricordò: andò anche al cinema una volta con il suo ex-ragazzo per vedere un film ambientato a Mumbai, pellicola che divenne molto famosa anche nel mondo occidentale, la quale si chiamava "The Millionaire"[3], film prodotto nel Regno Unito ma ambientato in India: una struggente e surreale storia di margine e di riscatto sociale.

Si lasciò conquistare dalle vicende surreali del giovane, legato da un filo invisibile e perverso ad un destino sospeso tra la gloria di una vincita che gli avrebbe mutato l'esistenza ed una vita nella quel karma e dolore s'intrecciavano come cobra durante l'amplesso.

Veleno e passione: allegoria di morte ed erotismo, così come la vita, a volte, si presenta con un inchino ed un pugno sui denti.

Le era piaciuto, non lo negava, ma quelli erano la totalità dei suoi confini culturali riguardanti l'universo, lo ammetteva, antico e immenso d'India e nessuno di quelli non aveva nulla a che fare con questo Kerala, ancor meno con la città di Ernakulam, Kochi, nomi che si presentavano davanti ai suoi occhi solo ora tra le righe di una mail spedita da un ufficio dai muri macchiati e dal polveroso ventilatore sul soffitto che ne ritmava i suoi rumorosi cicli.

---

[3] "The Millionaire" è un famoso film del 2008 diretto congiuntamente dal regista inglese Danny Boyle e dalla regista indiana Lovellen Tandan e narra le surreali vicende di un ragazzo degli slums (le baracche) di Mumbai, che riesce a vincere il programma "Chi vuole essere milionario" cercando le risposte nella sua

Sri Praveen Kumar aveva ricevuto dalla sua facoltà di riferimento una serie di nomi da contattare: il college che dirigeva era di buon spessore e necessitava di traduttori europei e collaboratori in grado di colloquiare con i ragazzi aiutandoli a perdere il tremendo accento indiano durante le conversazioni in inglese. In quella mail si rivelava uno scambio professionale post-laurea, da lei non cercato, ma ora ipotesi. Lo stipendio non era granché, ma le offriva la possibilità di arricchire il suo curriculum, incrementare la sua competenza in ambito linguistico internazionale; poteva essere un piccolo trampolino verso le sue reali ambizioni.

Ora, e solo quello, il problema principale era la follia di trasferirsi sola, in una terra che non conosceva, all'età di ventisette anni, a dodicimila chilometri di distanza, forse anche di più, in un paese tropicale nel quale l'umidità dell'aria appiccica i vestiti sulla pelle come francobolli colorati, in una cultura profondamente diversa dall'Asia da lei conosciuta, per alcuni aspetti relativi simile alla sua esperienza di vita speculare, pensando alla Cina, Hong Kong, Corea del Sud, Malesia, Thailandia.

L'India per Sabine apparteneva a quella sfera invece completamente legata a retoriche e pregiudizi occidentali, i luoghi comuni d'attrazione delle filosofie religiose locali, lo yoga, un paese per troppi aspetti più adatto al background adolescenziale 'hippy' dei suoi genitori che a lei, cresciuta culturalmente nel terzo millennio del digitale, delle nuove tecnologie, della mondializzazione che vedeva il suo Occidente come alfiere del progresso in ogni ambito. A torto, ma lo capì nel tempo...

Dovrò vaccinarmi? Dovrò imparare la loro lingua? Saranno accoglienti?

triste infanzia. Dovrà convincere la produzione e la polizia che non è un truffatore. Candidato a diversi Oscar, dieci, ne vincerà ben otto.

La logica la riportava alla sua realtà consolidata: era follia pura e la razionalità di Sabine le impediva di pensare, anche solo minimamente, a un'opzione del genere. Chiuse il notebook, uscì per passeggiare nel suo quartiere, Pankow, un bel fermento post-comunista che si traduceva oggi in un ibrido tra arte nostalgica e nuove tendenze, immenso laboratorio sociale nella città in cui era nata, cresciuta, abituata a vivere una vita che le piaceva, consolidando amicizie, amori, svaghi.

Passeggiava tranquilla, lentamente: in quella bella giornata novembrina il vento tiepido le scompigliava i capelli, lunghi e stopposi per le troppe tinte. I merli e altri uccelli erano indaffarati alla ricerca di cibo per i pulcini nei nidi tardivi e li osservava nel loro audace spingersi saltellando tra tavolini all'esterno di bar alla ricerca di briciole, osando piccole rapine legalizzate sull'asfalto a pochi centimetri dalle scarpe di chi consumava il suo brunch in quell'ora centrale del mattino.

Non colazione, non ancora pranzo.

Era padrona del suo tempo e nulla la spingeva ad accelerare la camminata nel suo immergersi e fuoriuscire fluttuante dalla folla nevrotica, concedendosi piccoli shopping spendendo parte dei pochi soldi che aveva in borsetta. Incrociò gente che passeggiava nervosa verso e dal lavoro, il pigro transumanesimo da parte di ragazzi nel pieno del loro tempo di studio con il computer acceso sopra un tavolino di qualche bar di passaggio, approfittando del basso costo di birre e bibite, del wifi gratuito per connettersi, discutendo tra loro delle rispettive tesi o ricerche accademiche, di lezioni frequentate al seguito di professori idolatrati come guru (parola che ricorre spesso in India, notò compiacendosi e sorridendo beffarda ...), corsi all'estero, sensazioni da lei già vissute che le mettevano un pizzico di nostalgia nel ricordo dei suoi anni trascorsi all'università e un po' d'invidia.

Rimpianto e incertezza per il suo futuro passeggiavano accanto a lei come aleatori fantasmi invisibili, usciti dalla letteratura della sua infanzia. Usciti enfaticamente dal "Canto di Natale", i tre spettri, del passato, del presente e del futuro la tormentavano in quel momento martoriandole la cute con spilli sottili, pensieri acuminati ed effimeri come un refolo del vento che in quell'istante le scompigliava i capelli, e la rendeva ancora più bella ma triste, incerta.

Era per lei terminato da tempo lo studio accademico, per lei fu forse il più frizzante e felice della sua giovane vita, anni in cui si sentiva libera nel gestire una vita ovattata, protetta, vivendo ogni giorno alla spavalda conquista dell'età adulta fuggendo dall'adolescenza con piroette da ballerina immatura, senza fretta ma con decisione.

Sul corso principale richiamò la sua attenzione un bazar, probabilmente asiatico: entrò iniziando uno stupito e interessato curiosare tra stoffe lucide di tessuti acrilici, vestiti confezionati in laboratori dalla paga al limite della sopravvivenza, bigiotteria di basso costo, incensi, borsette colorate.

L'atmosfera le confermò essere un negozio dall'atmosfera e dalle manifatture indiane: non aveva dubbi, anche la musica in diffusione, ricca di volteggi e svolazzi di violini e sitar, aveva le sonorità che le ricordavano l'India e gli stereotipi a essa legata.

Un negozio che già aveva attirato la sua attenzione in passato, nel quale non era però mai entrata; l'occasione le si presentò ora per tutto ciò che frullava nella sua testa. Ogni cosa, oggetto, tessuto, profumo, aveva la fragranza e i colori della lontana, lontanissima nei suoi standard di vita, India, ma l'attraeva e non se lo negava, ora era attrazione dalla quale non si sottraeva come nel recente passato, le piaceva subire quel dolce richiamo mai provato.

La magia di quelle statuine di divinità dalle molte braccia, da quell'elefante con sei braccia ed il corpo adolescente, la gradevole miscela di profumi dolciastri e floreali ed incensi al sandalo, al gelsomino, oleosi e viscosi come un abbraccio interessato, ammaliante.

Osservava l'espositore degli orecchini e degli anelli, di semplice argento o povero metallo, voluti con le forme arcaiche del paese in cui erano manufatti: elefantini, divinità che non conosceva, forme geometriche floreali o libere, arabescate, vistosi o semplici eppur, per assurdo, sempre complessi.

Lo scaffale delle statue, dal costo immaginava Sabine essere di pietra semplice o gesso ben camuffato per apparire marmo, basalto oppure giada, esponeva alla vendita divinità ancora diverse, femminili e su grandi fiori di loto, con una sorta di chitarra gentilmente penzolante tra le mani, chitarra di cui non sapeva il nome, piccola nella cassa armonica ma lunga nel manico.

Oppure dee danzanti e dallo stesso numero multiplo di braccia: una di esse reggeva una lugubre testa di demone mozzata con isterica rabbia tra le mani, lo sguardo tremendo, la lingua esageratamente uscente da una bocca grottesca, malvagia. Tra esse il dio dalla testa di elefante, di quello ne ricordava il nome, Ganesha, le rimase impresso proprio per l'aspetto gentile e saggio ma con quella grossa testa di pachiderma; tra varie statuine di quel Dio, altre maschili molte delle quali con un flauto tra le dita o una bella luna tra i capelli, seduta in postura che riconosceva in stile yogico, deità classiche vendute a pochi euro al di sopra di uno scaffale ricoperto da un drappo di simil seta, probabilmente fallato ma utilizzato in quella contingenza.

Tra polvere e metallo stampato tra fucine di artigiani indiani il mondo degli spiriti indù mostravano espressioni, anche morfologiche, di caratteri dolci e tremendi, anche simultaneamente.

Divinità indù: cosa cela quella lontana trascendenza si chiedeva Sabine, così antica, forse anche profonda ma così esoticamente ai suoi antipodi di convenzioni religiose popolane e tradizionali, assolutamente poco approfondite.

In quell'istante Krishna, Vishnu o Parvati avrebbero avuto lo stesso valore di un Cristo crocifisso, di una Pietà Mariana: semplici oggetti da porre sulla mensola più alta di un soggiorno, eppure dietro quelle immagini, quelle statuine riprodotte a milioni, si celava la cultura di un popolo, le credenze e il folclore di milioni di persone.

Statue offerte a basso costo: pochi spiccioli per divenire regali esotici donando un pizzico etnico a casa oltremodo anonime ed impersonali; ne conosceva più d'una. Al fianco di una scultura africana, diversi conoscenti ponevano su mensole o librerie un anonimo Buddha, un elefante in pseudo avorio gessoso. Sulle pareti, o come copertura di divani, un arazzo celtico, così in voga negli ultimi anni, perdeva tutta la sua deriva culturale relegato ad accessorio d'arredo, pot-pourri culturali che nascevano e morivano nella semplice vetrina di negozi dai design a basso costo. A Sabine così non piaceva, preferiva penetrare nel significato degli oggetti, dare loro il valore intrinseco e intellettuale, approfondire: non essendo votata all'esotismo, differentemente da molti conoscenti, preferiva evitare acquisti senza logica.

Non amava la globalizzazione dell'estetica fine a se stessa.

In quel momento si abbandonava al piacere sottile della scoperta tattile, le piaceva curiosare, palpare gli oggetti, cercare qualcosa che la ispirasse, tastare la seta ed il cotone delle pashmine e dei vestiti, sentirle frusciare tra le dita, inebriata dall'incenso diffuso nel negozio tramite diversi bastoncini in ogni angolo, infilati su porta incensi di legno o pietra, articoli in vendita tra tanti altri.

Priyamani

Una commessa le si avvicinò quasi invisibile nella presenza per capire se avesse avuto bisogno di consigli; Sabine si girò, la guardò ammirandone la bella pelle ambrata e le chiese sorprendendola per l'immediatezza nel porgerle una raffica di domande in sequenza:

"Sei indiana? Conosci il Kerala? Conosci Ernakulam, Kochi, Sri Praveen Kumar?".

La ragazza rise ma le rispose prontamente:

"Sì sono indiana; no, non sono del Kerala ma di Hyderabad[4] che è un po' lontana dal Kerala; no, non conosco Ernakulam, Kochi, tantomeno Sri Praveen Kumar!".

Assieme risero ma la ragazza indiana volle capire dove Sabine intendesse arrivare con quelle sue domande troppo dirette e bisognose di soddisfare una curiosità che ora non capiva.

"Poche ore fa mi è arrivata da questa città del Kerala l'offerta per una collaborazione in un college, Sri Praveen Kumar ne è direttore, ma di cosa sia il Kerala non so quasi nulla, ne ho visto alcune immagini sul web in trovate sul motore di ricerca, solo questo".

La ragazza indiana, si chiamava Priyamani, le spiegò che il suo stato era del sud, come il Kerala, ma geograficamente dalla parte opposta, in direzione e lambito dalle acque torbide del Golfo del Bengala, a est, mentre lei, al contrario, era stata convocata sulle coste occidentali del Mare d'Arabia.

Le confermò però che il Kerala, per l'opinione indiana diffusa, era uno degli stati più affascinanti, ricco di foreste e di tradizioni, corsi d'acqua e montagne, molto incline all'educazione, abbastanza

---

[4]Hyderabad è la capitale di due stati: Andhra Pradesh e Telangana. Essendo il Telangana da poco costituito come nuovo stato (anagraficamente dal due giugno 2014), per un periodo di dieci anni vedrà ancora Hyderabad come capitale che sarà poi, nel 2024, unicamente città dell'Andhra Pradesh. Con oltre

tradizionalista per la media del centro-nord indiano che, al contrario, si sentiva invece coinvolto nel vortice turbinoso di una fase di modernizzazione, civettando l'occidente, soprattutto tra le nuove generazioni.

Notizie comunque filtrate attraverso le comunicazioni via Skype con le cugine sul posto: Priyamani viveva a Berlino da dieci anni, lasciò l'India che era ragazzina, ma sul suo Paese si teneva quasi quotidianamente informata e delle sue origini era orgogliosa.

"Quindi dovrò imparare l'hindi per comunicare?", chiese Sabine. "No!", apostrofò Priyamani, "Semmai il malayalam, in Kerala si parla malayalam, così come nel mio stato, l'Andhra Pradesh, si parla il telogu, in Tamil Nadu il tamil, in West Bengal il bengali, in Gujarat il gujarati, in Karnataka il kannada e così via: in India abbiamo una trentina di lingue ufficiali riconosciute".

"Andiamo bene...", pensò la ragazza tedesca.

"Comunque sto osservando quel ciondolo con quella specie di B molto arzigogolata e mi piace, credo lo acquisterò".

"E' un om", le spiegò la ragazza indiana, "Il mantra cosmico, la sillaba che si ritiene perfetta, la vibrazione della creazione dell'Universo, così dicono i nostri testi sacri. Ma non sai proprio nulla della mia cultura? Perchè tutte queste domande?".

"Lascia perdere", replicò Sabine, "Lascia perdere, è una storia lunga. Il ciondolo mi piace e lo prendo, poi leggerò il significato, grazie di tutto, mi hai incasinato ancora di più ma mi attira il tuo mondo, ora un pochino di più".

tre milioni e mezzo di abitanti, Hyderabad è la settima città dell'India, una vera metropoli di confine tra il nord e il sud.

"Namaskar ji!", le disse Priyamani ridendo dell'espressione incuriosita di Sabine che la osservò stupita. "Namaskar ji: è un saluto e vuol dire, mi inchino a te cara. Ji significa cara, in senso affettivo".

"Ok! Namaskar… ti chiami?"

"Mi chiamo Priyamani, un nome del sud, come tanti altri. Arrivederci e rifletti sul tuo ciondolo, l'om è potente se lo sai recitare bene!".

Sabine uscì dal negozio dopo avere saldato il costo del suo pendaglio acquistato assieme a una sottile catenina d'argento, pochi euro, non troppi. Sapeva che la bigiotteria indiana o pakistana era a buon mercato anche se finora non aveva mai acquistato nulla di etnico, non seguiva le mode del momento, solo ciò che le piaceva in genere.

Rifece il percorso al contrario per tornare a casa: ora era davvero curiosa di approfondire alcune cose, si fermò in un chioschetto che conosceva bene per mangiarsi un panino con salame accompagnato da un boccale di birra bionda, fredda e leggera, amarognola nel suo retrogusto di luppolo sincero.

Giunta a casa si chiuse in camera, dopo avere frettolosamente salutato la madre, con l'ennesima birra, ora in bottiglia, bevendola direttamente dal collo, accompagnandola con patatine untissime in sacchetto. Si tolse le scarpe e le calze di cotone e, scalza, si sedette sul letto con il laptop di fronte a lei.

Praveen

Iniziò a cercare di nuovo il Kerala, il distretto di Ernakulam, la città di Kochi dalla quale proveniva l'invito, il significato dell'om, la lingua malayalam, tutto ciò che per la prima volta oggi aveva udito o letto.

Come un verme celato nella polpa di una mela, quegli argomenti le rodevano la curiosità calamitando la sua attenzione sui siti cliccati, le belle immagini che scorrevano all'interno di siti di fotografi amatoriali, i colori di quel caleidoscopio tropicale così attraente per quanto lontano, quasi irraggiungibile.

Vide le prime immagini del Kerala scorrendo la pagina fotografica del motore di ricerca: le foreste, le città caotiche, i fiumi in piena, gli animali, i fiori, le donne con i sari di seta o di semplice cotone, i pescatori, la vicenda folle dei due militari italiani accusati di avere ucciso due pescatori locali, una notizia che sconvolse non solo l'Italia ma che era così nebulosa sui due fronti legali, riguardo alla quale nessuno, in verità, riusciva a farsi un'opinione precisa tra torti, incomprensioni, dispetti reciproci.

Vide immagini di Kochi, tra danzatrici agghindate come piccole dee dallo sguardo timido e dagli occhi maliziosi e case molto belle dai tetti a pagoda di legno, mercati caotici, vacche placidamente sdraiate in strada, buffi cantanti con i baffoni e gioiellerie composte di tre, quattro piani le quali esponevano immense vetrine di vestiti e gioielli per matrimoni e circostanze festive, eleganti, tradizionali.

Un agglomerato che in quel distretto, Ernakulam, senza soluzione di continuità urbana, diveniva Kochi e Fort Kochi e questi nomi li aveva già uditi ascoltando di riflesso le chiacchiere tra sua madre ed una zia anni prima, zia che proprio nel sud indiano si recò per un viaggio.

Aprì la sua casella di posta e rilesse la mail di Sri Praveen Kumar, si soffermò sulle parole scritte in un inglese formale e corretto, cliccò il tasto rispondi ...

In realtà non sapeva cosa rispondere esattamente ma era ora attratta da quella proposta: non si perse d'animo e, alla fine, digitò senza esitazioni:

'Gentile Sri Praveen Kumar,

la ringrazio dell'offerta e della sua mail; in realtà non ho ben capito quale sarebbe il mio ruolo specifico, cosa dovrei fare e come accettarlo. Premetto che sino a oggi il suo Paese mi era completamente estraneo, il Kerala non l'avevo mai sentito nominare, ma cercandone immagini sul web ammetto che m'incuriosisce. Le chiedo quindi spiegazioni e chiarimenti riguardanti visti, compensi, alloggi in cui vivere, assistenza sul posto.

Namaskar ji!'

Inviò ... attese ...

Nel frattempo erano sopraggiunte le otto di sera, calcolando il fuso orario, l'India era abbondantemente oltre la mezzanotte quindi non si aspettò per quel giorno nulla d'altro, nessuna risposta, eppure la sua casella di posta elettronica, dopo una decina di minuti, la avvisò che un nuovo messaggio attendeva di essere letto.

Aprì la mail, inaspettatamente di Praveen Kumar, il quale, in maniera molto sbrigativa le chiedeva il contatto Skype, nel caso la ragazza l'avesse avuto; quello del professore keralita era Praveen1949. Sabine usò in precedenza quel programma di videochiamate tramite connessione internet durante un lungo Erasmus a Oslo, mantenendo in quel modo i contatti con i genitori e gli amici in Germania, aprì il programma, inviò una richiesta d'amicizia al nickname che le era stato fornito e dopo una dozzina di minuti una chiamata era diretta proprio a lei.

Una chiamata dal Kerala.

Accettò e salutò con il solito 'namaskar ji!' appreso solamente poche ore prima.

Il direttore del college, dall'altra parte del web rise e, quasi senza ricambiare il saluto, le chiese direttamente se sapeva che ji era usato in maniera molto confidenziale, di certo non con estranei. Sabine rise a sua volta spiegando al signor Praveen che aveva imparato il saluto quasi per caso in quella giornata, che non sapeva sino a poche ore prima dove fosse il Kerala, che esistesse una lingua chiamata malayalam, che lei avrebbe potuto trasferirsi in un posto così lontano anche culturalmente per un progetto post-laurea.

"Iniziamo dal principio", le disse Sri Kumar in un ottimo inglese con chiaro accento indiano. "Il suo nominativo, come altri del resto, ci è stato fornito da un istituto per l'avvicinamento delle culture indiana e tedesca, uno dei tanti progetti universitari internazionali per congiungere popoli e studenti. Di certo il mio college non potrebbe permettersi il lusso di una collaborazione con una ragazza europea, il compenso sarà bonificato da parte di un'organizzazione para-governativa, per quanto, rapportato al tenore di vita europeo, non sarà di certo lussuoso, ma è un'opportunità. Il suo compito, signorina, sarà quello di aiutare lo staff in traduzioni, conversare in inglese con i ragazzi e le ragazze del college, correggendo la pronuncia degli studenti che, se ne accorgerà, è quello che voi definite... 'buffa'".

Praveen tacque a lungo concedendo alla ragazza il tempo di metabolizzare quel primo approccio, dopodiché proseguì la sua spiegazione, ora con voce più distesa, ciò denotava un imbarazzo non unilaterale per la contingenza.

"Per loro sarà un'opportunità di migliorarsi, per lei di vivere un'esperienza che le darà in futuro una buona caratura internazionale. Avrà vitto e alloggio e il suo compenso, sarà all'incirca di duecento euro, dipenderà in parte dal cambio tra le nostre monete. Consideri miss che io ne guadagno, in quanto direttore del college, poco più di trecento, capirà che ci si viene incontro ma senza creare disuguaglianze sociali. Le posso lasciare qualche giorno per pensare e darmi una risposta definitiva, ma dovrebbe arrivare qui almeno in maggio, un mese prima dell'apertura dell'anno scolastico, per acclimatarsi ed entrare nel suo ruolo supportata dal mio collegio docente".

Sabine ascoltò tutto: Praveen Kumar andò diretto al punto, forte del fatto che avrebbe avuto molte possibilità di trovare un ragazzo o una ragazza, a lei alternativi, disposti a sperimentare quell'esperienza; Sabine di tutto ciò ne era consapevole.

"Cosa dovrei fare Sri Praveen Kumar? Intendo per il visto, le vaccinazioni, i vestiti: insomma in questo momento non mi rendo conto di nulla!".

Il professore replicò:

"Innanzitutto Sri è un titolo molto formale, mi chiami solamente Praveen", disse ridacchiando e sempre ridendo continuò: "Per ciò che riguarda le vaccinazioni sarà sua premura una profilassi contro la malaria, il tifo, ebola, l'aviaria, la febbre dengue, la febbre gialla, non dimentichi l'antidoto per i cobra, i farmaci contro dissenteria e vomito, antibiotici e mascherine per il viso!".

Sabine ridacchiò con il professore che mantenne il filo del discorso tramite il web.

"Ovviamente scherzavo! Piuttosto si organizzi per il visto, le forniremo tutta la documentazione per recarsi alla nostra ambasciata, presente nella sua città, e richiedere il visto di lavoro. Lei, nel frattempo, provveda sin da ora nel ricercare un volo economico con arrivo all'aeroporto internazionale di Kochi, quello non possiamo fornirlo, è a carico suo, mi dispiace seriamente ma è un onere un po' gravoso, ma, se s'affretta, non sarà un salasso, mi creda. Del resto gestiremo tutto assieme, cerchi di essere qui nel periodo che le ho consigliato, il monsone non sarà ancora iniziato, si godrà un bel sole tropicale".

Sabine concluse augurando la buona notte al direttore del college, promettendo che al massimo in un paio di giorni, per rispetto, non di più, avrebbe assicurato una sua risposta positiva o negativa. Si salutarono, senza un ji finale questa volta ma con un sonoro namaskar reciproco, una parola che iniziava a piacerle anche se mr. Praveen le consigliò anche l'uso del namastè e quello Sabine lo conosceva. Namastè sì!

Non s'addormentò affatto: cercava notizie di quel paese, iniziò avidamente a leggere di tradizioni e cibi, ahimè estremamente piccanti lesse su molti forum di viaggiatori. Aprendo tramite browser un famoso canale video, si lasciò catturare da piccoli filmati che mostravano danze locali, i costumi delle danzatrici, i buffi gonnellini degli uomini e i sari multi cromatici delle donne.

Trovò anche un sito di una facoltà bavarese in cui si teneva un corso extra-laurea di malayalam e ne lesse le frasi standard colloquiali, i termini spiegati, le parole scritte nell'alfabeto originale e tradotto: incontrò i veri antipodi con la sua lingua, un po' si spaventò, ma molti viaggiatori garantivano che l'inglese, bene o male, soprattutto male, era comunque diffuso tra tutti gli strati della popolazione. Nelle nuove generazioni era fortunatamente, a modo loro, parlato quasi correttamente.

Decise: sarebbe andata in Kerala accettando l'anno di collaborazione, un modo per scrollarsi di dosso il freddo tedesco, lo status piccolo borghese di laureata, aprendo orizzonti e mente. Quello se lo augurava.

In ogni caso, come le disse il professore, una possibilità per arricchire il suo curriculum con il valore di un'esperienza accademica ed internazionale. In futuro sarebbe servita anche quell'esperienza per le sue mire che vedevano l'apparato politico dell'Unione europea come prospettiva professionale.

Sabine

La ragazza non aveva affatto sonno: in quelle poche ore aveva ricevuto troppi input e tutti necessitavano di tempi lunghi per essere metabolizzati, capiti.

Accese le casse del suo stereo e si sdraiò sopra il piumino scuro del suo letto ascoltando un disco di Sòley, una delicatissima folk-singer conosciuta tramite un amico che lavorava come fonico all'interno di una casa discografica indipendente con sede a Berlino, la Morr Music, specializzata in un genere che gli esperti definivano indietronic, un misto tra elettronica minimale, folk e post-rock.

Chris, l'amico, era davvero esperto nel genere, non solo per il lavoro ma per una sana propensione alla critica musicale che coltivava da anni, uno di quei ragazzi sempre sotto i palchi con una birra in una mano, una sigaretta nell'altra, mille compact disc, ovviamente originali, in casa, pronto a elargire consigli a tutti, per diversi anni anche recensore di musica all'interno dello staff di un'ottima webzine tedesca specializzata in musica alternativa.

L'album che Sabine ascoltava si chiamava "We Sink"; lo aveva consumato in quei tre anni trascorsi dalla sua uscita, struggente a tratti, allegro e malinconico in alcune tracce, come in quel momento in cui lasciò scorrere in loop la sua traccia preferita, "Blue Leaves", ripetuta all'infinito, riempiendo la stanza con la fragile voce della cantante, le malinconiche parole che scorrevano tra colori d'autunno pieno.

La flebile voce nordica intonava parole d'ocra e vermiglie, gialle e rigate da lacrime.

'Dopo la notte mi sono svegliata, la mia testa era ancora sul tavolo e il mio occhio partì, e siamo giunti con la barca'.

Quanto le piacevano quelle parole, surreali ma solo a tratti, intrise di una poesia che la cullava anche in quel momento in cui, distesa al buio sul suo letto a una piazza e mezzo, sotto il piumotto disegnato con gufi di ogni forma e colore, vagava sul filo del pianoforte della musicista islandese, sul filo della sua voce sottile come una lamina d'oro stropicciata da un capace artigiano intarsiatore.

Il brano finì e iniziò di nuovo, così per lungo tempo sino a quando Sabine decise di togliere dal lettore la funzione loop lasciando che tutte le tredici tracce scorressero libere, riempiendo l'aria di minimale tenerezza.

Guardò il suo cellulare, erano le undici passate da qualche minuto ma non aveva sonno, né voglia di leggere: ripensava continuamente al suo dialogo con Praveen Kumar, alle conseguenze della sua eventuale determinazione, alla modalità con la quale avrebbe comunicato alla famiglia la sua risoluzione futura e imminente, sebbene alla sua età le giustificazioni e i perché erano obsoleti, ma la situazione era sicuramente anomala.

Avrebbe accettato l'anno intero durante la collaborazione, ora ne era certa, non si sarebbe ritirata per non risultare immatura e poco professionale.

Un ritiro le avrebbe lasciato sulla pelle, tra le labbra, il sapore aspro del fallimento.

Quello era un aspetto, per quanto importante, comunque secondario: ora era di nuovo attratta dal web e riaccese il suo notebook. Sòley proseguiva nel cantare le sue ballate, il viso di Sabine era illuminato come uno spettro dalla retroilluminazione del computer.

Aprì immediatamente le pagine sul motore di ricerca e scoprì subito il sito, molto artigianale e di grafica vetusta, del college che l'avrebbe ospitata, nel quale avrebbe iniziato la sua prima, vera, collaborazione.

Tra le tante immagini che le offriva il sito del college ("ha anche un sito pensò, allora è un college serio..."), aprì le immagini dello staff ed eccolo, lui, Praveen Kumar, faccia seria, come del resto le facce di tutti, postura seriosissima, baffoni scuri e capelli brizzolati, un gonnellino bianco con dorature sui bordi[5] e braccia lasciate cadere sui fianchi come fossero senza gravità, donandogli una postura innaturale e impicciata.

L'immagine lo ritraeva in un'imbarazzata postura diritta, quasi infastidito per la fotografia forse non richiesta, ma di dovere, di fronte alla sua scrivania di legno decorato nella quale scorgeva rami d'albero e piccole tigri minuziosamente cesellate dalle sgorbie degli artigiani intarsiatori. Alle spalle coppe e trofei, sulla fronte un punto dai margini irregolari rosso e bianco, posato da dita tremolanti in assenza di specchio nel quale verificare la posizione, eppure centrale. Scoprì nel tempo, sul posto, chiamarsi tilaka, un segno religioso e protettivo.

Aveva l'aspetto di un vecchio zio più che di un direttore importante: nessuna giacca e cravatta, penne infilate nel taschino: al di sopra del gonnellino bianco panna e oro una semplice camicia bianca di lino dal collo in stile coreano, le mani congiunte sulla parte bassa della schiena, ancora la conferma di un piccolo imbarazzo posturale, appena al di sopra dei glutei.

Cercò anche altri membri dello staff e, tra professori, il medico del college, amministratori, trovò anche immagini di ragazze e ragazzi. Sabine non capì assolutamente se la scuola era di matrice

[5] Il gonnellino indossato dagli uomini, sebbene solamente in alcune zone, tra cui il Kerala, è ancora vestito abitualmente, si chiama dhoti o mundu oppure lungi, dipende dalla lunghezza e dalla scelta del tessuto, se monocromo oppure no. Il dhoti ha una lunghezza (diversamente dagli altri due capi che sono all'incirca la

hinduista o cattolica: avrebbe rimandato la soluzione di questo curioso enigma nel momento in cui sarebbe stata presente sul luogo.

Aprì le altre sezioni del sito, attratta soprattutto da quella che mostrava i ragazzi meritevoli, coloro che durante l'anno precedente avevano ricevuto encomi speciali: ognuno di essi mostrava alla fotocamera, ostentando timidi sorrisi di circostanza, coppe, targhe, diplomi di merito. Accanto alle loro immagini le motivazioni degli encomi. Chi l'aveva ricevuto nella danza, chi nella matematica, nello studio del sanscrito, della storia: ragazzi come lei, ragazze come lei, di qualche anno più giovani ma già con l'espressione seriosa degli altri uomini e donne locali che aveva visto sul web.

Capì che il Kerala era uno Stato di persone serissime oppure di persone che non amavano essere fotografate.

Lesse i loro nomi, curiosa come mai lo era stata nel rapportarsi a una cultura così lontana dalla sua: alcuni ragazzi si chiamavano Sarath, Santosh, Binu, Sabin, Suraj, alcune ragazze invece Mereena, Malu, Sasikala, Shoba, Padmini, Gopika Mol; nomi così diversi da come li immaginava, però musicali e li ripeteva a fil di voce.

Sasikala, le piaceva su tutti: trovò su un dizionario di nomi online che significava luce della Luna, realmente poetico. La ragazza nell'immagine che rispondeva a quel nome era scura di pelle, come tante, come tutte, dalla nuca le scendevano diritti e lucidi neri capelli lunghissimi, lisci sulle spalle ma dai lati due ciocche erano legate assieme dietro la nuca, una vera principessa con fiori bianchi che le pendevano dalla coda, forse gelsomini. Nella congiunzione delle due ciocche scorgeva un fermaglio argentato, stilizzando una decorazione quasi liberty francese, un liberty esotico, rivisitato e delimitato dall'estetica locale.

---

metà) di quattro metri, nei colori tipici del Kerala (così vale per il sari delle donne), è bianco panna bordato d'oro.

Indossava quella che capì essere la divisa del college: il busto vestiva una lunga tunica verde chiaro, al di sotto della quale s'intravedevano pesanti pantaloni in tinta, verdi ma scuri, quasi smeraldini, una sciarpa bianca le avvolgeva il lungo collo.[6] Portava larghi occhiali d'osso che le donavano un aspetto serio, una vera nerd del sud indiano a giudicare da premi ed encomi ricevuti.

Anche lei sulla fronte aveva il punto rosso, ma di plastica e a forma di goccia con una piccola perla al centro. Imparò che si chiamava bindi e si poneva al centro degli occhi, leggermente più in su, posizione prevista per l'occhio invisibile, il terzo occhio che scruta l'invisibile, ma anche adottato come gioiellino, in quel caso, piccolo vezzo di donne e ragazze indiane. Mise quindi in ricerca bindi e scorse avida centinaia d'immagini: tondo e semplicemente rosso, oppure a forma di luna, di goccia, brillante come cristallo per essere gioiello. Ne vide di mille fogge e colori, pensò che lo avrebbe voluto anche lei una volta giunta sul posto.

Era davvero tardi ora: se prima gli input erano mille ora erano duemila, tremila, centomila. Spense il suo notebook e provò ad addormentarsi lasciando però lo stereo a volume bassissimo, che la voce di Sòley le porgesse la ninnananna, ora con la traccia "Pretty Face".

'Corro lontano da te, nel sogno smarrisco ciò che mi dicesti,

che non avrei potuto incontrare i miei amici di nuovo ...'.

E dormì ... almeno sino alle sette del mattino.

Quando si svegliò attese tremante, quasi insicura di ciò che avrebbe comunicato in seguito.

Attese, che la madre la chiamasse per la colazione.

---

[6] Il classico indumento delle ragazze indiane è il churidar solitamente composto da: blusa lunga, pantaloni, pashmina, la stola. E' principalmente in cotone e si distingue nei colori tra i vari stati, molto più ricco in inserti, vere perle o bigiotteria, al nord, semplice e colorato al sud. Per le ragazze è anche scelto come divisa scolastica, omogenea nei colori dell'istituto d'appartenenza.

Indugiò sdraiata sul suo letto, sotto il lenzuolo di flanella violaceo, ora a occhi aperti: Praveen, Sasikala, i bindi, tilaka, Ernakulam, Kerala, Santosh, churidar … non appartenevano al sogno della notte, erano la realtà di ciò che fu prima di addormentarsi la sera prima.

Praveen esisteva, Ernakulam e il Kerala pure: tutto era successo soltanto qualche ora prima.

Rimase accoccolata, proteggendosi come lo avrebbe fatto una bimba di pochi anni, con i bordi del lenzuolo tra le dita, osservando le pareti della stanza, muri ricoperti di manifesti acquistati per pochi euro nei bookshop di mostre d'arte in vari musei cittadini.

Amava il suo poster delle "Nozze" di Chagall: lo acquistò proprio nel bookshop del museo nel quale vide la mostra di uno dei suoi pittori preferiti; accanto alle "Nozze" il "Fregio di Beethoven", poco distante, sulla stessa parete, le "Forze Ostili" di Gustav Klimt, appeso con lo scotch sul retro proprio accanto alla porta d'ingresso, vicino ad una sua foto incorniciata nella quale saltava felice per avere ricevuto poche ore prima la laurea.

Quei poster nel tempo avevano sostituito prima i personaggi di fiabe e film d'animazione: Dumbo, Pocahontas, Mulan, in seguito gli eroi dei microfoni, gruppi musicali e cantanti, seguendo l'evoluzione di ogni parete di una bambina prima, adolescente e donna poi, divenendo nel tempo la sua galleria d'arte, il suo caratterizzare le bianche pareti.

Amava tutto della sua stanza, il suo ecosistema privato nella quale era cresciuta, giocando, ascoltando la sua musica, poi studiando, sognando, piangendo i primi amori, occultando i suoi pensieri torbidi o limpidi, creandosi una bolla della quale era gelosa, per la quale egoisticamente creava confini e barriere con chiunque, anche alla sua età, mantenendo per questo un lato nascosto ma fanciullo della quale era segretamente fiera.

Sabine non dormiva ma non voleva nemmeno alzarsi: rimaneva lì in attesa di un atto di coraggio, della chiamata della madre, di un brivido muscolare che ne scuotesse il corpo rannicchiato sotto le lenzuola, sospesa nel tempo della sua vita, quella frazione composta da minuti e secondi, i quali nello spazio di un nulla o di un'eternità impongono scelte e assunzioni di responsabilità.

Voleva sentirsi piccina ancora una volta, forse l'ultima prima di crescere, come allora quando si rannicchiò ancora un attimo per sentirsi cucciola ancora un po' prima di fare l'amore per la prima volta.

In quel rannicchiarsi trovava l'equilibrio, la giusta determinazione; il suo corpo le chiedeva un ultimo atto di fanciullezza, un ritorno alla purezza prima del balzo, come la tigre quando si distende all'indietro simulando un gattone alla ricerca del balzo giusto per giocare con il gomitolo, pochi istanti appena precedendo l'inevitabilità del destino, dell'obbligo e della scelta, senza timore, solo istinto.

Beate

Non trascorse molto che la madre la chiamò: Sabine, com'era solita fare, uscì dalla sua stanza scalza, stiracchiandosi tremolante per avere abbandonato il calduccio della flanella, si stiracchiò di nuovo più volte nell'augurare il buongiorno sia alla madre che al padre, già seduti e impegnati, sonnolenti, nell'atto di imburrare alcune fette di pane di segale precedentemente tostato.

Erano genitori giovani, considerando i ventisette anni della ragazza: entrambi avevano quarantanove anni, si conobbero all'università di ingegneria nella quale frequentavano lo stesso corso, entrambi nati nella parte Ovest di Berlino. Esisteva ancora il muro quando erano adolescenti e più volte si avvicinavano a quell'assurda barriera di cemento negli anni graffitato da generazioni come la loro, per captare gli echi dell'est, quell'est che non potevano vedere ma che poco lontano palpitava.

Come avviene nel profondo del cuore, anche la parte destra non vede la sinistra, divisi da membrane, eppure palpitano assieme, sono parti di un'unità indissolubile, così si sentivano quei due ragazzi accanto al Muro, membrana di un cuore tagliato dall'involuzione di un'Europa confusa.

Lo stesso atteggiamento speculare che eseguivano le giovani generazioni dall'altra parte della terra di nessuno militarizzata, nei confronti dell'ovest: due parti di un cuore pulsante e una membrana che non consentiva loro lo scambio, sistole rigonfie di repressione, di frustrazione.

Accanto a quel muro captavano segnali sottili, energie trasmesse da pensieri simili, con la stessa modulazione lessicale, echi di adolescenze filtrati da mattoni da loro non voluti, sangue diviso dall'argilla, sangue che scorreva nei richiami lontani tra loro, in attesa di essere allontanati dai soldati assuefatti nel tempo del dopoguerra a quelle reazioni composte, pacifiche, dettate dalla curiosità giovanile e dalla frustrazione generazionale crescente nei pensieri di libertà e pacifismo.

Avevano visto la loro città soffrire, cambiare, aprirsi al mondo, al nuovo, decadere nel post-muro sotto i colpi dell'ostalgie[7].

La madre si chiamava Beate, una bella donna ancora fiera dei suoi lunghi capelli biondi, del suo diploma di laurea, sebbene non l'avesse mai sfruttato visto che, negli anni, aveva scelto, non senza che questo le generasse frustrazioni intercalate da piccole gioie, di dedicarsi alla figlia avuta ancora giovane, alla casa, saltuariamente a qualche progetto professionale part-time per non capitombolare nella noia e guadagnare qualche entrata personale.

Il padre, Friedrich, era altrettanto piacevole d'aspetto: la calvizie ancora lo risparmiava, amava la sua chioma brizzolata che gli conferiva un pizzico d'autorità. Di lì a poco, terminata la colazione, sarebbe uscito per recarsi nello studio associato in cui collaborava con un nutrito staff dedito alla ristrutturazione di palazzi d'epoca in città.

Sabine attendeva proprio il momento in cui sarebbe uscito per raccontare alla madre la soluzione che avrebbe in giornata accettato inviando una mail a Praveen Kumar.

"Buon giorno Sabine", la salutò il padre. "Ti sentivo irrequieta stanotte: musica, click di mouse, chiusa nella tua stanza senza affacciarti nemmeno per un saluto; è tutto sotto controllo?".

"Certo dottor Friedrich", così Sabine amava chiamare suo padre, l'ingegnere. "Ho navigato sul web cercando e valutando alcune proposte, niente di che, la solita routine di chi si trova

<hr>

[7] Per i berlinesi, in genere per gli ex cittadini della DDR, l'ostalgie è quella sorta di malinconia che si lega al recupero di oggetti di modernariato costruiti nella Germania dell'Est, non una vera e propria nostalgia per un sistema asfittico e dalla maggior parte non voluto, quanto un riappropriarsi di ricordi legati a infanzia, adolescenza, vita all'est del muro berlinese.

nel post-laurea a decidere se ottenere un'occupazione o mettere al mondo un quartetto di marmocchi".

"Ma sei pazza", le disse la madre ridendo. "Scordati di vedermi fare la nonna almeno sino al giorno in cui non avrò bisogno di tingermi i capelli. Poi, da quello che so", concluse ammiccando.

"In questo momento ti manca la materia prima...".

Sua madre la conosceva meglio di quello che pensava! Non se l'aspettava; Beate aveva saputo, in qualche modo a lei ignoto, che si era lasciata con il ragazzo che frequentò per ben sei anni della sua vita, un tipo che all'inizio della loro relazione era fuoco e fiamme per poi spegnersi lentamente sotto il peso della routine e delle troppe birre nei pub. Valutando che non erano ancora sposati o conviventi, Sabine decise che di annoiarsi non era ancora giunto il tempo. Tagliò immediatamente la relazione, dopo settimane di considerazioni soppesando i momenti migliori del passato e le attuali monotonie, subito prima che tutto degenerasse in sbadigli, attese di input che non giungevano, emozioni flebili come la fiamma di una candela in chiesa, quasi soffocata dalla sua stessa cera.

"Mamma, signora Beate, ovviamente scherzavo, però sto davvero valutando alcune situazioni, ti terrò al corrente".

Il padre si alzò, la baciò sulla fronte come fosse ancora la sua bambina, del resto lo era e lo sarebbe stata ancora a lungo, s'infilò la bella giacca elegante del suo completo grigio, di tonalità fumo di Londra, sistemò a tracolla la sua borsa con il laptop dedicato al lavoro e, baciando la moglie per ultima, riservandole la sua piccola passione mai sopita, uscì dalla casa.

Sarebbe rientrato, come sempre, solamente alle otto di sera:

l'ufficio era nella zona completamente a ovest di Berlino, non lontano dallo stadio Olimpico, quindi almeno quaranta minuti di metropolitana e un quarto d'ora di camminata.

Sabine si sedette al suo posto, si versò un bicchiere di succo d'arancia rossa, imbottì il suo sandwich con formaggio e prosciutto di Praga e cominciò la colazione sorseggiando il lungo caffè bollente preparato nel bollitore.

Anche Beate si sedette, proprio accanto alla figlia, preferendo però burro spalmato sul pane e marmellata di mirtilli, succo d'arancia e tè caldo: nessuna delle due donne lavorava, potevano permettersi il lusso di un risveglio con tempi dilatati e umani.

La televisione accesa annunciava, in uno dei tanti telegiornali del mattino, che il primo ministro Angela Merkel si sarebbe recata negli Stati Uniti per incontrare il Presidente Obama, notizia collaterale ad alcuni sviluppi di economia riferita a un grosso problema tra le case automobilistiche tedesche e americane, poi la loro attenzione fu catturata dalla notizia dei due marinai italiani fermi all'ambasciata di Nuova Delhi in attesa del processo che li vedeva accusati di avere ucciso due pescatori keraliti.

"Che storia assurda", pronunciò la madre. "Non riesco a capire se sia l'Italia e chi la governa il problema nel portare a casa i suoi soldati, o se l'India si diverte a giocare al gatto con il topo; di certo è una situazione imbarazzante sia per i legali che per le parti in causa. Possibile che non riescano a trovare una via d'uscita? Eppure ricordo che l'Italia pagò una somma molto alta alle famiglie di quello Stato... come si chiama?"

"Kerala mamma", rispose Sabine. "Si chiama Kerala ed è sulla punta sud occidentale dell'India, confinante a est con il Tamil Nadu, a nord con il Karnataka, a ovest con il Mare Arabico".

"E tu come cazzo conosci perfettamente i confini con il Kerala? Non ti ho mai sentita parlare interessata alla vicenda dei militari italiani e per quanto ne so, questo Kerala; vicende di pirateria internazionale a parte e qualche viaggio, mi sembra tua zia ci andò anni fa: è assolutamente anonimo".

Nascevano in quel momento i soliti primi sospetti frutto di esperienza e d'intuito placentare materno: Beate arricciò il naso come un bracco che fiuta la lepre poco distante per portarla allo scoperto.

"Da dove inizio mamma, da qualche parte dovrò pure iniziare, anche se non saprei da dove e come".

La lepre alzò la testa, uscendo poco alla volta dal folto del suo mistero, il bracco annusò molecole di rivelazioni imminenti.

Beate spense la televisione, capì immediatamente che la figlia non le nascondeva qualcosa volutamente ma che era sul punto di lasciarsi andare a una confessione imbarazzante, per entrambe.

"Inizia da dove vuoi, ma togliti quell'aria da *ho messo tutte le dita della mano destra nella marmellata!*"

Sabine rifletté un attimo e decise di iniziare dalla mail di Praveen Kumar.

"Ieri pomeriggio, mamma, diciamo verso le due, due e dieci circa, ho acceso il mio laptop per controllare la posta elettronica, come faccio sempre dopo il pranzo, e ho ricevuto una mail proprio dal Kerala, mail di un certo Praveen Kumar direttore di un college in una città, importante, fidati, che si chiama Ernakulam o Kochi, dipende se si parla del distretto o della città stessa. Comunque, geografia spicciola a parte, cercando sul web ho letto che prima dell'Indipendenza era la capitale dello stato del Cochin, terra di spezie ed esotismi simili".

La madre si sedette, si versò, anzi, quasi rovesciò il suo tè, almeno in parte, s'imburrò lentamente un'altra fetta di pane scuro tostato e, silenziosa, incitò la figlia a continuare. Il bracco si sedette sulle zampe posteriori osservando la lepre non come preda ma come parte del suo ecosistema.

La lepre ora era quasi totalmente allo scoperto sicura che il bracco non avrebbe attaccato, spiazzato da mille odori che ne disperdevano gli istinti canini e predatori.

"Questo Praveen Kumar, uno *Sri* nella sua terra, cioè personalità di rilievo, mi chiede di partecipare a un progetto tra istituzioni governative locali e tedesche legate alle università di lingue, la mia in pratica".

"E di cosa si tratterebbe Sabine?"

Ora il tono della madre iniziò a tremolare, non era affatto stupida e capì che il progetto non era legato al web ma alla presenza della figlia sul posto, ma voleva udirne il contenuto dalla voce di Sabine: in realtà aveva già capito tutto, o gran parte del tutto.

Il bracco capì che la lepre sarebbe fuggita interrompendo il gioco dell'eterna rincorsa; la lepre ora non si sentiva più preda.

"Dovrei trasferirmi nel loro college un anno, sarei pagata dall'Istituto, non ho ben capito quale, comunque governativo e tedesco. Mi occuperei di traduzioni e colloqui in lingua inglese con i ragazzi del college per abituarli a conversare perdendo in parte l'accento indiano che, da quello che mi dice il signor Kumar, è tremendo se non curato da chi ha una buona pronuncia. Non mi chiedere perché vogliono me tedesca e non un madrelingua inglese, credo sia tutto legato dai progetti del nostro paese con i centri ministeriali dell'educazione indiana, credo nella fattispecie proprio keralita".

Il bracco voleva trattenere la lepre per non perdere il suo gioco, la sua supremazia, la lepre saltava ora sull'erba più bassa, sicura di se e delle sue lunghe zampe pronte alla fuga.

"Tu avrai risposto che non puoi vero? Che hai mire nell'Unione europea, a Berlino, magari a Madrid, Roma, Stoccolma, non di certo in una terra del genere, vero?".

Sabine rise e si mise per alcuni secondi, anche più di alcuni secondi, nella mente di una madre che in quel momento non voleva castrare i suoi progetti ma proteggere la figlia da qualcosa della quale ignorava attitudini di vita, cultura, cibi, eventuali endemie virali. Beate stessa si sentì ignorante: in cinque minuti figlia e televisione assieme nominarono per ben due volte nello spazio di pochissimo tempo questo fantomatico Kerala di cui lei non ne aveva minimamente idea né dove si trovasse esattamente, né come era strutturato nel sociale, nei pericoli sanitari, epidemie, violenze, nulla.

"Mamma accetterò: ancora non ho risposto, ma nel momento in cui smetterai di piangere, perché so che lo farai, tornerò nella mia stanza, riaccenderò il laptop, replicherò positivamente alla richiesta di Praveen Kumar. Vedila come la doppia occasione di lasciarmi cresce in autonomia, conoscere paesi diversi, arricchire il mio curriculum con un'esperienza internazionale, vedila così".

Il bracco guaiva come un cucciolo, piangeva come una bambina, si sentiva più piccola della figlia, una lepre dalle lunghe zampe che avrebbe cercato un'altra prateria per saltare ancora più in alto, in lungo, ovunque nel mondo, nel cielo.

Sabine disse tutto ciò asciugando le prime lacrime della madre, la quale inizialmente appoggiò il coltello con il quale stava imburrando la fetta di pane, poi gettò nel lavello il tè, che non avrebbe bevuto, preferendo una birra freddissima presa dal frigorifero.

"Un anno..., sarai donna in terra d'India per un anno, lontano da casa, senza conoscere la loro lingua, usi, costumi. Ma che cavolo si mangia in quel cavolo di Kerala? Come si permette questo vecchio professore impiccione di chiamare una ragazza per migliorare il loro inglese; vengano loro in Europa se gli va. Uffa, mi sento ridicola Sabine, così ridicola, proprio io che dopo la laurea, però assieme a tuo padre, andai per due mesi a zonzo tra Marocco, Mauritania sino alla Costa d'Avorio. Mi sento ridicola" e rise, pianse ancora un po', ma ridendo.

Il bracco iniziò a scodinzolare, la lepre gli si avvicinò con piccoli balzi in quell'eterno gioco che è la vita e le rinunce, l'istinto e le ragioni, l'irrazionale determinazione di chi sceglie con il cuore e la percezione, un po' folle, della voglia di vivere eccitando indoli e logiche.

Sabine abbracciò la madre e, guardandola, mentre la donna, timidamente, si copriva il volto rigato dalle lacrime, le disse: "Namaskar amma, mi inchino a te mamma".

Lo imparò la sera prima scaricandosi un pdf che iniziava l'apprendimento del malayalam con i rudimenti del colloquio.

"Amma è mamma, acha è papà, io sono la tua maghal, tua figlia". Risero assieme.

"Ok sei keraliana, keralese, come diavolo si definisce chi abita laggiù?".

"Si dice keralita mamma, o malayali se vuoi mostrarti più colta. Malayali; la loro lingua è il malayalam e ti assicuro è tosta, matrici dravidiche da quel che ho letto, molto lontane dalla nostra lingua che ha comunque lontane radici sanscrite, ancora indiane ma relative al nord, dal Kerala distante oltre tremila chilometri".

Beate carezzò la figlia sul viso, le stropicciò i capelli come una madre solitamente fa a una bambina non di ventisette anni, ma in quel momento nessuna delle due donne aveva un'età: erano entità indefinibili, parti reciproche e simbiotiche alla fine di un percorso che le volle unite dall'utero sino al giorno in cui Sabine sarebbe decollata per Kochi.

Il bracco e la lepre iniziarono a correre nel prato scambiandosi i ruoli, quasi ridendo: la lepre inseguiva, il bracco scodinzolava scappando, sventolando le sue orecchie per quell'ultima, bizzarra corsa contro l'assoluto, la libertà di essere senza matrici evolutive.

"Quando partirai Sabine?" Chiese la madre.

"Non preoccuparti, per quello c'è tempo: partirò il prossimo aprile, dipenderà dai prezzi dei voli che troverò. Ora devo occuparmi del visto, del passaporto che non so se ancora in corso, di trovarmi un volo non troppo dispendioso poiché quello non è compreso nel contratto, nel documentarmi il più possibile riguardo a ciò che troverò in Kerala. Saremo comunque assieme il prossimo Natale, vedremo la neve sciogliersi. Non credo sarò ancora qui per festeggiare la Pentecoste, ma ancora per qualche mese ti sarò tra i piedi, ma per favore non dirlo a papà, a quello penserò io sabato, voglio evitargli emozioni durante la settimana, sai com'è sempre preso dal suo lavoro!".

Beate rimase in silenzio guardando la figlia, trovando nella sua eccitazione quel fuoco in lei spento bruciando velocemente i sogni post-laurea di una vita di emozioni e non attese, radicalmente virata verso le responsabilità assunte assieme al marito nella scelta di una vita comune di famiglia tra oneri e formalismi quotidiani, bruciata nella fretta di assumere uno status di relativa tranquillità economica. Ripensando alla sua vita si vedeva come un cespuglio vivo sotto la brina in attesa di una primavera che per lei mai sarebbe giunta; il senso della calma, dell'apparente staticità vitale, ma poco eccitante, si espandeva in lei tormentandola nel profondo.

Avrebbe mantenuto il proposito di non dire nulla al marito? In quel momento non era in grado di concedersi certezze, ripensava alle parole della figlia, arrabbiata per quella scelta che razionalmente vedeva folle, invidiando invece quel pizzico d'inebriante voglia di vita in cui, nella figlia, non era ancora coerenza ma istinto, la radicale sintonia tra la sua mente e un cuore che iniziava in quel momento specifico a pulsare indipendente e pavido.

Sabine

La ragazza non si accorse che il dialogo con la madre si protrasse per oltre un'ora tra domande e vaghe risposte; tutto era ancora nebuloso, l'unica certezza era la scelta in quelle ore maturata, il resto era rimandato alle contingenze future.

Fu uno dei rari momenti tra loro in cui il tempo si fermò, nel quale fuggirono complici per entrare nella dimensione, senza durata, degli affetti.

Sabine ora aveva bisogno di una doccia, ma prima volle confermare, tramite posta elettronica, la sua disponibilità ad accettare l'offerta del trasferimento a Praveen Kumar.

Scrisse una mail abbastanza telegrafica chiedendo unicamente al direttore di iniziare a mandarle i documenti necessari per ufficializzare a regolarizzare la sua posizione, sia in sede di richiesta del visto ma anche al fine di avere la sicurezza di potere acquistare il volo per il mese d'aprile.

Solo allora entrò nella cabina della doccia e si lasciò scivolare l'acqua addosso, gli occhi erano chiusi, la testa leggermente rivolta verso l'alto in modo di poter catturare tutta l'acqua possibile lasciandola fluire sul corpo, immaginandosi al centro di una piccola cascata tropicale dispersa in una foresta non urbanizzata, lontana da tutto, da Berlino e dal Kerala, una dimensione fiabesca nella quale ritrovava la sua identità amorfa.

La temperatura esterna ora si era abbassata, le previsioni del meteo annunciavano neve durante la serata; era la fine di novembre e, ricordando solamente una leggera imbiancata un paio di settimane prima, l'inverno vero, berlinese, con la sua naturale coltre candida, ancora doveva presentarsi alla città con tutto il suo fascino, ma anche il freddo, che Sabine ben sapeva sarebbe stato intenso e pungente.

Soffiava in quelle ore un forte vento settentrionale, proveniente dalla Polonia, ma, ancor prima, dall'est profondo, russo, siberiano. Il cielo era bianco-lattiginoso, lo intravedeva tramite l'anta della finestra aperta per lasciare che l'umidità del bagno dopo la doccia uscisse dalla stanza; la nevicata era davvero probabile.

Così fu: alle quattro del pomeriggio i primi fiocchi danzavano prima sui tetti, sulle fronde spoglie e alte degli alberi, sui pini nei parchi, gli immensi parchi cittadini, per scendere lentamente, fiocco dopo fiocco, su automobili, passanti, bambini felici per tutte le ipotesi che li avrebbero visti trafficare il giorno successivo, nella costruzione di pupazzi di neve, di guerre all'ultima palla ghiacciata.

Assieme alla neve a Berlino arrivò la risposta di Praveen Kumar, con il contratto da firmare.

Sabine ne lesse ogni clausola, riga, ogni singolo punto; il professore le scrisse anche che, una volta firmato il contratto, avrebbe con fiducia potuto acquistare il volo. Sabine cercò immediatamente, sui motori di ricerca appositi, un volo economico ma non troppo estremo nel numero dei cambi e degli orari. Scartò un'offerta della compagnia di bandiera dello Sri Lanka, le attese erano troppo lunghe nei cambi, optò invece per un volo notturno con una sola sosta ad Abu Dhabi il mattino successivo la partenza, con decollo il quindici aprile alle nove serali. Avrebbe così avuto l'opportunità di dormire nella prima tratta del viaggio, solamente due ore d'attesa negli Emirati Arabi, per poi definitivamente decollare diretta a Kochi: vi sarebbe arrivata alle tredici e quaranta del giorno successivo, considerando tre ore e trenta di fuso orario, con destinazione finale all'aeroporto internazionale di Kochi.

Poco più di cinquecento euro: si poteva fare.

Sabine compilò il modulo online sino al pagamento tramite carta di credito, stampò il piano di volo che le arrivò tramite mail, stampò il contratto del college keralita, lo firmò, lo scannerizzò immediatamente e lo spedì al direttore in formato pdf.

La sua avventura da quel momento era decisamente iniziata, ma suo padre ancora ne era all'oscuro.

Friedrich

Che suo padre fosse all'oscuro della sua intenzione, oramai consolidata e ufficializzata, era un suo convincimento.

Quella mattina Friedrich uscì dalla casa, puntuale come tutti i giorni, acquistò un lungo, bollente, 'coffee to go' nel solito chiosco, facendosi accartocciare dalla vecchia venditrice, sempre la stessa da anni, pure un brezel di medie dimensioni; l'avrebbe mangiato durante la piccola sosta di metà mattina, al solito orario, tra le dieci e un quarto e le dieci e trenta.

Salì sulla prima delle due metropolitane per recarsi verso i quartieri occidentali di Berlino: in quel preciso istante, in casa, sua figlia spiegava a sua moglie i dettagli della mail inviata da Praveen il girono precedente, la sua volontà di accettare, ma lui in quel momento non sospettava di nulla, la testa era già tra le procedure del giorno, una riunione con alcuni clienti della Berlino Est pronti a investire nella ristrutturazione di un albergo a Treptow, una ricca ex-attrice del cinema espressionista che cercava architetti per ridare smalto ad una casa di campagna per poi rivenderla a prezzo accresciuto.

Scelse di aprire lo studio in quella zona della città, assieme ad alcuni soci fidati con cui formò dodici anni prima la sua società di consulenza edile, proprio per essere accanto ai nuovi fermenti di quella che tornava a essere di nuovo la capitale tedesca.

Sceso alla sua fermata, non lontano dallo stadio Olimpico, si chiuse a riccio nel pesante cappotto di lana, alzandone il bavero per proteggere e riscaldare ancora di più gola e orecchie, guardò un cielo uniforme nella sua tonalità bianca, alabastrina, una cappa nevosa che sapeva, avrebbe imbiancato, dal pomeriggio, la città in quel novembre anomalo, tutto sommato caldo per la latitudine.

Anche Friedrich tremò per le folate polacche di un vento che ben conosceva, il preludio al gelo, alla neve; amava quel clima, attutiva i rumori di una città frettolosa, rallentava le persone sino a una velocità umana, meno frenetica.

Tra le pareti della sua casa, lui era ancora all'oscuro di tutto, sua figlia chiedeva alla moglie di mantenere segrete sino il sabato successivo le confessioni, gli intenti di accettare la proposta keralita; per l'uomo era una giornata come tante altre, non per la moglie.

Entrò nel suo ufficio, salutando segretarie e colleghi, accendendo il suo personal computer e, nell'attesa che la schermata iniziale fosse ben caricata, ascoltando la solita musichetta tipicamente Microsoft, appese cappotto, sciarpa e valigetta all'interno del piccolo mobiletto intarsiato sul lato destro del suo ufficio, accanto alla scrivania.

Puntualissimo, alle dieci e un quarto scartò il brezel, ne addentò una delle curve gustandosi il contrasto dolce e salato, il sapore forte del malto e dei granelli di sale sulla crosta bruna e brillante, bevendosi un tè preparato con il bollitore e una bustina di Lipton: non sopportava il gusto artificiale della macchinetta, sebbene chiunque non lo avrebbe definito raffinato nella scelta dell'infuso, era conscio di quali e quante altre marche avevano sapori più intensi.

Friedrich non era in genere un consumatore di nicchia, nonostante il ruolo d'ingegnere, per il resto apparteneva alla maggioranza silente dei consumatori comuni, tranne per le birre: per le bionde bevande esigeva di soddisfare i suoi gusti in base al momento, al pasto, al periodo; il suo frigorifero tra bottiglie e lattine non era mai sprovvisto.

La moglie conosceva bene le sue abitudini e lo chiamò nel

momento in cui si concedeva, sempre al solito orario, dieci minuti di pausa; lo fece per spiegare la scelta di Sabine prima che la figlia, timidamente come immaginava sarebbe successo, forse caoticamente per la carica viscerale di una notizia simile, non avrebbe illustrato bene del tutto i pro dell'esperienza che l'attendeva.

Friedrich non accolse poi così male la notizia: certo, un progetto in Francia o Inghilterra, magari anche in un'altra città tedesca, sarebbe stato meno forte come impatto, ma nel suo profondo invidiò la scelta della figlia, il coraggio di tentare qualcosa d'importante, di accettare una sfida con se stessa in una cultura lontana e per loro sconosciuta.

Dopo la telefonata rimase mezz'ora a fissare lo schermo del suo computer: immagini di un Kerala per lui anonimo, dal sapore invogliante e ignoto allo stesso tempo, scorrevano nella slide di un reportage di viaggio.

Quanti colori, costumi, danze, animali, paesaggi; quante palme soprattutto, ovunque.

Lesse proprio che la parola Kerala derivava da un antico dialetto che così definiva la palma del cocco, una delle probabili definizioni di un territorio antico ancora ricco di misteri da raccontare, capire, svelare.

Ombrelli verdi, alti, flessibili, questo erano per lui le palme: da cocco, da olio, da dattero, di diversi tipi ma sempre di quella forma, ombrelli verdi dal lungo fusto, foglie larghe, simbolo perfetto di un tropico che in quella giornata di gelo invidiava.

Eccome se ne invidiava il clima...

Quel giorno tornò a casa trovando madre e figlia sedute al tavolo che sorseggiavano una birra ambrata in attesa di quella cena che lui si era proposto di portare acquistandola in un ristorante etnico che effettuava il servizio da asporto: aprì il sacchetto di plastica chiuso con doppio nodo, ne estrasse diversi cartocci in alluminio e sacchetti di carta.

Samosa, riso biryani al pollo, pollo al curry, salse alla menta e allo yogurt, cipolle e melanzane fritte, dal di lenticchie e alcuni, gommosi, chapati, le piadine senza lievito indiane. Sabine capì tutto e esplose in una fragorosa risata:

"Papà sai tutto! Cavolo in questa casa vive in incognito una spia peggio della peggiore che ricordi la Stasi[8] nei suoi quarant'anni e credo di saperne il nome, giusto mamma?"

Risero tutti, la birra aiutava, birra che si versò copiosamente anche Friedrich sebbene, con cipiglio da maestrina esotista, Sabine spiegò lui che, quel cibo, era tipico dell'India settentrionale, in Kerala, ovviamente non ne aveva mai mangiato alcun piatto, si mangiavano dosa, sadya[9], curry piccantissimo (povera la mia lingua pensava dentro di sé, così lesse su forum di viaggiatori) e verdure spesso condite con sughi, spezie, cocco grattugiato.

"Sei già diventata una keralese figlia mia, vedo che ti stai informando, ottimo, molto professionale ragazza mia, molto professionale", disse Friedrich leggermente già brillo dalla birra.

"Keralita papà, keralita!"

"... o malayali" aggiunse la madre ridendo, asciugandosi l'ennesima lacrima che le rigava il viso.

Mangiarono avidamente un cibo per loro inconsueto ma appetitoso,

---

[8] La Stasi era il servizio segreto della DDR, burocratico e spietato nel cercare dissidenti durante la fase comunista della Germania orientale.

convennero che era davvero gustoso, abituati solitamente a un etnico mediorientale, scegliendo a volte di cenare con falafel e kebab acquistati nei tanti kiosk turchi o palestinesi sparsi ovunque in Berlino.

Oppure, come alternativa, la cucina cinese anch'essa molto diffusa ma quella indiana, forse, era la prima volta che entrava nella loro casa.

Beate accese anche un bastoncino d'incenso, così giusto per dare un tocco d'atmosfera in tema alla serata, Sabine, tramite il suo pc, cercò anche una raccolta di successi musicali del cinema bollywoodiano.

Nella loro casa entrò prepotente e dolcemente l'India. Durante la cena la ragazza spiegò al padre tutti i particolari, da lei in quel momento conosciuti, Praveen aveva praticamente solo accennato le direttive del suo ruolo sul posto sulla sua esperienza lavorativa; qualche ora prima ricevette una mail leggermente più esaustiva di Praveen Kumar con tutte le indicazioni, documenti, il contratto da firmare, gli indirizzi mail cui rivolgersi.

"Ho già acquistato il volo papà: partirò alla metà d'aprile diretta prima ad Abu Dhabi per poi cambiare volo diretta a Kochi. Il distretto dove vivrò è quello di Ernakulam, in realtà come città fai riferimento a Kochi. Dovrebbe essere interessante, è molto turistica, un passato coloniale, crocevia di culture e popoli anche europei, la ricetta ideale per entrare in un mondo che non conosco ma che inizia ad attirarmi. Sto trascorrendo molte ore sul notebook leggendo forum e siti che narrano quella realtà".

[9] Il sadya è riso stracotto servito con molte salsine diverse, speziate e piccanti, una combinazione che tipicamente keralita servita su foglie di banano con aggiunta di pappadam (una sorta di pane sottilissimo fritto), una piccola banana e il tipico dolce di riso, zucchero, anacardi, il paysam (o kheer per tutta l'India).

"Immagino che vivrai questi mesi con grande impazienza", la interruppe il padre, "Sarei fremente pure io, e ti capisco; vedrai passeranno più in fretta di ciò che immagini e questo, purtroppo, vale anche per noi".

"Grazie papà", disse Sabine con gli occhi lucidi e non aggiunse altro, la serata era stata perfetta, ora si sentiva forte della sua scelta: avrebbe lasciato la sua famiglia con malinconia ma li sentiva, ora più che mai, vicina a lei e alle sue scelte.

Sabine

I mesi trascorsero davvero in fretta: Sabine continuò a documentarsi sulla terra che l'avrebbe accolta per un anno, trascorrendo ore in biblioteca e sul laptop, leggendo siti in tedesco e inglese specifici o solamente scritti, grazie a blog e piccoli siti casalinghi, da viaggiatori interessati.

Nel leggere cercava di imparare qualche frase, qualche parola di quella lingua così avulsa rispetto la sua e le riusciva difficile, soprattutto tarare la sua matrice linguistica, scoprendo le difficoltà di una lingua, di un alfabeto, dravida, completamente estraneo al suo.

Si chiedeva quali difficoltà trovassero, al contrario di lei, gli studenti locali, obbligati a gestire l'apprendimento di due alfabeti così inconciliabili tra loro; immaginava dovesse, per i ragazzi keraliti, trattarsi di un grosso lavoro concettuale.

Chi poi studiava anche l'hindi, compiva il triplo sforzo dell'ennesimo alfabeto e dell'ennesima lingua da apprendere; tutto ciò l'affascinava e stimolava nella curiosità di capire quanta mole di lavoro e studio veniva chiesto a quei ragazzi.

Per lei fu tutto più semplice: il corso di studi della facoltà di lingue la portò allo studio analitico e profondo di tre lingue catalizzate dal comune alfabeto e ciò era sicuramente una grande semplificazione. Per quei ragazzi dalla pelle bruna lo studio era tutt'altra cosa.

Quella sera, la sera della cena indiana consumata in casa, fu la sera nella quale la neve coprì tutta la città e le immagini cercate e osservate in internet, il mare tropicale, le palme, le persone a petto nudo o solamente con camicie di cotone, vestiti con indumenti leggeri tutto il corso dell'anno, erano un netto contrasto con il freddo intenso orientale che ammantò Berlino, che sospese il mercurio del termometro al di sotto dello zero per lunghe settimane.

La neve si protrasse sino a Natale, una festa che sentiva ancora nonostante i ventisette anni, che le manteneva aperto il suo, privato, canale personale con l'infanzia.

La sua famiglia, in questo Friedrich e Beate furono lungimiranti, le regalò un laptop nuovo, professionale, adatto a sessioni di lavoro lunghe, capace di un hard disk capiente che le concedeva tutto lo spazio virtuale, necessario per portare con sé ciò che le sarebbe servito, documenti, musica, film.

Un prezioso forziere digitale chiuso all'interno di una scheda al silicio.

Assieme al laptop le donarono una fotocamera digitale semi-professionale:

"Non sei Helmut Newton[10], non lo sei mai stata, ma credo potrai fare ottime foto laggiù, ci contiamo... e apriti un blog, un sito, qualunque cosa ci consenta di rimanere aggiornati. Non scordarlo!"

Così le dissero i suoi genitori; portavoce di regali e aspettative fu la madre. Tutto ciò la commosse: lei non aveva regali così importanti per contraccambiare, non in quel momento: senza lavoro, senza entrate sue. Avrebbe rimandato tutto al suo rientro dall'India: gioielli, stoffe, prodotti artigianali, sicuramente la sua riconoscenza si sarebbe tramutata in un'onda etnica ed esotica allo scadere del suo periodo nel college keralita.

Frequentò amici, tanti amici in quel periodo. Alcuni compagni d'infanzia con i quali non aveva mai smesso i contatti, compagni d'università; anche una ragazza con la quale condivise tempo prima tre anni di danza contemporanea presso una scuola d'avanguardia

---

[10]
   Helmut Newton è un famoso fotografo tedesco nato proprio nella Berlino della protagonista, trasferitosi in Australia, in quanto ebreo, durante gli anni del Reich al potere.

artistica, scuola poco allineata, piuttosto in sintonia con una città che fremeva nei brividi di una nuova Era, nella quale tutto era da riscrivere: dall'arte alla politica, al contesto sociale, a quello architettonico.

Sabine viveva Berlino e lei era perfettamente berlinese, cresciuta nella nuova Era di una metropoli che era Germania di diritto, Europa tout-court nelle aspettative di generazioni avide di vita.

Iniziò il nuovo anno che l'avrebbe vista solo parzialmente nella sua terra: ancora quattro mesi, poco più, e un Boeing della Air Berlin l'avrebbe portata oltre diecimila chilometri dalla città in cui era nata, cresciuta, si era laureata, nella quale aveva amato e sofferto, gioito. La sua bolla geografica.

La sua bolla urbana.

Iniziò l'anno sotto una coltre di neve, perfettamente soffice sui tetti, gelata sulle strade; tra le macchine, grossi mucchi accatastati dagli spazzaneve riducevano la possibilità di parcheggi.

Neve sporcata dallo smog, dalla polvere dell'asfalto, dal calpestio di bambini entusiasti e di passanti attenti a non scivolare, sporcata dal piscio e dalle feci dei cani. Neve ricoperta da altri strati caduti successivamente, durante le dure settimane del gelo, alternando giorni freddissimi e sereni, in cui il sole accecava e ne scioglieva una piccola parte, a giorni grigi in cui cadevano spruzzate leggere o abbondanti tormente alimentate dai freddi venti orientali.

Strati freddi su altri strati freddi: nelle zone in cui gli spazzaneve avevano ammucchiato la neve, in alcune montagnole spezzate da parcheggi maldestri o dai salti dei bimbi, si notavano gli strati candidi alternati a strisce fuligginose, sudice.

In Kerala al contrario, così le comunicava nei loro quasi quotidiani contatti, anche se ultimamente iniziavano a diradarsi,

Praveen Kumar le descriveva il bel sole con il quale avevano festeggiato Natale sotto le palme dei villaggi costieri, di un capodanno rumoroso tra petardi acquistati, con sacrifici economici, alle bancarelle sui bordi delle strade o su teli stesi per terra in mercati piccoli, estemporanei.

Sabine invidiava quel clima anche se si chiedeva come sarebbe stato celebrare il Natale sbracciata, in maglietta, senza neve, freddo, senza quell'atmosfera raccolta che le dava un forte senso di famiglia anche alle soglie dei ventotto anni.

Arrivò anche febbraio, ancora più freddo sebbene cadesse poca neve rispetto agli anni precedenti. Arrivarono poi i primi timidi raggi di marzo; il tempo di Berlino stava per scadere e lei non voleva perdersi nessuna opportunità di vivere sino alla fine la sua città ma ora, in lei, nessun timore alimentava incertezze e dubbi, solo una grande curiosità di vivere l'esperienza che, ancora poche settimane in attesa, sarebbe principiata.

Frequentò amici: stretti attorno lei (perché non prima, perché solo ora state arrivando quasi al limite del soffocamento, si chiedeva), la messaggiavano quotidianamente invitandola a cene, feste, locali che andavano dal club esclusivo e di tendenza alle classiche discoteche commerciali o lievemente alternative.

Amici che dava per svaniti, ritrovati in quello che fu un sotterraneo passaparola, messaggi che, come ife di funghi silvani, scorrevano tra le connessioni del web o telefoniche.

Anche l'ex fidanzato tornò alla carica, un po' invidioso e geloso della libertà di cui godeva Sabine, un po' mortificato dall'averla giudicata una donna senza coraggio, con poche prerogative di vita non convenzionale. Aveva torto, Sabine lo ignorò completamente.

Quel capitolo era da tempo chiuso.
Definitivamente.

Ulrike

Ulrike fu amica da sempre di Sabine: assieme frequentarono il liceo d'indirizzo classico, assieme decisero il momento in cui divenire ragazze nella piena consapevolezza dell'adolescenza, recandosi insieme per la prima volta nei club e nelle discoteche.

Assieme bevvero la prima birra, nascoste tra i folti cespugli nel cuore del Tiergarten, all'ombra di una grossa quercia dalla quale spuntava imperiale, tra i frondosi rami, l'immagine della colonna della Vittoria e del relativo angelo d'oro sulla sommità, una delle mete preferite dai tanti turisti attirati dalle reminescenze del cinema di Wenders, e pochi lo negavano...

Era una birra davvero pessima, acquistata dal fratello maggiore di Ulrike in un discount con i pochi soldi che la sorella gli concesse.

Erano pienamente consapevoli che quella non era la birra che avrebbero desiderato, negli anni affinarono i loro gusti da brave figlie di Germania, ma ora andava bene così e, sorso dopo sorso, passandosi la bottiglia dalla quale bevevano direttamente dal collo di vetro verde scuro, la terminarono in pochi minuti sentendosi ebbre, felici, adulte.

Il loro rito d'iniziazione, terminato pochi minuti dopo con una sigaretta, la prima per Sabine ma non per l'amica. La chiesero con un po' di vergogna a un ragazzo francese, addolcito dagli occhi profondi di Ulrike, pochi resistevano alle sue mielose richieste ruffiane di furba cerbiatta luciferina.

Sabine ricordò quel giorno, trascorso con l'amica, in una delle tante uscite assieme nelle settimane precedenti alla partenza: ridevano all'interno di una birreria in stile bavarese, bevendo una forte birra trappista belga accompagnata da würstel e patate fritte intinte in una salsa tartara salata e leggermente erborinata.

"Ulrike, ricordi come ci fingevamo sbronze, sdraiate sull'erba del Tiergarten, guardando le nuvole e l'angelo?"

"Ricordo? E chi si dimentica più quando ti alzasti e andasti da quel tipo assurdo per chiederti se voleva sposarti; cavolo, eri totalmente partita di testa, hai fatto e detto cose surreali!"

"Sì, era un secolo fa Ulrike, forse di più. Ora beviamo birre ricercate, potremmo richiedere a Belgio e Francia un attestato di merito sulle loro trappiste, un diploma certificato. Siamo laureate, sto partendo per l'India..."

"L'India...?"

Ulrike lasciò sospesa quella cortissima frase che in sé racchiudeva altre mille frasi, domande, verità, tristezze.

"Se potessi verrei con te Sabine, per proteggerti, consigliarti, curarti se ti ammali, supportarti nei momenti difficili se ne avrai, scoprire ciò che scoprirai..."

"Ulrike, sarai mica diventata definitivamente lesbica? Parole del genere si dicono solo tra coppie!"

E scoppiarono a ridere, pur sapendo che in effetti, tra loro, una piccola intimità ci fu, una curiosità celata benissimo scegliendo l'amicizia alla frontiera di una sessualità che forse, anzi sicuramente, era solo l'attrazione empatica tra chi, crescendo, aveva maturato in sintonia reciproca esperienze, condividendo una speculo adolescenziale dell'altra, sofferenze e amori, abbandoni e fremiti, raccontandosi nelle piccole confidenze il primo rapporto completo con un ragazzo, quando Sabine aveva diciotto anni e Ulrike uno di meno.

Così Ulrike chiese all'amica ancora una volta un bacio, un abbandono; nulla più di quello, solo se avesse voluto...

La verità era che lo volevano entrambe: bevvero ancora una birra per entrare in quella sorta di disinibizione consapevole, andarono silenziose nel piccolo appartamento di Ulrike, pagato nell'affitto con il suo vero primo contratto di lavoro serio: una serie di traduzioni per conto della facoltà che le vide laurearsi. Entrando si tennero la mano e, chiudendo la porta, si abbandonarono completamente alla loro seduzione mai soffocata del tutto, latente, a volte usata come pungolo.

Il primo bacio dopo anni fu lungo e intenso: Sabine avvertiva una leggera confusione dovuta all'alcol e all'attrazione nei confronti dell'amica che la liberò della camicia prima, del reggiseno poi, tirandola a sé verso il divano.

Così Sabine ricorderà Berlino, tra le braccia di chi la conosceva talmente bene da capire cosa e come l'avrebbe portata in pochi minuti al primo orgasmo.

Dormirono assieme, abbracciate: il mattino successivo Sabine preparò un chai, tè in polvere messo nel latte bollente, lasciato in infusione, accompagnato da zucchero di canna.

Aveva letto più volte che il rito del chai era tra le usanze più diffuse, che sarebbero anche per lei divenute routine e già lo erano, visto che da qualche settimana alternava, il mattino a colazione, caffè nero al chai.

Ulrike trovò la bevanda calda di buon sapore: fecero assieme una doccia, l'ultimo saluto intimo condividendo la schiuma al vetiver del sapone cremoso.

Si spruzzarono lo stesso profumo, il preferito di Ulrike, muschiato ma con una punta dolciastra; Sabine si rivestì, ora leggermente nervosa, salutando l'amica con un lungo bacio, parentesi di caos interiore e piacere epidermico, emotivo.

Non si sarebbero riviste per alcuni anni, sino al giorno nel quale Ulrike avrebbe forse deciso di raggiungere Sabine ai tropici keraliti...

Nei momenti immediatamente precedenti a quando Sabine avrebbe aperto la porta per tornare alla sua vita, Ulrike le porse, sorridendole complice e serena per la notte trascorsa assieme, un piccolo pacchetto, da lei confezionato: all'interno un sacchetto di carta lucida blu scura contenente una catenina d'argento con ciondolo pure d'argento.

Il pendaglio era un piccolo Ganesha[11] d'argento, nemmeno troppo stilizzato, tipico con la sua postura yogica che ne richiamava la posizione del padre Shiva, la zanna spezzata, le braccia alzate all'altezza delle spalle portando nella mano sinistra un fiore di loto, nella destra una scure.

Nell'attimo in cui Sabine lo indossava iniziando ad aprire la porta, Ulrike le disse:

"Rimuove gli ostacoli... così mi hanno detto."

Seguì un ultimo bacio, un timido grazie e Sabine si trovò così sola, passeggiando tra la folla di persone nel cuore di Alexanderplatz: non aveva ancora voglia di tornare a casa, avrebbe lasciato scivolare la notte trascorsa tra bellezza e purezza, peccato e piacere, ancora per un po', lasciandosi andare senza meta tra i suoi mille pensieri contrastanti.

Berlino era anonima in quel momento, ma le apparteneva,

---

[11] Ganesha, il Dio dalla testa d'elefante, figlio della coppia Shiva/Parvati, una leggenda importante per l'hinduismo che segna il confine tra lo shivaismo e lo shaktismo di matrice femminile, Parvati, in piena autonomia, concepisce e partorisce il figlio, in realtà è la manifestazione dell'energia femminile di Shiva,

sentiva ogni calcinaccio dei vecchi palazzi in demolizione come parte cromosomica della sua epidermide, fresca come le rose che nei giardini abbozzavano la nuova vita.

Dall'altra parte del mondo anche i loti sbocciavano in quel momento, c'è sempre un fiore che sboccia nel mondo in qualunque momento dell'anno: la vita prosegue con le sue regole, Sabine ne coglieva in quel momento l'effimera presenza attraverso pensieri liberi di vagare ovunque.

in grado di generare mondi, pianeti, stelle, il Cosmo, un figlio. Così è interpretando le scritture vediche, in realtà tutto ciò ha varie interpretazioni, come del resto accade spesso nelle scritture hinduiste.

Praveen

Giunse aprile, anzi, piombò improvviso su Sabine che, troppo impegnata in preparativi, feste, saluti e molto tempo trascorso con la madre durante il giorno, assieme a entrambi i genitori nel weekend, non si rese quasi conto che alla data della partenza mancassero meno di due settimane.

Era seduta in camera sua, impegnata caoticamente a caricare l'hard disk del suo nuovo laptop di film, documenti, rubriche, musica: il trillo di Skype la chiamò.

A Berlino erano le undici del mattino, la chiamata proveniva dal Kerala, dove l'orologio segnava le quattordici e trenta.

Ovviamente era Praveen Kumar che s'informava se tutto fosse pronto: non c'era più tempo per nulla; il direttore sapeva che il biglietto aereo era già da mesi acquistato da Sabine, lo preoccupavano invece le procedure per il visto.

"Namaskar Praveen Kumar, è tutto sotto controllo, ho già effettuato l'upload dei documenti e delle foto sul sito dell'ambasciata indiana: domani, al massimo dopodomani, mi recherò di persona per ritirare il visto, anche il passaporto è già nelle mani degli addetti. Certo che avete delle procedure standard un po' complicate voi indiani!"

Praveen rise e replicò:

"Perfetto Sabine, qui il sole l'attende, tutta la scuola freme sapendo che tra pochi giorni converserà in inglese con un'eminenza della lingua anglosassone, l'aspettiamo tutti impazienti. Una sola cosa: la cuoca del college mi chiede sino a che punto gradisce il peperoncino piccante, il battesimo a tavola sarà memorabile e siamo pronti a immortalarlo fotograficamente!"

Entrambi risero a crepapelle, Sabine si aspettava una cucina risoluta nei sapori prospettati, amava le spezie ma nella sua cucina di solito erano proposte più che altro con classiche erbe aromatiche tipicamente mediterranee.

Timo, maggiorana, basilico, rosmarino, al massimo paprika nelle patate arrosto con cipolla di contorno a würstel e maiale, cotolette o braciole, ma le spezie indiane sapeva essere altra cosa.

Sapori diversi e particolari: si era allenata cucinando riso con curcuma e cumino, zenzero e cardamomo, ma il peperoncino non sapeva sino a che punto 'invadeva' i piatti che avrebbe mangiato.

"Praveen, che le posso dire... mi piace, ma non so quanto la vostra cuoca usi il peperoncino!"

"Le garantisco Sabine che la confezione acquistata ogni settimana per la dispensa è un barattolo da un chilogrammo, tragga lei le sue conclusioni!"

Risero ancora: effettivamente un chilogrammo di peperoncino in polvere era una quantità elevata anche nel cucinare per una cinquantina di ragazzi che frequentavano il college. La ragazza, perplessa, replicò:

"Immagino che dovrò allenare il mio palato per mesi e forse non saranno sufficienti, ma ci proverò direttore, ci proverò sul serio!"

"Scoprirai tutto quando sarai qui, tienimi aggiornato sulle procedure del visto, quello per me è fondamentale. Quando arriverai in Kerala andremo assieme all'ufficio immigrazione per regolarizzare la tua presenza qui. Non preoccuparti, mi sono informato di tutta la burocrazia da espletare, la seguirò passo passo e, vedrai, sarà meno piena di scartoffie di ciò che immagini, anche se so che la nostra burocrazia è famosa in occidente per le lunghe procedure, così mi dicono, per me è abitudine!"

Sabine ne dubitava ma avrebbe appurato tutto sul posto, salutò il direttore con un classico 'namastè', aprì lo sportellino del lettore cd e vi alloggiò un vecchio disco di Björk, *Jòga*, ancora una volta Islanda musicale, il suo personale modo di vivere l'Europa che amava, sulla soglia di una partenza e un lungo soggiorno ai tropici.

L'indomani mattina, dopo una ricca colazione silenziosa, anche la madre in quei giorni notò essere troppo seria per gli standard tra loro due, segno evidente di una tensione dovuta all'avvicinarsi della data di partenza, uscì di buon'ora per recarsi all'ambasciata indiana.

L'edificio era dalla parte opposta di Berlino, comodamente raggiungibile grazie a un paio di corse in metropolitana, non lontano dall'amato Tiergarten.

Passargli accanto le ricordò la dolcissima notte con l'amica; camminò accanto, con il sottile istinto di entrare per l'ennesima volta, al museo della Bauhaus, emblema di una Berlino lontana nel tempo, ancora così vivida nei lasciti di un'avanguardia che stupì e stupiva tutt'ora il mondo.

Cercò l'ufficio visti, prese il numero dal distributore prenotando la sua priorità di chiamata, attese.

Nemmeno troppo: un'ora, ma vista la folla in coda per visti, informazioni, chiarimenti, si aspettava un'attesa ben più lunga.

Entrò nell'ufficio rimanendo sconvolta dal trovare ad attenderla un bel ragazzo tedesco: era certa che tutti gli addetti degli uffici consolari provenissero dal paese d'origine invece no.

Per evitare disguidi e incomprensioni, l'ambasciata, una regola diffusa anche presso altri consolati, impiegava addetti locali per garantire ai richiedenti di evitare intoppi, mancanze di flessibilità al fine dell'ottenimento del timbro sul passaporto o informazioni specifiche.

Sabine consegnò il suo documento d'identità: il ragazzo, capelli mori e occhi scuri, molto freddo anche per la media teutone, cercò il suo documento all'interno di un cassetto metallico, scorrendo i passaporti organizzati in ordine alfabetico.

Trovò quasi immediatamente il passaporto della ragazza, ne sfogliò le pagine vuote finché trovò la facciata corrispondente al visto richiesto, vidimato e in perfetta attesa della regolarizzazione su suolo indiano e lo porse a una sorridente Sabine.

Aveva applicato la procedura correttamente, le rimaneva solamente di correre a casa avvisando Praveen della regolarità dei suoi documenti.

Non subito: non le capitava di frequente di trovarsi in quel lato della città; decise allora di passeggiare, godendosi la sua Berlino, arrivando dopo un paio di chilometri, percorsi fischiettando un motivo a caso con andatura spedita, alla porta di Brandeburgo, percorrendo poi con passo rallentato il lungo viale dell'Unter Der Linden.

La bella giornata lo voleva pieno di turisti a passeggio: così amava la sua città, viva e ammirata.

Dopo averne percorso due, forse trecento metri, si girò guardando da lontano la porta neoclassica, la quadriga trainata dai cavalli in metallo che dominava il landscape di quella parte del quartiere Mitte, accettò di scattare un paio di fotografie ad una coppia di giovani fidanzati, forse italiani o spagnoli, confondeva a volte gli accenti.

Che bella la Porta: non ricordava volta che arrivata in quella zona del Mitte non s'incantasse ad ammirarla, ricordando quel giorno in gioventù, che la madre le raccontò anni prima, quando, assieme all'allora fidanzato, oggi marito e padre di Sabine, assieme ad altre migliaia di ragazzi, adulti, vecchi, attesero che, riaperta, decretasse la fine della divisione, l'iniziò di una nuova Era. Da quel momento a pochi giorni i primi picconi iniziarono ad abbattere il muro: anche suo padre picconava assieme ad altri compagni di scuola, altri adolescenti frementi di aprirsi al mondo.

Sarebbe stato così per lei: stava abbattendo il suo muro d'ignoranza, di chiusura, di paura della diversità culturale; ogni giorno, ogni notizia che leggeva riguardante il Kerala, anche tramite quotidiani locali online in lingua inglese, era una picconata, sua, personale, mirata, nel demolire il suo muro interiore.

Attese la metropolitana per rientrare a casa, non troppo, cinque minuti al massimo, tornò nel suo distretto, per poi scrivere a Praveen Kumar una breve mail:

'Ho il visto, sono pronta;

namastè Sri Kumar'

Friedrich e Beate

Arrivò velocemente il giorno della partenza: le ore scorrevano veloci nel momento in cui Sabine iniziò a preparare il suo bagaglio, un trolley nuovo acquistato in un centro commerciale approfittando delle offerte precedente la Pentecoste, festa di primavera che in Germania è spesso sinonimo di viaggio, interno o all'estero, lunghi giorni, quasi una settimana, per dedicarsi a viaggi, scrollarsi di dosso il freddo di un lungo inverno.

Berlino è così: il freddo richiede il giusto tempo per essere dimenticato e immergersi nella stagione del tepore, il periodo della Pentecoste era strategico in questa metafora stagionale.

"Sei tesa?", le chiese la madre la mattina della partenza.

"Ovviamente sì!"

Sabine rispose con voce tremolante, ma non nei timori di un futuro incognito, il suo stato d'animo era carico di aspettative e in fermento. Avrebbe salutato quella sera i suoi genitori: li avrebbe rivisti dopo lunghi mesi.

A quello non era pronta e solamente le lancette dell'orologio moderno d'acciaio, appeso nel salotto arredato al contrario, in stile classico con massicci mobili di legno, ne scandivano gli ultimi tocchi: il fluttuare del tempo rapido nello scorrere in quella giornata razionalmente ricca di tristezza frammista a turbamento.

"Io e papà abbiamo deciso di accompagnarti all'aeroporto: a che ora hai il check-in?"

Sabine controllò per l'ennesima, forse la millesima volta, il piano di volo e confermò alla madre:

"Vediamo, la partenza è fissata per le ventuno, l'imbarco sarà quindi all'incirca alle venti e venti, direi il check-in lo dovrei effettuare all'incirca alle diciannove, sai che detesto correre, soprattutto in aeroporto".

La madre le sorrise, leccandosi buffamente una lacrima salata sul lato sinistro delle labbra truccate di rosa.

Cercava, senza peraltro riuscirvi, di nascondere con il trucco lo stato d'animo, cosa che, come sempre, otteneva l'esito opposto. Beate messaggiò il marito chiedendo a Friedrich di tornare nel primo pomeriggio, ma già cinque minuti dopo l'uomo aprì la porta confessando che non era andato al lavoro ma a ritirare una robusta e capiente borsa, soprattutto dotata di cuciture resistenti e massicce, per contenere il laptop di Sabine, il suo contatto con la sua esistenza berlinese; inevitabilmente sarebbe stato il bagaglio a mano della figlia.

Sabine abbracciò il padre e, pure lei ridendo, si lasciò andare alla molteplicità di sentimenti che cuoceva in lei: ansia, angoscia, eccitazione, paura, disagio, curiosità, stati d'animo irrazionali che s'accavallavano con incoerenze. Non ne seguì nessuno, si abbandonò all'istinto, bambina ora cresciuta sino al punto dell'autonomia voluta ma non forzata.

Si sentiva donna e bambina.
Bambina e donna.

In quella giornata avrebbe definitivamente abbandonato l'involucro infantile.

Avrebbe indossato solamente le vesti di donna, stoffe di seta di sartorie asiatiche.

Era pronta.

"Grazie papà, grazie mamma, direi che tra un paio d'ore possiamo partire per l'aeroporto, prima però vorrei pranzassimo tutti assieme, sarò banale ma voglio un cazzo di würstel con patate e paprika dove so io, con una cazzo di Kreuzberger Tag[12], scusate la poca finezza ma voglio un boccale colmo di Kreuzberger e salire sul Boeing brilla e stupida, sì, brilla e stupida!"

Risero e s'incamminarono verso il vicino pub, ordinando al cameriere un piatto unico uguale per tutti: würstel, patate e Kreuzberger Tag, ricordando, (patetica si pensò in quel momento Sabine, amando i suoi genitori) quando era piccina, quando iniziò la scuola, quando la scoprirono nascosta nel sotterraneo con una sigaretta in bocca, quando si laureò, assieme ad altri momenti buffi o seri della loro vita.

Ora indossava l'involucro di bambina, quello di donna attendeva i saluti davanti al terminal.

Si godeva la bambina ancora in lei. Per poco.

"Se sapeste anche che solo qualche giorno fa, per la seconda volta, ho fatto l'amore con la mia migliore amica non mi guardereste con gli occhi di due genitori al primo giorno di scuola della propria figlia"

pensò Sabine, ma quel pensiero era ben chiuso e riposto nello scrigno, nel forziere di metallo dei suoi segreti intimi e personali.

Verso le sedici e trenta Friedrich caricò in macchina, un Audi acquistata quando aveva pochi chilometri grazie all'intercessione di un amico rappresentante in un concessionario d'auto, il trolley di Sabine e si accese una sigaretta.

---

[12] La Kreuzberger Tag è una tipica birra berlinese, dedicata al quartiere di Kreuzberg.

Fumava poco, ma in quell'occasione ogni proposito cadde e il pacchetto acquistato il mattino dopo essere uscito da casa, finì ben prima di giungere all'aeroporto. Friedrich attese il resto della famiglia, che non tardò a raggiungerlo sotto casa, il motore era già acceso.

Si chiese se era pronto per affrontare quel momento, si trovò patetico e leggermente egoista, si giustificò lasciando che il proprio io formulasse le domande e le risposte quasi simultanee, un metabolismo inconscio che solo ora, in quel frangente, decise di affrontare senza nascondserselo.

Salirono a bordo diretti al Tegel, l'aeroporto internazionale; Friedrich parcheggiò la macchina pagando il tassametro anche oltre il tempo che si prefiggeva nel rimanere all'interno della struttura, arrivarono tutti e tre, silenziosi e assorti, all'edificio delle partenze.

BERLIN TEGEL DEPARTURES

La scritta a caratteri cubitali non dava adito a errori.

All'interno centinaia di passeggeri erano pronti per decollare, ovunque. Verso mete esotiche, viaggi di nozze, d'affari, ricongiungendosi con i propri cari, verso il proprio paese d'origine per un funerale, una causa legale, un'eredità, un ritorno.

Migliaia di anime in attesa: felici, tristi, addolorati, senza emozioni apparenti o ben celate, mescolati tra loro, a volte assuefatti dai frequenti viaggi, oppure impauriti in attesa di trovarsi di fronte al primo decollo, nervosi per un check-in mai fatto, il primo imbarco, la paura di non avere tutti i documenti.

La classica, indifferente vita all'interno di un aeroporto al padiglione delle partenze, prima dei gate d'imbarco, prima dei sogni, delle vite sospese tra nuvole e atterraggi futuri, cene a bordo, film guardati su piccoli schermi e sonnellini.

Sabine si rivolse ai genitori con gli occhi lucidi:

"Ehy ragazzi, guai se piangete"

Il padre le rispose ironicamente autoritario:

"E tu guai se non mi mandi una mail ogni dieci minuti, hai capito *dottoressa del nulla*? Ricorda che Sonia Gandhi invecchia, se ti riesce sposa un ricco politico locale e sostituisci l'italiana più famosa d'India: è ora che l'India abbia una leader tedesca!"

Risero; Friedrich era bravo a uscire dagli empasse, molto meno la moglie, in quel momento madre di tutte le figlie che stavano partendo per l'ignoto, ma soprattutto madre della sua bambina, vestita con un churidar (aveva imparato solo un paio d'ore prima che quella blusa colorata blu pavone e verde con pantaloni che Sabine indossava, aveva quel nome curioso), Birkenstock ai piedi e puntino argentato tra gli occhi (mamma, si chiama bindi, te ne porterò a dozzine quando torno, le diceva Sabine negli ultimi giorni in cui la ragazza aveva iniziato a curarsi l'aspetto in modalità simil-indiana).

Ora il silenzio: Sabine prese il trolley e s'incamminò verso il terminal, dimostrando una forza interiore apparente che in realtà non aveva.

Il padre le urlò:

"Dottoressa, il laptop mi costerebbe troppo spedirtelo, che fai, te lo prendi ora?"

Così Sabine dovette tornare sui suoi passi a ritirare il bagaglio a mano dimenticato ai piedi del padre e lì il fiume salato dagli occhi scese copioso, quell'appendice non doveva esserci.

Li abbracciò di nuovo, la madre le asciugò gli occhi, avrebbe poi trovato nel marito chi li avrebbe asciugati a lei; Sabine li baciò di nuovo e corse veloce con il suo trolley tirato come fosse uno zaino scolastico e la borsa al collo e sparì dietro la porta dal vetro specchiato, alle spalle di un soldato tedesco, armato, di guardia all'ingresso del terminal.

In quel momento l'involucro della bambina fluttuò invisibile nell'aria calda della primavera berlinese e si dissolse.

La donna prese definitivo il posto della bambina.

Per molti mesi Friedrich e Beate la propria figlia l'avrebbero vista solamente grazie a foto, webcam, leggendone il blog che avrebbe scritto, leggendo le mail, sentendone la voce grazie a Skype.

Marito e moglie si diedero la mano tornando verso l'Audi parcheggiata, Friedrich guardò la propria donna e le chiese:

"Ti va un cinema?"

Lei baciandolo gli rispose:

"Con te ovunque, gran bell'uomo!"

Sparirono dall'aeroporto diretti verso la città.

Ognuno di loro avrebbe da quel momento vissuto una nuova vita nella consapevolezza che il tempo non regalava nulla, inesorabile e traditore nella sua frazionatura in piccole divisioni, cui non si porge attenzione.

La clessidra è composta di sabbia, piccoli granelli, pensà Beate, granelli rosa come la sabbia della sua clessidra d'ottone nella vetrina del salotto, una volta rigirata su sé stessa, nel momento che il flusso della sabbia iniziava, con esso iniziava lo scorrere del tempo.

Lento ma inesorabile.

Granello dopo granello, invisibile e tremendo.

Tempo di vita, riflessione dalla quale non poteva e doveva, ma soprattutto voleva sottrarsi; Sabine volava verso la sua nuova vita, anche lei non si sarebbe sottratta ulteriormente a dare un senso diverso alla sua clessidra, ne immaginava la sabbia ora dorata, ne bramava uno scorrere gentile e determinato in nuove scelte, nuove occasioni da coltivare per non decomporsi dentro con ricordi sgradevoli, quello era il momento di riflettere e capire, per tutti.

Shoba

Da parte sua Sabine non si voltò mai indietro: con le lacrime entrò all'interno del terminal, attendendo che le fotocellule delle porte scorrevoli si aprissero, iniziando subito la ricerca della postazione check-in della sua compagnia: immergersi senza pensieri nel viaggio avrebbe sostituito la tristezza che in quel momento le scese addosso precipitosa e fluente con input positivi, solidi, adatti a iniziare la sua nuova vita con energie positive.

Si concesse di essere umana, non avrebbe forzato più di tanto il decorso emotivo della sua condizione in quel momento, la malinconia non accetta comandi, scende come il velo di brina nelle giornate fredde, come rugiada nelle tiepide primavere...

Scende e basta, avvolge come un abbraccio, proiettando pensieri cui non si rivolge mai attenzione se non nei momenti in cui un saluto, un addio assume le sembianze di un abbandono, anche quando non lo è.

Per Sabine fu quando, trovato il giusto sportello di Air Berlin, in coda e in attesa del suo turno, lasciò entrare nei suoi pensieri, senza contrastarne il deflusso psichico, i volti di sua madre, suo padre, Ulrike, pochi altri amici.

Ancora poche ore e il carrello dell'aereo, sollevandosi per richiudersi al di sotto della plancia aperta che lo attendeva dopo il decollo, avrebbe lasciato tutto a terra come sempre avviene quando si tappano le orecchie per l'arrivo in quota, il corpo si schiaccia contro il sedile, il decollo entra nel vivo delle operazioni canoniche, nuove eccitazioni subentrano tra istinto e ragione sostituendo gli umori di terra.

Ma ora la confusione irrazionale si mescolava generando un long drink emotivo senza sapore, o meglio, con il carattere della mandorla, quindi amaro, dell'abbandono, quello fruttato dei tropici, quello alcolico della voglia di perdersi senza pensieri che non riusciva a evitare.

Si distrasse osservando le persone in attesa: nessun indiano per ora, il primo volo d'altronde era diretto ad Abu Dhabi, solo successivamente avrebbe volato verso l'India.

Osservava uomini d'affari, per lo più conformati, con la loro valigetta, l'I-phone oramai protesi stabile dell'orecchio, nervosi e ricchi di tic per una vita stressata (il prezzo della ricchezza e del successo). Glaciali e ben vestiti, sicuri di sé lasciando trapelare invece la solitudine di una vita legata alla materia, al denaro come compiacimento, al potere come fonte di successo, giocatori votati alla vita espressa e compresa tra cifre, accordi, un mondo che non la attirava affatto, estetica di una società mondializzata, spesso immorale.

Tra loro qualche saudita di chiara estrazione altolocata; non ebbe difficoltà nel riconoscerne alcuni perché in attesa, nella corta fila riservata al check-in della business class, ostentavano senza pudore orologi d'oro, camicie di alta fattura italiana, mogli velate, lasciando solamente libere le due meravigliose mandorle scure degli occhi mediorientali, lunghe abaye nere di seta pura per avvolgere i corpi snelli e flessuosi, ingioiellate con bracciali d'oro e pietre preziose negli scorci di polso che lasciavano intravedere, file di perle opalescenti tra lo sfavillio dell'oro giallo all'inverosimile, così nelle caviglie, negli alti tacchi a stiletto acquistati nelle boutique europee, surrogando la propria condizione con le apparenze più edoniste ed epicuree del consumismo ostentato.

Nella sua fila invece, in attesa come lei, turisti tedeschi o europei in genere, impazienti in attesa di espletare le pratiche richieste dalla compagnia di volo prima della partenza verso gli Emirati Arabi Uniti, eccitati e illusi di vivere una vacanza nel lusso, reale, finto o presunto, oppure, come lei, transitando verso altre mete.

Molto più probabile e, ascoltando alcuni discorsi, individuò lo scalo arabo come trampolino, metafora perfetta e all'uopo, verso le Maldive, gli atolli dell'India più meridionale, bramati viaggi di nozze identificabili dall'eccitazione di giovani coppie o dai discorsi esagerati di alcuni amici, subacquei navigati, pronti a rendere le proprie esperienze narrate reciprocamente con eccedenze di taglie di squali, balene, barracuda dai denti vampireschi, mante immense, pericoli calcolati.

Sabine sapeva bene che pescatori e subacquei andavano accettati così com'erano, picareschi avventurieri del terzo millennio, attrezzatissimi e tutelati, ma ugualmente convinti di rivivere nuove imprese sotto le onde gentili dell'Oceano.

Entrambi, sposini e subacquei, si riconoscevano facilmente: se le aveste chiesto il perché Sabine non vi avrebbe saputo rispondere, ma l'istinto della ragazza, e qualche dialogo colto e rapito tra mille altre parole confuse, in tal senso era forte e sbagliava di pochissimo.

Accanto a lei un bambino correva con il suo piccolo trolley, probabilmente era il suo primo viaggio e non riusciva a contenere il forte entusiasmo nonostante i genitori lo richiamassero di continuo. Fortunatamente più banconi accoglievano i viaggiatori in coda, in attesa del check-in, arrivò in breve anche il turno di Sabine.

Tutto filò liscio: i documenti di viaggio erano conformi, la valigia superava di pochissimo il peso imposto dalla compagnia ma l'addetta chiuse un occhio, un paio di chili in eccedenza non avrebbero fatto precipitare l'aereo, Sabine si rilassò passeggiando nei lunghi corridoi cercando l'area del security-check.

Anche lì non perse troppo tempo: collocò il suo borsone, contenente il prezioso laptop, sul nastro per la scannerizzazione da parte degli addetti alla sicurezza, fu perquisita da una poliziotta fredda e sbrigativa nei modi, anche perché le fotocellule rilevarono su lei metallo facendo suonare l'allarme, ma si trattava solamente della fibbia dei Birkenstock. Finalmente oltrepassò l'aerea militarizzata recuperando il bagaglio a mano per poi con calma dirigersi verso il gate di decollo.

Nessuna fretta: l'imbarco era fissato per le venti e venti, aveva quasi un'ora per bersi un caffè, pensando però che ne avrebbe compromesso il sonno sul velivolo. Lo bevve ugualmente, sorseggiandolo mentre guardava vetrine e banchi sfarzosi nella lunga galleria del corridoio accanto ai cancelli d'imbarco.

Era attirata da borse e profumi, gioielli marcati da griffe famose e meno, tedesche ma soprattutto italiane: quelle catturavano la sua attenzione sebbene fosse consapevole del fatto che oramai quel lusso non era oramai più quasi del tutto frutto delle sapienti mani di un artigianato europeo ma delegate a Paesi in cui la mano d'opera costava molto meno. Immaginava, aveva seguito dossier televisivi che riguardavano proprio le truffe del lusso, gli alti margini di guadagno di una borsetta nera, abbellita da cristalli e inserti di pelle ancora più lucida per crearne il contrasto, margini che alla casa produttrice portavano introiti elevati, forse prodotta proprio in India con costi bassi, forse in Indonesia, Cina, non importava, oramai il lusso per lei era sinonimo di sfruttamento immorale.

Si avvicinò alla lunga fila presso il suo gate: Sabine non aveva l'imbarco prioritario ma il personale di terra della compagnia era lesto nel controllare le carte d'imbarco, strapparne la parte riservata al viaggiatore, confluire la folla verso il tubo collegato con lo sportello anteriore dell'aereo. Sabine entrò all'interno del Boeing, che l'avrebbe portata ad Abu Dhabi, salutando le due hostess dal sorriso formale ma sincero. Avrebbe immaginato personale arabo, come spesso le compagnie adottano offrendo lavoro a connazionali, invece no.

Sicuramente la morettina dallo chignon arricchito da un bastoncino etnico, che ne garantiva la forma, le sembrò tedesca come lei, anche il nome sulla spilla appuntata sul taschino tradiva le origini, Sonja: era chiaramente tedesca.

Nutriva alcuni dubbi, che avrebbe svelato forse durante il volo, sulla collega bionda, fintamente bionda, la ricrescita tradiva il castano scuro al di sotto della tinta. Si chiamava Maria, l'accento era mediterraneo, forse portoghese, forse spagnola, non importava, camminò andando oltre la business class, cercando il suo sedile situato nel corridoio centrale dell'aereo, ideale per un viaggio notturno, non v'era nulla da osservare dai finestrini.

Si accomodò, dopo avere sistemato con cura il proprio laptop nella cappelliera al di sopra del suo sedile, attese di scoprire chi avrebbe viaggiato accanto lei e iniziò a manovrare il monitor posto sul poggiatesta del sedile frontale al suo per capire quali film, giochi, servizi, offriva la compagnia. Infilò le cuffie nelle orecchie, armeggiò un attimo le varie selezioni e decise, sulla sezione film, per un blockbuster che si era persa al cinema durante l'inverno.

I vicini svelarono presto la loro presenza: erano una coppia proprio diretta proprio alle Maldive già inquadrata durante il check-in: lei nervosa per il viaggio, lui padrone della situazione.

Il paradiso li attendeva poche decine di miglia al di sopra dell'equatore, pochissimo al di sotto della punta meridionale dell'India.

Si salutarono: Sabine cedette il suo posto per non dividere gli sposini, un piccolo errore di assegnazione dei posti della compagnia aerea l'aveva relegata al sedile centrale, decise quindi di spostarsi su quello esterno del lato destro dell'aereo e la giovane moglie si collocò accanto a lei.

Curiosa la sposina guardò quale film Sabine stesse seguendo: lei l'aveva visto durante l'inverno e iniziò ad attaccar bottone dichiarandole quanto le fosse piaciuto, che l'avrebbe, forse, anche lei guardato durante il volo, anticipandole alcune scene topiche e così via.

Sabine cambiò film, non amava sapere ciò che sarebbe accaduto: capì dall'estremo chiacchiericcio che la sposina era terrorizzata, fu diretta nel chiederle se fosse il primo volo in aereo ricevendo la conferma che si aspettava.

Le cinture erano ben allacciate, l'aereo iniziò le sue manovre all'interno dell'aeroporto, pachiderma, non indiano delle foreste ma tedesco e urbano, alla ricerca della pista che dal Tegel l'avrebbe portato in Medioriente, il tutto condito da piccoli spostamenti rumorosi con cigolii di ala, prove di assetti dei flap e già ognuna delle hostess si era già disposta lungo i corridoi del Boeing per illustrare le procedure di salvataggio, ammaraggio, sopravvivenza.

Sabine rideva: o si arriva o si muore, e non raccontatemi il contrario biondina tedesca e morettina ispanica, così pensava.

L'aereo giunse con un'ultima, larga curva, all'inizio della pista: in quel momento il pilota attendeva l'ok dalla torre di controllo, la procedura ebbe inizio quasi subito.

La ragazza al fianco di Sabine parlava a getto con il marito, con Sabine stessa, con chiunque: l'aereo accelerò, sempre di più, la sposina si trovò per la prima volta nella sua vita schiacciata contro il sedile dalla violenta accelerazione cui seguì lo stacco, il senso di vuoto dentro. L'aereo puntò spedito verso la quota di crociera senza troppe virate, una linea diretta verso il cielo buio e stellato della notte berlinese.

Sabine continuò a guardare il suo film, attese la cena che fu servita quasi immediatamente, erano quasi le dieci di notte ma il pasto serale era previsto così come il successivo spegnimento delle luci. Mangiò senza foga la pasta, ben condita, nulla da dire, il pollo con patate, il dolce servito all'interno del vassoio, troppo largo per il ripiano del sedile, come sempre. Un catering che non era quello della business class, così immaginava, ma non era nemmeno di qualità scadente; lo apprezzò così come apprezzò il doppio giro di bibite da parte delle hostess di servizio. Due giri, due birre e via, verso i Paesi arabi!

Si addormentò quando il film era quasi terminato, in realtà noioso e per certi aspetti già visto in altre decine di film d'azione con poca fantasia, molta farcitura di post-produzione e fattura ricca di dollari e poche idee. Si destò poco prima dell'arrivo ad Abu Dhabi, captando, nella letargia di un sogno strano che non ricordò dopo il risveglio, la voce dell'hostess che offriva tè, caffè, cioccolato caldo, biscotti e dolciumi.

In meno di un'ora erano al caldo soffocante della capitale degli Emirati Arabi: fortunatamente il cambio d'aereo all'interno dell'International Abu Dhabi Airport, si limitava a due ore, giusto il tempo di cercare il successivo gate d'imbarco dopo avere espletato le procedure di sicurezza del cambio di volo.

Altro imbarco, altro Boeing, altre hostess: Sabine ora si sedette accanto a un finestrino; la giornata, almeno in quel Paese, era tersa, se il clima fosse stato così anche in India avrebbe visto il Kerala dall'alto senza nubi, la rotta prevedeva ore e ore di mare sino ad arrivare alla costa indiana, sarebbe stata una noia mortale ma così sono spesso i voli transoceanici.

Ora la tipologia generale dei viaggiatori era mutata, e se l'aspettava: ecco finalmente gli indiani, ovviamente di buon ceto sociale. S'accorse, ricordando le foto e tutto ciò che aveva letto sul web, di essere di fronte ad indiani del sud osservandone le camicie, i sari delle donne, il colore scuro del viso, i baffoni degli uomini, le ciabatte di pelle. Accanto a lei si sedette una donna elegantissima nel suo sari di seta cangiante, una mescolanza stupenda di blu pavone, rosso intenso, piume d'uccello dipinte da abili tinteggiatori di stoffe.

"Piacere, mi chiamo Shoba."

La donna era di appena qualche anno più vecchia di lei.

"Piacere, Sabine."

La ragazza rispose sorpresa da una confidenza così immediata.

Shoba desiderava il dialogo: fortunatamente parlava un buon inglese, con una strana cadenza scandita, e proseguì il suo approccio con Sabine.

"Anche tu sei diretta in Kerala miss Sabine?"

"Sì, certo, la meta è Kochi ma ci arriverò anche senza il miss, Sabine va bene!"

Bastò quella piccola battuta tra loro per stemperare la tensione: nel frattempo il pilota aveva iniziato la procedura di decollo, la pista era sgombra, il cielo pure, l'aereo partì con un buon decollo e in Sabine se ne andarono definitivamente, decollando senza rombi di motore, anche le scorie dei pensieri legati alla sua Terra, se ne andarono viaggiando a ritroso, verso una lontana e sfumata Europa, come boomerang scagliati dalla forza di pensieri nuovi, confusi, concitati. Il visto prevedeva Sabine in India, non di certo i suoi pensieri che l'abbandonarono sostituendosi a un'eccitazione crescente.

"Sei keralita Shoba? Voglio dire, ti rechi in Kerala perché è la tua terra? Non giudicarmi curiosa è che è la mia prima volta, saresti la prima vera keralita che conosco... io starò là un anno, oddio sono emozionata e forse ti sembrerò stupida!"
Shoba le sorrise dolcemente ruotando la mano all'altezza del viso come fosse un fiore che si dischiude rapido. Sabine, nel tempo, avrebbe imparato che quel gesto in sé racchiudeva stupore, simpatia, troppe cose irrazionali per essere spiegate: era un gesto che le sarebbe divenuto familiare, lei avrebbe capito quando e perché, ma non ora.

"Sì mi reco in Kerala dove mi attende la mia famiglia, ma non sono keralita e non lo sono di pochissimo: sono nata in Tamil Nadu, sul confine con il Kerala, a Nagercoil; prima dell'Indipendenza la mia città non era né Kerala né Tamil Nadu, era Travancore, un regno diviso tra i due Stati. In realtà sono un po' entrambi, ma mio marito è keralita, così i miei bimbi. Vivo non lontano da Alappuzha, la sentirai chiamare anche Aleppey, in una città per me molto bella che si chiama Haripad, ti consiglio di venire nel mio distretto per goderti la zona più ricca d'acqua e di fiumi dell'India del sud. Nella mia città c'è un tempio dedicato unicamente al cobra divino: è unico nel suo genere in tutta l'Asia, almeno da quello che so."

Shoba parlava a getto, Sabine ascoltava e si segnò l'indirizzo della donna, il numero di cellulare, la città nella quale viveva perché chissà, forse in futuro davvero sarebbe andata nel suo distretto. Già ragionava in termini di distretto dimenticando i suoi lander, ma il concetto era simile.

"Io sarò a Kochi per un anno..."
Le spiegò tutto ciò che successe nei mesi precedenti, la sua ansia, la sua fermezza nel comunque 'osare' questa soluzione almeno per quell'anno.

"Kochi è molto bella, almeno per i miei canoni; è una città grande, non lontana dal mare, anzi, alcuni quartieri sono proprio sul mare. Troverai cinema, teatri, supermercati, anche confusione tra le strade, fidati, quella non manca mai!".
Risero assieme e Sabine replicò pronta:

"Sì, immagino: ho visto immagini, un vero formicaio nei mercati o sulle strade. Senti Shoba, scusa la mia curiosità, ma tu che ci facevi ad Abu Dhabi?"
Sul volto della donna keralita scese un velo di tristezza ma accontentò la curiosità di Sabine.

"Negli Emirati Arabi vive la mia famiglia, i miei genitori: dopo il mio matrimonio decisero di emigrare in cerca di lavoro, nella mia zona purtroppo è sempre più difficile trovare un'occupazione stabile. Una volta era diverso: avevamo una piantagione di caucciù, non grande ma che ci consentiva di vivere bene, io di laurearmi e, ad Haripad, insegno in una scuola governativa, lo stipendio non è altissimo ma assieme a quello di mio marito possiamo permetterci di rimanere nella nostra terra, lui è elettricista industriale. I miei genitori, invece, insieme al mio fratellino e a mia sorella maggiore, accettarono il trasferimento negli Emirati; mio padre è operaio presso una ditta che si occupa di costruzioni, lo stipendio è buono anche se il clima e la vita sono un inferno, troppo caldo e si lavora anche sotto un sole che non da tregua". I sauditi ti lasciano vivere, ma non di far parte interamente della società la quale è esclusivamente loro, una vera barriera sociale. Imparerai in India che molto della nostra società è strutturata sul sistema delle caste, l'Occidente su questo storce il naso, per alcuni aspetti anche a ragione, ma così non è ovunque? Maledetto petrolio, senza quello sarebbero ancora legati alla pastorizia e alla pesca, invece ostentano una ricchezza dovuta solo alla fortuna. Non mi piacciono i sauditi: non li posso e non li voglio capire."

Fece una lunga pausa: entrambe sorseggiarono un ottimo tè servito dall'hostess di turno assieme a uno snack al cioccolato farcito in un croccante biscotto, poi Shoba riprese:

"Il petrolio ha dato loro ricchezza e potere, i sauditi guardano noi indiani, così come i filippini, gli indonesiani, gli africani che vivono negli Emirati, un po' in tutto il Medioriente del petrolio, come fossimo selvaggi, ma scoprirai che la mia cultura è ricca, invidiabile, una scuola spirituale e artistica per tutto il Mondo. A loro, come a tanti altri, ciò non interessa, ma ti garantisco che scoprirai un Kerala colto e gentile, tradizioni antichissime, ancor più della tua Europa, i nostri testi sacri hanno 5000 anni, forse di più, sebbene io sia cattolica, non hinduista, ma Dio è Dio che abbia una lunga barba, una piuma di pavone sul capo, una falce di Luna".

Sabine ammirò la bellezza della donna, bellezza sfumata da una profonda saggezza, manifesta nella fierezza dello sguardo, dalla determinazione delle sue parole, interpretando l'inglese non sempre perfetto in dizione e grammatica, ma capibile.

"Per questo non porti il bindi? Perché sei cattolica?"

Chiese la donna tedesca e Shoba replicò sorridendole:

"In realtà a volte porto pure io un bindi per adornare la fronte, non il tilaka votivo hinduista, quello no, ma dentro le nostre chiese potrai trovare chiunque voglia stare un po' raccolta con il Signore. Nei templi hindu è un po' diverso, ognuno ha tradizioni sue e regole da interpretare ma non preoccuparti: ognuno è ben accolto se rispetta, cerca di capire, si abbandona alla preghiera. Impara questa parola: 'namah', vuol dire abbandono, a Dio, comunque tu lo voglia chiamare, qualunque nome nasca nel tuo cuore, qualunque immagine il suo volto ti suggerisca. Namah, namah!".

Il tempo trascorse tra mille domande, alcune risposte, altre che invece rimasero sospese a 9000 metri d'altezza: ecco le coste dell'India, ecco il Kerala, Sabine appicciò il naso al finestrino vedendo solo verde, coste e foreste, chiedendo alla nuova amica se veramente al di sotto a quello smeraldo arboreo ci fosse vita.

"Anche troppa! Da qui appare tutto come una distesa di foreste selvagge ma al di sotto di quelle palme, vedrai quante altre palmette più basse: assieme ad altri alberi, poi i villaggi, un vero formicaio, ovunque! Aspetta di trovarti in un mercato, camminando lungo una strada, seduta su un autobus, in un treno; vedrai quanta vita, quanta gente, quante storie s'intersecano nel chiasso della mia India!".

"Ti attende tuo marito Shoba in aeroporto, una volta arrivati a Kochi?"

"Credo di no. Lavora oggi e la distanza dalla mia città, per le strade fagocitate del Kerala, è notevole. Arriverò a Kochi, ma mio marito non ci sarà ad attendermi: si chiama Anhil, sai Sabine? Mi ha prenotato un biglietto per il treno. Se riuscirò a essere in stazione per tempo, in tre ore sarò ad Alapphuza: lì mi attende mio marito con mio figlio."

Tre ore... per Sabine voleva dire da Berlino arrivare a Monaco, anche meno, attraversando tutta la Germania nel suo interno: da ciò che le spiegò Shoba, invece, in quelle tre ore il treno avrebbe percorso nemmeno settanta chilometri.

"Sono treni lenti, Sabine; effettuano molte fermate, spesso lunghe per permettere ai venditori di porgere alle persone affacciate ai finestrini del treno cibo e bevande a basso costo.

Sentirai ripetere spesso dai venditori nelle stazioni: 'vellam, vellam, vellam, vellam, vada, vada, vada, vada' Vellam è l'acqua, vada sono cibi che scoprirai presto gustosi sebbene untissimi, ma davvero gustosi. Tu diresti 'tasty', corretto?"

Sabine rise confermando il tasty, appetitoso, per quanto nella sua Germania avrebbe detto 'appetlitich', ma tasty andava bene.

"C'è sempre molta gente che sale sui treni, o in attesa nelle stazioni; forse non è la ferrovia più veloce al mondo, anzi, scoprirai che così non è, ma se ne approfitti, dai finestrini potrai goderti i villaggi, spiare le vite di migliaia di persone, ascoltarne i rumori, i suoni nei templi, guardare il paesaggio. Da Kochi ad Alapphuza si viaggia all'interno delle backwaters per lunghi tratti, i binari attraversano ponti, puoi vedere le barche navigare lente sui corsi d'acqua, i contadini nei campi, i bufali che pascolano immersi sino al collo, le donne che si lavano nei fiumi. Questa è India cara mia, incredible India!"

Sabine era ammirata ed eccitata: l'aereo scivolava lento nella calda aria degli alisei indiani, verso la pista d'atterraggio che l'attendeva. Ora le sagome delle chiome erano nette: sì, erano per lo più larghe ed alte palme, tutte in fila come soldati usciti da una foresta incantata e sulle spiagge vedeva villaggi, barche rovesciate, dune e frangiflutti nel sottocosta.

Erano davvero a quota panoramica, il verde alla sua destra, il blu del mare d'Arabia a sinistra, l'aereo virava per abbassarsi ancora un po', un altro po', la pista d'atterraggio era davanti al Boeing, il carrello uscì dalla plancia, un tonfo secco, un altro di rimbalzo e la frenata.

Erano a Kochi, Sabine era finalmente in Kerala, un nome sentito, ripetuto, letto, centinaia, migliaia di volte in quei mesi.

Le due donne si salutarono promettendosi d'incontrarsi di nuovo, *'God bless you'* le disse Shoba, Sabine sorrise, dentro di lei c'era il caos, le avrebbe risposto con un cerimoniale namaskar, oppure namastè, pure lei dicendo Dio ti benedica, optò invece per un tedesco e sincero 'vielen Dank'[13], senza inchino, freddamente com'era ancora la sua indole.

Ancora per un po'...

[13] *Vielen Dank*, in tedesco, grazie mille.

Tanvir

L'aeroporto era sì internazionale, ma piccino: Kochi non era altro che una meta per una nicchia turistica o locale, ma di un ceto elevato o migratorio: pochi voli, un terminal ordinato e poco chiassoso.

Il ritiro bagagli fu celere; Sabine dedicò maggior tempo nell'espletare le pratiche d'ingresso mostrando il visto, il passaporto, compilando attentamente il modulo come Praveen le spiegò in una delle tante mail, attenta a porre il giusto indirizzo, non tralasciando nessuna delle caselle che le chiedevano generalità anagrafiche, religione (che metto? Cristiana? Vada per cristiana...), indirizzi e recapiti sul posto. L'addetto all'immigrazione, con tutta la flemma che la donna tedesca immaginava sul posto, guardò ogni riga compilata, apparentemente scrutando e ponderando le compilazioni, in realtà solamente perdendo il tempo necessario per far sì che l'esigua fila in transito non si esaurisse subito lasciandolo disoccupato e in cattiva luce di fronte ai superiori.

Attorno a lei militari ovunque: sapeva che l'India era presidiata nei luoghi nevralgici per la paura di attentati pakistani ma non immaginava così tanti soldati, sornioni e annoiati. Guardò un bel ragazzo in mimetica e turbante (*sikh* si ripeteva, quello è di religione sikh perché veste il turbante e la barba), molto alto e dal portamento fiero, diverso da coloro che invece immaginava del sud per i baffoni, la pelle più scura, i sari delle tante donne che transitavano.

Il maggior numero era dovuto alle hostess di Air India con sari rosso-nero e grigio, omologato nei colori, donne comuni che non lasciavano possibilità di capire la provenienza. Ora era nell'India dei tanti stati, lingue e colori, non era per lei facile capire chi proveniva da dove anche se la maggior parte delle donne, quelle più eleganti, indossava sari bianco-panna e oro, i colori tradizionali dello stato, così eleganti nel portamento indotto dalla stoffa stretta e avvolgente, dal drappo laterale, il pallu, che obbligava un braccio a reggerlo come fosse stola di dama rinascimentale, un'eleganza quasi da quadro fiammingo.

Per certi aspetti si sentiva rozza e fuori posto con il suo churidar acquistato in un mercato etnico di Pankow, il sabato mattina, mercato gestito collettivamente tra indiani, bangladesi, srilankesi, turchi e cinesi, eppure aveva scelto di integrarsi da subito, avrebbe regolato gli outfit in seguito, per ora andava bene così e non si negava che le piaceva il suo look, si osservava più volte quando incontrava uno specchio.

Sui muri dell'aeroporto immagini di elefanti, costumi e danze che non conosceva; la gente camminava veloce con le proprie valigie, con i trolley verso l'uscita: molti di loro possedevano in quella città la loro vita, erano pochi i bianchi come lei, sparuti gruppetti isolati di turisti, nulla che avesse a che fare con un turismo organizzato e massiccio, tipico del nord, del famoso 'Triangolo d'Oro'.

Così, quasi ultima del suo volo (Shoba era letteralmente volata verso un treno che non poteva perdere e il tempo non le concedeva troppi agi), con il trolley trascinato con la mano destra, il laptop nel borsone a tracolla, uscì dal terminale e vide un cartello, tra la folla, con il suo nome: miss Sabine.

Lo reggeva un ragazzone alto, dagli occhi molto grandi, quasi come i suoi baffoni keraliti (capì, aveva studiato bene in qui mesi, che quei mustacchi denotavano lo status di uomo sposato), un punto rosso e bianco sulla fronte (ricorda Sabine è il tilaka hindu, quindi identificò il ragazzo anche dal punto di vista religioso) ma non aveva il gonnellino, il dhoti. Vestiva un paio di comodi jeans occidentali e una camicia a scacchi scura in tessuto Madras, larga, infilata sotto la cintura.

"Ciao sono io Sabine..."

Il ragazzo non la capiva bene: era l'autista del college, parlava pochissimo inglese.

"Sa-bi-ne, io sono Sabine."

"Ok, ok. Sabine, capisco. Bene, io... mio nome Tanvir. Namaskar, dai trolley e vieni."

Ma Praveen Kumar non poteva degnarsi di venire in aeroporto? Cavolo, il suo ingresso in Kerala sarebbe stato nell'incomprensione di linguaggio con un autista che non parlava quasi inglese? Però era autista, quindi aveva un mezzo, quindi non sarebbe impazzita, sola nella grande città a cercare un taxi e il college.

Per quanto al di fuori dell'International di Kochi, taxi e tuk-tuk[14] fossero ovunque numerosi e parcheggiati anarchicamente tra le diritte strade del parcheggio, Sabine salì invece su un comodissimo van, modello *Maxximo* della *Mahindra*; assieme alla *Tata* avrebbe imparato presto essere la maggior ditta costruttrice di automobili, autobus e trattori in tutta l'India.

Tanvir aprì il portellone laterale scorrevole e Sabine si sedette sul sedile accanto al finestrino, non si sarebbe persa un albero, un negozio, una persona, qualunque cosa di quel suo primo viaggio sulle strade di Kochi.

L'autista accese il motore, la radio era sintonizzata su un canale di bhajan devozionali, ma lei non lo sapeva; lentamente uscirono dall'aeroporto immettendosi in una larga, scorrevole tangenziale.

---

[14] Tuk-tuk (o auto-rickshaw), la tipica ape (ex Piaggio) modello 'Calessino', vendutissima in tutta l'Asia, talmente tanto in India da divenire parte integrante del landscape urbano, Solitamente verde e gialla nei colori, in India è impiegata ovunque come taxi per brevi distanze, al servizio della gente comune e povera, dei turisti, di chiunque.

Dieci minuti di scorrevolezza tra le ampie strade attorno all'aeroporto internazionale, poi Kochi, il suo traffico, i clacson a migliaia, la gente che schiamazzava nei mercati estemporanei sulla strada, le mucche che ogni tanto intralciavano il traffico, i tuk-tuk che lottavano per occupare il più piccolo dei buchi negli ingorghi.

Questa era l'India che si aspettava, non diversa dalle immagini di Delhi, Mumbai, Kalkata, viste sul web o in televisione: nessun semaforo, rotonda, vigile che dirigesse il traffico, solo a tratti un placido poliziotto con paletta, svogliatamente obbligato a cercare bandoli inesistenti di matasse aggrovigliate nella confusione stradale.

Solamente il caos totale, eppure comprese avesse regole non scritte ma pertinenti. Non intravide incidenti, tamponamenti, situazioni di pericolo o tensione.

In quel caos assoluto e anarchico il rumore dei clacson si confondeva con quello delle mille radio che trasmettevano musica pop, folk o devozionale, in lingua malayalam.

'*Om Namah Shivaya*' recitava il canto diffuso dalla radio del van tra tamburi, cori intervallati a un singolo cantore; ognuno ripeteva il mantra. Tanvir alzò il volume, approfittando di un ingorgo più scombussolato di altri, si girò, guardando la donna bianca e le disse, sorridente:

"Om Namah Shivaya. Shiva, Lord Shiva!"

Sabine provò a ripetere, ma ne uscì uno strano suono, simile ma non uguale al mantra della radio, di Tanvir, di tutti loro. Però era così... mantrico!

Ora si rendeva conto del termine mantrico, una trance allegra nella ripetizione continua delle parole scandite cantando sui ritmi di pelle dei tamburi percossi, non tribale, molto strutturata, così come le voci alte dei cori, intima invece la voce singola.

Cantarono assieme:

"Om Namah Shivaya, Om Namah Shivaya..."

Anche se dopo le tre parole, di cui una focalizzò in Shiva la vocazione, se ne aggiungevano altre che non riusciva a capire e ripetere; ma andava bene così, ora.

Sabine si sentiva eccitata come mai lo era stata, osservava tutto; la sua fotocamera era nel retro del van, ma lei immaginò di catturare centinaia di scatti di quel mondo caotico e attraente allo stesso tempo.

Un paio di mucche, grosse e pezzate, si piazzarono sulla strada, Tanvir esclamò:

"Pasu... mmmm... mucca, malayalam è pasu!"

"Oh certo, *pasu*! Mucca è pasu in malayalam."

Sabine ripeté di nuovo il termine appena appreso e risero assieme, con la sensazione di sentirsi amici da sempre.

Un vecchio scalzo spostò con decisione, ma rispetto, i due animali; sull'altro lato della strada, una donna pure anziana, vestita di uno sdrucito sari di cotone bianco e arancione, andava a spasso con andatura fiera e diritta, sulla testa un cesto di verdure in equilibrio; non lontano era allestito un mercatino di strada.

Frettolosamente persone di tutti i ceti scorrevano davanti a lei ammirata: schiacciando ancora di più il naso al finestrino leggermente abbassato del van climatizzato. Eleganti o poveri, uscendo da case signorili o umili, da palazzi alti e ben costruiti e costruzioni quasi diroccate dipinte in svariati colori, tutto quell'universo umano sfilava nel placido esistere di una vita senza regole urbane, tra contrasti bellissimi e toccanti supportati dalle note della musica del van.

Sui tetti di molti di essi manifesti giganteschi pubblicizzavano quelli che identificò come wedding-centre, magazzini lussuosi in cui le coppie sceglievano abiti e gioielli per i loro matrimoni. Identificò anche un'attrice che aveva già visto sul web: Tanvir le confermò si chiamasse Deepika Padukone, amatissima in tutta l'India, così come quell'attore, in un manifesto che reclamizzava l'apertura di un centro commerciale comprensivo di bowling e Mc Donald che l'autista le confermò si trattava di Shah Rukh Khan, attore famoso non solo in India, un vero simbolo del cinema e della cartellonistica del sub-continente.

Guardava rapita i negozietti stipati di gente ovunque, i caschi di banane appesi all'esterno, le piramidi di frutta e verdura ben ordinate, gli espositori di spezie dalle mille cromie, il bel giallo carico della curcuma, il verde spento del cumino, il rosso acceso del peperoncino in polvere, i semi geometrici e appuntiti di anice stellato, il delicato tono pastello del guscio di cardamomo.

Ne sentiva quasi i profumi e di profumi l'aria era satura: fragranza di tropico e di strada, particolare, ma non sgradevole, tutt'altro.

Tanvir rallentò entrando nel cancello del college: i ragazzi in divisa erano all'esterno, la attendevano e per lei, il giorno precedente, avevano preparato sul piazzale un grande mandala[15] composto con petali di fiori e verdure tagliuzzate, geometria complessa e ore di lavoro trascorse nella cura dei particolari.

---

[15] Il mandala è una complessa forma geometrica circolare comune in tutta l'area hindustana, tipica delle religioni hindu e derivate. Rappresenta il disegno cosmico, tipico in Kerala durante i festeggiamenti di Onam, festa importantissima nello stato del sud oppure, sia composto di vegetali (verdura o petali di fiori) così come da gessi bianchi o colorati posto davanti ad abitazioni, templi, sotto i palchi degli spettacoli come figura beneaugurante.

Le ragazze ridevano timidamente, nascondendosi il viso tra le mani, i ragazzi pure ma senza nascondere i bianchi denti sotto volti vispi e intelligenti: erano tutti molto eleganti con le loro divise pulite, simbolo e identità proprie di ogni college. Sabine scese dal van esclamando:

"Namaskar, namaskar a tutti!"

Dove trovò il coraggio di esordire così apertamente non lo capì, eppure le fu naturale gridare.

Era a Kochi, era nel college, non sapeva che fare, che dire, ma andava bene così.

Cinque, forse sei ragazzi quasi si litigarono il suo bagaglio: dall'interno del bell'edificio bianco ricoperto con lussuosi tetti a pagoda rossi, uscirono anche insegnanti, addetti alla manutenzione, le cuoche, le segretarie, per ultimo un uomo che ben conosceva, che aveva visto tante volte sul sito del college, un volto che le era familiare: Praveen Kumar, oppure, con molto ossequio cerimoniale, Sri Praveen Kumar.

Praveen Kumar, Sri

"Benvenuta Sabine," le disse il direttore.

Una voce che conosceva bene seppure in precedenza filtrata attraverso l'artificiosità di Skype: ora era di fronte a lei e lei, come aveva imparato sul web in tanti filmati visti, portò entrambe le mani di fronte al petto come fosse in posizione di preghiera e con un leggero inchino salutò l'anziano professore:

"Namaskar, Sri. Sono arrivata."

"Direi che sei già dei nostri: un anjali[16] perfetto, nulla da dire!"

Tutti risero e Sabine, sorridendo replicò:

"Internet aiuta, Sri Praveen, non lo posso negare!"

Il professore le chiese se il viaggio era stato piacevole, in effetti lo era stato.

Le chiese anche le prime impressioni sulle strade di Kochi, l'aveva lasciata sola con Tanvir apposta per poter capire l'impatto che la donna avrebbe avuto con la realtà keralita, confessando che consigliò all'autista, la malizia furbesca è tipicamente indiana, di compiere un tragitto alternativo, transitando appositamente per vie caotiche. Doveva essere il meno soft degli impatti, per Sabine fu solo folklore e colore, piacevole.

Scese tra tutti loro il silenzio, un sottile, delizioso imbarazzo: la donna tedesca, in quell'assenza di rumori di strada, clacson, canti, voci, udiva solo i corvi, decine di corvi ovunque che volavano o si posavano su rami o cancelli gracchiando rumorosi; fu lei per prima a rompere il silenzio.

"È tutto... non saprei; è tutto così... India! È India vera, come la vedi sul web, nei film, in televisione!"

---

[16] Nei saluti, nella danza, nello yoga e nella meditazione, anjali è la mudra (posizione delle mani) di saluto, di preghiera, così come lo è nella preghiera cristiana occidentale, una delle abitudini assunte dalla spiritualità e dalla cultura indiana.

"India è India cara Sabine, *Sabineji* se preferisci: India non si nasconde dietro le apparenze, così è come la vedi, così è come la ami o la odi ma non è questo il momento e la sede per capire se sarà amore o odio, francamente non l'ho mai capito nemmeno io."

Rise arguto, poi distendendo la mano in segno di invito a seguirlo, continuò:

"Ora è tempo di assaggiare il cibo che la cuoca ha preparato, rimandiamo a dopo il pranzo la consapevolezza se il tuo rapporto con la mia terra sarà amore o odio!"

Tutti risero consapevoli preventivamente che la loro cucina fosse davvero ricca, ma portata all'eccesso di spezie e gusto piccante.

Un ragazzo, lo riconobbe dalle foto del web in Binu, le trasportò il trolley all'entrata della stanza preparata appositamente per lei nell'ala femminile del college; nel frattempo Praveen le mostrò la strada verso l'ingresso del refettorio della scuola, diretti alla mensa.

Nel cortile ghiaioso alcune aiuole arredavano con gusto lo spazio aperto della scuola; al centro un enorme albero con alcuni grossi frutti dalla forma di zucche verde scuro attaccate direttamente al fusto, le spiegarono chiamarsi jackfruit ed era quasi maturo e pronto per essere raccolto e mangiato, dominava lo spazio comune. Nelle aiuole fiore e arbusti sfoggiavano colori vivaci, un paio di bellissime farfalle gialle, rosse e nere, grandi come macaoni europei, probabilmente qualche centimetro in più, svolazzavano, senza posarsi, attorno ai fiori suggendone il nettare, battendo flemmatiche, ma senza sosta, le ali.

Un corvo le si avvicinò chinando la testa di lato: sembrava la osservasse veramente, di proposito, una faccia bianca in mezzo a tante scure, poi volò via improvviso, gracchiando, litigando con altri corvi per chissà quale motivo, nessuno di loro portava con sé cibo.

Ora Sabine aveva la sua fotocamera e scattò diverse foto al mandala colorato: petali rosa, gialli, bianchi, rossi, creavano la figura circolare perfetta, divisa in spicchi e simili a spirali dalle geometrie predefinite, non casuali. Tra i petali, fettine sottili di carote, zucchine, rape rosse, fiori d'ogni tipo, per ricamare ogni singola voluta, ogni spicchio della complessa figura geometrica.

Scattò anche un paio di foto ad alcuni studenti: un ragazzo mise davanti al viso le dita a forma di V di vittoria tipiche nell'Occidente della donna, una ragazza invece rise grottescamente, colta di sprovvista, presa a sua volta in giro dalle amiche che a lei si unirono simulando un ballo, chiedendo di essere a loro volta fotografate.

La mensa era capiente: i tavoli accoglievano ciascuno otto, dieci persone; Sabine si sedette, invitata dal direttore, proprio accanto a lui.

Assieme loro si sedettero alcuni professori che iniziarono a servirsi ponendo il cibo in vassoi d'acciaio.

Dapprima grosse quantità di riso scotto, il choru, condimento, portata principale del pasto e, allo stesso tempo, companatico, cui aggiunsero salsine, pezzi di pollo speziato, alcuni pesci cotti in salsa piccante, cocco grattugiato e spezie; la cuoca le porse delle croccanti e rotonde pappadam, così le chiamò, una sorta di pane non lievitato, sottilissimo e scricchiolante, fritto in olio abbondante, che lei gradì subito, così come fu amore a primo assaggio con le porrotta, impasto di burro e farina senza lievito, poi cotto sulla piastra, acquistato per lei, così le dissero, in un chiosco non lontano.

Mangiavano tutti con la mano, così pure lei provò a raccogliere il riso condendolo con la salsa che le avevano versato. Praveen apprezzò il tentativo ma la corresse:

"Sabine, se vorrai mangiare sempre con la mano dovrai però usare la destra, osserva tutti gli altri; in alternativa abbiamo cucchiai e forchette, non preoccuparti!"

"Oddio Praveen, sono mancina... non te l'avevo mai detto? Spero non sia un problema."

Praveen capì la situazione: paterno e ospitale non volle mettere in imbarazzo la donna e le fece portare dalla cuoca sia la forchetta che il cucchiaio, anche una bottiglia d'acqua fredda.

Era cosciente del fatto che, al contrario di loro, almeno oggi, non avrebbe apprezzato l'acqua calda, la 'vellam', solitamente da loro bevuta ai pasti, arricchita da erbe ayurvediche per prevenire infezioni. Sabine apprezzò l'acqua fredda, avrebbe rinviato ad altri giorni l'assuefazione alle tradizioni locali.

"Vi prego, ancora acqua, questo pollo è piccantissimo, ma davvero oltre l'immaginabile, come fate a mangiarlo! È squisito, ma mi brucia la gola..."

Si alzò correndo, scuotendo velocemente le mani, strabuzzando gli occhi, quasi saltando, verso il frigorifero dove poco prima aveva visto la cuoca del college estrarre la bottiglia di acqua fredda.

"Non ha ancora assaggiato il mango pickle che la nostra deliziosa cuoca prepara personalmente, Sabine, ma sarà meglio che in quel caso la bottiglia sia ben salda nelle sue mani, preparata come una squadra di pompieri pronti a spegnere un incendio."

Tutti gli insegnanti risero, soprattutto una professoressa di Storia, Leela, con la quale presto avrebbe coltivato una profonda amicizia: la prima donna che sin dai primi giorni nel college la introdusse in quell'ambiente.

"Su, Sabine, metti un po' di mango pickle sulla porrotta e assaggia."

Sabine eseguì alla lettera il consiglio della professoressa e avvampò, dopo il primo boccone, in una sensazione davvero di totale mancanza d'aria, il respiro le cessò smorzato nel fuoco di quel sapore estremamente piccante cui lei non era abituata. Fu un applauso generale: Sabine aveva assaggiato senza timore il mango pickle, un atto di coraggio che lei non capì immediatamente, troppo impegnata a piangere involontaria, bere diversi bicchieri d'acqua, maledire il peperoncino in polvere nel quale i tocchetti di mango venivano macerati per ore assieme alla curcuma e altre spezie.

Le confermarono che quella salsina infernale era la più estrema: tutto sarebbe stato più blando anche se dubitava avesse chance di adattarsi presto a quel cibo. Fortunatamente Leela le ripeté che in frigorifero, acquistati presso un supermercato locale, avrebbe trovato pasta, pomidoro crudi, uova, una sorta di salsiccia di pollo simile ai suoi würstel, piccole accortezze per renderle l'inserimento non troppo d'impatto.

Avrebbe lei, nel tempo, deciso cosa e come mangiare: non lontano dal college, un immenso supermercato le avrebbe offerto tutto ciò che lei desiderava, anche se il costo sarebbe stato affrontato da lei stessa, il vitto in comune era compreso, ma non quello personalizzato.

La prospettiva di alternare però la cucina keralita a qualcosa di più consono alle sue papille, per Sabine era non solo di conforto ma un punto fermo per il futuro.

Gradì molto un piatto vegetariano: fagiolini e cavoli tritati e cotti nel cocco grattugiato, peperoncino verde, semi neri di senape, leggermente speziato ma molto meno rispetto ad altri piatti. Le spiegarono che quel piatto si chiamava cabbage thoran, ideale con il chapati oggi non preparato: assieme al pollo, smorzato dalla porrotta e dalle croccanti pappadam, le cose che le piacquero di più in quel primo pranzo keralita.

"Gli studenti che hai visto Sabine sono qui per i test d'ammissione: l'anno scolastico, te lo comunicai nei nostri primi dialoghi, inizia tra un mese, alcuni di loro sono oggi qui per le accettazioni, altri per stage d'approfondimento. Non preoccuparti, sarai inserita gradualmente, ora hai tutto il tempo per ambientarti, dopodomani tu e la professoressa Leela partirete per Trivandrum per regolarizzare all'ufficio immigrazione il tuo arrivo."

Praveen Kumar fu, dopo gli scherzi gastronomici, protettivo e paterno, Sabine però chiese lui perché Trivandrum e non Kochi. Praveen le disse che il Kerala non era Paese d'immigrazione e che solamente nella capitale si trovava l'ufficio per stranieri con la necessità di regolarizzare un visto come il suo, e nemmeno da tanto tempo, un paio d'anni; prima d'allora avrebbe dovuto viaggiare sino a Chennai in Tamil Nadu, molte ore di treno in una metropoli immensa.

"Piacere, sono Leela e insegno anche storia indiana e keralita, potrei esserti d'aiuto. Staremo io e te due giorni a Trivandrum, Sabine. Vedrai sarà piacevole: in attesa della regolarizzazione dei documenti visiteremo diversi monumenti importanti della nostra capitale, ti spiegherò un po' della nostra Storia."

La professoressa era timidamente dolcissima, Sabine le determinò un'età all'interno di un arco che si poneva tra i quaranta e i cinquant'anni, non di più, e forse molto più vicina ai quaranta, i capelli erano ancora troppo corvini per un'età più elevata.

Come tutto il corpo docente femminile indossava il sari; in quella giornata, per Leela, era di un profondo colore granata decorato con inserti floreali neri su sfondo bianco, una stoffa complessa che Sabine prese tra le dita, chiedendo se fosse, e ne ricevette conferma, di seta.

"Seta indiana, Sabine, non cinese; è stata tessuta e dipinta in Tamil Nadu, un giorno andremo assieme ad acquistare il tuo primo sari e ti insegnerò il corretto modo per indossarlo, e non sarà facile. Fidati."

La donna accennò un sorriso, quello che ti aspetti da una sorella, più che da un'amica o una collega. Sabine si sentì a suo agio, Praveen Kumar questo lo avvertiva e ne fu lieto, per il college quell'esperienza era anche una porta che si apriva per accogliere non solo una laureata tedesca ma tutto un Occidente. Il progetto tra i due stati voleva proprio questo: il governo del Kerala in queste piccole simbiosi, interscambi lavorativi e culturali, cercava di aprire il proprio ambito all'Ovest. Praveen in ciò non era più direttore, ma mastro di chiavi:

portinaio di lusso di un mondo complesso nascosto dagli schiamazzi di un'altra India, molto più a nord, mal interpretata dai media occidentali.

Il suo sud chiamava a un'attenzione profonda per mostrare un volto diverso, un volto non raccontato.

Leela

Sabine ora sentiva il forte bisogno di riposare, almeno qualche ora, comunicare con la sua famiglia, raccontare le prime esperienze vissute. Leela la accompagnò alla sua camera; tra le due donne si era già instaurata una fiducia reciproca, l'attrazione di entrare subito in sinergia per confrontarsi umanamente e culturalmente.

"Questa è la tua camera Sabine, prendine possesso, ti consiglio solo di mantenere la temperatura del condizionatore simile a quella esterna: molti turisti arrivano, si lasciano prendere la mano dalla frescura della stanza condizionata, abbassandone la temperatura, ma lo sbalzo termico li porta a disturbi intestinali, capisci che intendo... non sempre sono gastroenteriti. Il clima qui è caldo, l'umidità elevata, ma lascia al tuo corpo la possibilità di adeguarsi senza troppi shock termici e vedrai, starai bene."

Un consiglio prezioso che Sabine recepì subito:

"Sto comunque assumendo fermenti lattici naturali."

Leela convene fosse una buona idea.

"Entra, Leela, mi farebbe piacere averti ancora un po' accanto, confesso che migliaia d'input in soli due giorni mi rendono confusa, ho bisogno di riposo come di confronto."

Leela accettò, entrò assieme alla nuova collega e amica nella stanza, si sedette sulla poltroncina accanto al letto singolo. Sabine aprì il trolley, estrasse il suo laptop, lo pose sulla scrivania collegandone la spina alla presa non lontana, lo accese. In attesa che la schermata principale fosse ben carica, che il sistema wifi potesse rilevarne la connessione, chiese a Leela la password e la segnò sulla sua agendina.

"Andremo davvero a Trivandrum Leela nei prossimi giorni? E' davvero necessario?"

"Certo Sabine, se controlli il tuo visto, l'ufficio immigrazione richiede la tua registrazione in loco al massimo in un paio di settimane; la segretaria, in amministrazione, ha già effettuato l'upload dei tuoi dati sul sito governativo, ti ha registrato, ma dobbiamo formalizzare la tua presenza in Kerala, non sei una normale turista. Vedrai, Trivandrum potrebbe piacerti, rimarremo due giorni, ho già in mente un paio di visite molto interessanti". Le disse tutto ciò con il sorriso di una sorella maggiore, così percepì Sabine, figlia unica, ma con la certezza che una vera sorella così si comporterebbe. "Sei spaventata Sabine?", chiese di getto la professoressa. "No, non è il termine giusto, sono solo, come dire, confusa, è davvero un altro mondo. Devo abituarmi, devo capire, imparare: alla fine io sono qui per colloquiare e tradurre documenti, ma la vera scolara sono io."

Mentre le comunicava il suo stato interiore, scrisse la password d'accesso alla rete del college, il collegamento fu immediato, aprì Skype, chiamò la madre, già istruita, quando in casa, di tenere il laptop ben acceso in attesa di una sua chiamata.

"Chiamo mia madre, Leela. Tu rimani, goditi un po' di tedesco e non spaventarti: la mia lingua può apparire dura, così pensano del tedesco molti europei di altri stati; anche quando ci diciamo 'ti voglio bene'. Credo sia un retaggio assurdo dovuto alla Germania nazionalsocialista."

Skype trillò, entrambe erano in attesa della risposta della madre che non arrivò, almeno, non subito. Cadde la chiamata per esaurimento del tempo, Sabine continuò a disfare i bagagli osservata da Leela.

"Questa è mia madre accanto a mio padre, una foto che scattai un paio d'anni fa sotto la torre di Alexanderplatz, una piazza molto famosa in Berlino. Alla fine la torre è solamente una gigantesca, altissima, antenna, ma per tanti berlinesi e turisti, tutta la piazza è un centro d'aggregazione. Dall'alto della torre si domina tutta la città, è molto bella la visuale nelle giornate limpide."

Leela osservava il bel volto dei genitori di Sabine, gli occhi profondi della madre, il sorriso appena accennato del padre vestito con un completo Hugo Boss scuro e gessato, ma in scacchi, non in righe verticali.

Due mondi che si confrontavano, quella sarebbe stata l'esperienza di Sabine a Kochi: due culture che avevano ciascuno la propria identità ed eleganza, sebbene Leela le confermò che i giovani keraliti guardavano l'Occidente con occhio emulativo e il look locale mutava ogni giorno. In questa direzione le ragazze erano molto meno attratte dalla moda occidentale, più legate alle tradizioni o forse perché implicitamente obbligate dalle convenzioni sociali.

Skype trillò ma ora sul laptop di Sabine: il logo della madre era davanti a lei, Sabine accettò la chiamata che si svolse tutta in tedesco.

Leela ascoltò curiosa: la lingua di Sabine le appariva complicata, dura, ricca di fonemi strani, di consonanti strisciate e scandite; la sua lingua era più musicale e scorrevole, non capiva nulla ma tramite le immagini della webcam, quella piccola lacrima di Beate, imparò presto il nome, rivelò che il tema del dialogo tra madre e figlia era di sincero affetto e un po' di malinconia.

Al termine della chiamata Sabine si asciugò la sua lacrima e, sorridendo con dolcezza a Leela, le rivelò che aveva sete.

"Dai asciugati la goccia di pianto e scendiamo per berci un bel chai tutti assieme negli uffici, dovrebbe essere quasi pronto."

"Conosco il chai, sai? Ho imparato a prepararlo leggendo sul web la ricetta, tutto sommato è semplice!"

"Sì, è semplice, ma tu in Germania non hai il buon tè coltivato a Munnar, il latte delle nostre mucche che pascolano libere, lo zucchero di canna coltivato in Karnataka, l'acqua che discende dai torrenti del Gathi[17]. Quindi è giunto il momento di bere un chai di qualità, tutto *made in Kerala*!"

In realtà Sabine lo trovò sì buono, ma non così diverso da quello che preparò nelle ultime sue settimana di residenza tedesca, seguendo le indicazioni sul web. Trovò invece grosse differenze nel gustarsi il tè nero in purezza, senza latte; il sapore forte dell'infuso coltivato sulle colline del Kerala aveva quasi un retrogusto torboso.

I biscotti, scoprì presto, erano diffusissimi, il costo irrisorio, la varietà offerta elevata: adorava quelli doppi legati assieme con un cuore cremoso di crema d'ananas o di cioccolato; ne avrebbe tenuta sempre una piccola scorta in camera.

La cena, al contrario del mezzogiorno, era condivisa da poche persone in mensa, alle volte quasi nessuno: la cuoca le comunicò che se avesse voluto avrebbe potuto cucinarsi ciò che voleva, lei terminava il servizio alle quattro del pomeriggio e stivava gli avanzi

---

[17] Il Gathi è una lunga catena montuosa che dal sud estremo risale l'India sino al Gujarat, lambendo l'importante altopiano del Deccan, attraversando (in alcuni casi determinandone il confine) vari stati tra cui Tamil Nadu, Kerala, Karnataka, Gujarat, Maharastra, Goa. Importanti riserve acquifere, ricche di foreste primarie, di flora e fauna endemica, le catene dei Gathi Orientali e Occidentali determinano nel

del pranzo in contenitori ermetici. Un forno a microonde era adatto per riscaldare velocemente i cibi, Sabine valutò per il futuro di tenere per sé prodotti che le potevano permettere una cucina, almeno serale, simile ai suoi standard.

Il giorno successivo trascorse in tranquillità tra piccoli incontri con altri insegnati, Praveen dovette recarsi in un'altra città per visitare alcuni studenti accettati dal college grazie a borse di studio governative, la scuola era ancora praticamente vuota, la donna attendeva solamente la partenza per Trivandrum il giorno successivo.

"Ho già acquistato i biglietti del treno per domani e prenotato una stanza in un alberghetto nella capitale, Sabine."

Si recarono a un bancomat dove la donna tedesca avrebbe dovuto prelevare un po' di rupie per le spese. Il cambio era, tutto sommato, conveniente.

"Grazie Leela, quanto ti devo per la mia quota?"

"Nulla, questo fa parte dei costi del college, non preoccuparti: Praveen sa quali spese saranno rimborsate dai governi e tiene tutte le ricevute; noi indiani per ciò che riguarda catalogazioni, archiviazioni, burocrazie, non siamo secondi a nessuno nel mondo!"

Risero entrando all'interno di un negozietto di alimentari, Sabine voleva acquistare biscotti, cioccolata, patatine, anche sigarette, cosa che lasciò perplessa Leela che la mise al corrente del fatto che sarebbe stato meglio non fumare in pubblico, vietato per tutti, assolutamente per una donna.

---

sud indiano climi e temperature. Un po' come accade per la Rift Valley africana, ad esempio, il clima in Kerala è molto piovoso nelle stagioni monsoniche determinando una maggiore vegetazione di stampo subtropicale. Sull'altro versante, il Tamil Nadu, è invece caratterizzato da clima più torrido e secco, temperature più alte, biosfere ricche di savane.

"Sì, cercherò di imparare le regole; non fumo molto Leela, a volte dopo un pasto, la sera prima di dormire. Cercherò di ricordare di non farlo in pubblico, non sarà un problema."

"Grazie Sabine, credo non ti direbbero nulla i poliziotti, però la gente sì: solitamente con i turisti si chiude un occhio, ma tu starai qui molto tempo, meglio evitare problemi."

Sabine le fu grata di quei piccoli consigli, si chiedeva senza un supporto locale quanti imbarazzi avrebbe subito, non era il suo caso.

Continuarono la passeggiata tra le vie attorno al college. La donna tedesca fu attratta da un negozio, grande per la media locale, che trattava tessuti, sari, churidar. Entrarono; Leela la avvisò di scordarsi, almeno per ora, il sari: meglio puntare su un bel churidar. Le aveva già chiesto quanto pagò il suo in Germania, la conferma di un prezzo almeno dieci volte superiore a quello che avrebbe speso in quel negozio anche puntando ai capi più costosi.

Sabine fu attratta da alcune stoffe colorate e ricamate, decorate con bigiotteria cucita mostrando motivi floreali, in particolare una stoffa nera con bordi dorati, stoffa di buon cotone con orlature in seta mista tra oro e arancione.

"Davvero elegante Sabine, ottima scelta, ti consiglio di acquistare unicamente la stoffa, andremo assieme da un'amica sarta che, vedrai, con poche rupie ti confezionerà un bel churidar su misura."

La giovane commessa del negozio (Sabine attirò una piccola folla di addetti interni, clienti, donne che, avendola notata dall'esterno, entrarono curiose) le misurò la quantità di stoffa per confezionare blusa, pantaloni, pashmina; tutte le donne e le ragazze attorno lei le mostravano decine di tessuti, stoffe, sari, churidar.

Sabine era frastornata e confusa da quel piccolo, amabile assalto. Avrebbe voluto acquistare tutto: mille colori, fogge, soprattutto quel sari di cui s'innamorò subito, nei colori tipici, che conosceva bene, del Kerala, biancopanna con inserti accanto all'orlo d'oro e viola, con pavoni ricamati tutt'attorno, dorati nel bianco del bordo accanto alle decorazioni lineari.

Sei metri di seta pura e di bellezza, costava poco più di duemila rupie, al cambio ventisette euro, decisamente poco per un capo così prezioso.

Leela la guardò tra il sospettoso e l'accondiscendente:

"Massì, prendilo, ti insegnerò a indossarlo come una vera keralita, sarà difficile ma ce la possiamo fare. Noi donne spesso impariamo a indossare il sari nelle scuole, veri e propri piccoli corsi per arrotolarci la stoffa in maniera elegante, plissettandola senza spilli, lasciando il giusto lembo pendente che chiamiamo pallu; insomma avrai occasione di indossarlo, preparati a lunghe ore di prova!"

Sari e stoffa vennero incartate più volte in vecchi fogli di giornale, il Malayalam Vaarika, quotidiano in lingua locale con redazione proprio a Kochi. Fu un'altra ragazza a impacchettarlo, proprio accanto alla giovane commessa che le mostrò e propose le stoffe mentre una terza ragazza lo pose delicatamente all'interno di un sacchetto di plastica anonimo. Alla cassa la proprietaria incassò le rupie dovute scambiando qualche battuta in malayalam con Leela, Sabine intese che era indubbiamente lei il centro dell'attenzione del dialogo, sperava con simpatia.

"Mi ha chiesto da dove vieni, che fai qui, dov'è tuo marito... le solite cose che mi e ti chiederanno; abituatici."

Usciti dal negozio, rientrarono al college, il pranzo le attendeva, dopodiché Leela sarebbe tornata a casa per preparare i bagagli per il giorno successivo.

"Tu dove vivi, Leela?"

"Vivo a Mattancherry, non lontano da qui: mezz'ora di autobus se le strade non sono troppo affollate, anche cinquanta minuti negli orari in cui la gente torna dal lavoro il pomeriggio. È un villaggio inglobato dalla città: tanti piccoli villaggi ora sono quartieri di Kochi espansa, in passato non era così ma la popolazione cresce sempre e vuole rimanere nella grande città per cercare opportunità di vita diverse. Mattancherry è proprio accanto a Fort Kochi: dalla mia casa a volte si sentono le onde del mare, siamo una piccola penisola circondata dal mare, soprattutto quando, durante i monsoni, il mare s'ingrossa e le onde crescono rumorose e schiumose. Amo avere il mare vicino, passeggiare sulle spiagge deserte con mio marito, bagnarmi i piedi con le onde che arrivano lunghe e improvvise."

"Davvero il mare è così vicino? Dobbiamo andarci assieme."

"Certo Sabine, una volta tornati da Trivandrum sarai ospite a casa mia, cucinerò per te e se lo vorrai tu per me, voglio proprio vedere la faccia di mio marito quando mangerà una pasta fatta da te o ciò che vorrai. Si chiama Kalimohan, ci conosciamo dai tempi del nostro college ma lui non insegna, ha perso il lavoro, ora è saltuariamente occupato in alcuni tution centre[18] quando lo richiedono per brevi periodi."

Così fu: Leela dopo il pranzo tornò alla sua abitazione, Sabine si rilassò prima in camera per poi, verso il tramonto, salire sul tetto, sull'ampio terrazzo dove, durante il periodo scolastico e la piena affluenza, i ragazzi stendevano i propri vestiti ad asciugare al sole.

Il college era deserto, specialmente la sera; dal terrazzo la donna dominava dall'alto buona parte del cortile, della strada retrostante la scuola sino a una stretta viuzza laterale. Sarebbe divenuta abitudine nel tempo salire in quel posto per osservare, fotografare dall'alto, fumare (si portò un barattolo di marmellata vuoto con un goccio d'acqua dove spegneva, accumulando nel tempo mozziconi inzuppati, le sue sigarette), ascoltare.

Portò lassù una sedia a dondolo in giunco prelevata dall'androne, nessuno la usava, era adatta allo scopo.

Si dondolò delicatamente; tra le dita della mano sinistra una sigaretta accesa. Accanto al dondolo, sul pavimento di calcestruzzo mal levigato, una bottiglia d'aranciata fredda, sotto di lei il cortile vuoto, al di fuori della cancellata la città viveva freneticamente. Guardava il bel cielo limpido attraversato a tratti da aerei in decollo o in atterraggio; l'aeroporto era a mezz'ora di macchina e i velivoli non raggiungevano ancora la quota di volo all'altezza del suo distretto.

Alle volte le uniche presenze erano isolati nibbi dalla testa bianca oppure corvi solitari, in coppia o in piccoli stormi rumorosi e disordinati. Sul palazzo di fronte proprio un nibbio dalla testa bianca si ergeva fiero, osservando il panorama, come faceva lei in quel momento.

---

[18] I tution centre in Kerala sono molto numerosi; si tratta di centri doposcuola per approfondire le materie, migliorare quelle in cui lo studente è in difficoltà, aiutare gli studenti nello studio e nei compiti.

Ciò è dovuto in gran parte dalla classi troppo numerose per seguire singolarmente gli studenti.

Questa fu l'impressione di Sabine ammirando la bellezza dell'uccello; in realtà era nel suo turno di riposo dalla cova, la coppia aveva scelto quel tetto per nidificare. A Sabine piacevano i rapaci, quel rapace: ne avrebbe visti tanti in quell'anno, ma mai ci si sarebbe abituata, troppo elegante nel suo stacco di colori, la testa bianca, il becco uncinato e giallo, il corpo marrone in tinte rossastre. Le avrebbero raccontato una storia che lo volevano veicolo del Dio Vishnu, aquila reale e mitologica; era già il secondo esemplare che vedeva in poche ore, ma quella, posata e immobile, stanca nello sguardo ma pronta al volo alla ricerca di un topolino, di una lucertola, di un pesce sulla vicina costa, meritava uno scatto.

Prese la sua fotocamera, portò lo zoom al massimo dell'estensione, inquadrò l'uccello e scattò controllando sul monitor la qualità della foto. Troppo scura, quindi alzò la luminosità, non le piacevano gli scatti in automatico. Il secondo scatto era quasi di qualità interessante ma ancora non convincente, regolò allora ancora una volta le funzioni d'apertura dell'obbiettivo e l'aquila aprì le ali, si abbassò sui garretti per effettuare il salto e spiccare il volo. In quel preciso momento Sabine scattò, senza volerlo, come spesso accade. Perfetto, uno scatto perfetto, peccato solamente che l'ala di destra si era leggermente ritratta all'indietro per coordinare lo stacco dal tetto, ma già così le piaceva. Più tardi avrebbe creato il suo blog, quel nibbio ne sarebbe stato simbolo: come lei volava verso l'ignoto, la libertà, la solitudine che in quel momento accomunava un mammifero femmina e un uccello femmina, così la immaginava. Un pensiero di genere: se lo voleva e poteva permettere.

Il cielo stava arrossando, un lungo tramonto come quello che vide di sfuggita la sera precedente: in lontananza, nemmeno troppo, i tamburi chenda di un tempio.

Alcuni di loro sono privati (poche famiglie possono permetterseli), altri governativi e gratuiti oppure gestiti da associazioni umanitarie occidentali.

Infilò le Birkenstock ai piedi, scese le scale per poi uscire dal cancello: le avevano consegnato le chiavi perché in quei giorni, la sera, doveva rimanere chiuso.

Cercò la direzione giusta del tempio, seguendo il richiamo percussivo.

Provò una strada laterale, stretta: la direzione era corretta ma non individuava il punto esatto nel quale avrebbe trovato l'edificio sacro, svoltò sulla sinistra, di nuovo a sinistra, zigzagando tra auto-rickshaw che la accostavano per capire se le servisse un passaggio, o solamente parcheggiati e oziosi come i loro autisti stanchi della giornata trascorsa nel traffico e nel rumore.

La gente la salutava, gente cordiale, attirate dalla sua pelle bianca. Lei cortesemente rispondeva ai saluti con un timido 'namaskar', notando il leggero ciondolare delle teste keralite nel porgerle il saluto, un gesto che avrebbe trovato difficoltoso imparare così: appena accennato in quel veloce e quasi impercettibile dondolare del capo, associato al sorriso, alle mani sul cuore, sulla fronte.

Erano per lei piccole convenzioni personali tutte imitabili, voleva assolutamente essere assorbita da quel contesto che la spingeva, anche sola, da soli due giorni in città, a proseguire, cercare, incontrare.

Alla fine si arrese al suo smarrimento e chiese ad alcuni incuriositi convenuti di strada, la direzione corretta per giungere al tempio. Le mostrò la strada una donna la quale riponeva nella capiente borsa di plastica banane, cocchi e verdure acquistate in una bancarella accanto a loro, non troppo lontano. I richiami dei tamburi ora esistevano ritmici amplificati dalla vicinanza.

Sabine arrivò al luogo di culto hinduista e si fermò ammirandone la porta d'ingresso.

Statue ovunque ai lati dell'arco d'ingresso: era un piccolo tempio di borgata dipinto con molti colori: la donna non capiva a chi era dedicato, non sapeva che doveva fare, non voleva sbagliare l'approccio che in realtà fu più semplice del previsto.

Un'anziana donna dall'interno uscì e l'accolse sull'uscio, le indicò dove poteva collocare le ciabatte all'esterno e la invitò a entrare scalza, con gesti eloquenti, mostrandole animata la borsetta e la fotocamera, indicandole che doveva riporle.

Nessun'altra parola: Sabine capì, entrò, pose le mani in sul petto in posizione di preghiera inchinandosi alla donna (questo lo aveva imparato in alcuni forum di viaggio) lasciò che le cose semplicemente accadessero.

I tamburi chenda erano percossi con le mani da una coppia di giovani bramini a petto nudo, scalzi e seminudi: indossavano solamente un dhoti bianco candido, mentre un terzo sacerdote, molto anziano, celebrando il rito, alzava al cielo un braciere di fuoco dal quale la gente simbolicamente afferrava il fumo portandoselo tra i capelli. Il bramino pujaro accostò la donna europea invitandola (please...) a imitare le altre persone; così Sabine fece, così si avvicinò alla statua (le spiegarono era la Dea Parvati, in serata avrebbe cercato chi e perché fosse adorata), si chiuse in silenzio, solitaria, come gli altri, attendendo una forma di preghiera che non arrivò.

Imparò in quel momento che la preghiera hindu è personale, senza dogmi, ognuno chiuso nel suo cuore, in esso attingendo richieste, ringraziamenti, dolori, contatti con i propri defunti, la volontà di conseguire un lavoro, qualunque cosa, ma chiusi, raccolti al proprio interno, in silenzio, abbandonati alla trance dei tamburi o della lunga tromba ricurva suonata saltuariamente dal bramino anziano. Le piaceva stare lì, condividere senza aspettative il suo tempo, in meditazione. Il bramino più giovane la chiamò e lei si avvicinò a quel ragazzo gentile, si pose davanti a lui dopo avere atteso il turno di una vecchia signora dal viso scavato da rughe e sofferenze accumulate negli anni di vita, imitandola.

Ricevette dal giovane officiante un ritaglio di foglia di banano ripiegato come una tasca, all'interno del quale erano custoditi alcuni fiori di gelsomino bianchi e rossi e la pasta di sandalo impastata con argilla, un pizzico di polvere rossa, tutto il necessario per il tilaka se avesse voluto comporlo sulla sua fronte.

"Puja", le disse il bramino, Sabine pose cinque rupie in offerta nella cassettina di fronte a lei mentre la vecchia, con l'indice destro, prese un po' di polvere rossa e gliela dispose sulla fronte. Accanto al piccolo cerchio imperfetto la toccò, spalmandole con delicatezza una piccola dose di pasta bianca, componendo un bicolore simile a quello degli altri fedeli.

Sabine la ringraziò con un inchino e si sedette, con naturalezza, seguendo l'istinto, con le gambe raccolte verso l'inguine, la posizione semplice dello yoga, le mani in preghiera, contemplando.

Ammirava la semplicità del luogo di culto: in futuro avrebbe visitato templi maestosi con statue immense, decorati, praticati da bramini 'pujari' numerosi per arricchire di presenza e suoni le pujas, ma ora era lì, all'interno di un piccolo, semplice tempio di borgata, dedicato a una dea che non conosceva, ma di cui le piaceva la dolcezza del nome: Parvati.[19]

---

[19] Nella religione hindu Parvati è la consorte di Shiva, madre di Murugan (Skanda) e Ganesha, Dea di dolcezza e amore per il consorte e la famiglia, senza il potere, l'energia potente di altre Dee, su tutte Durga o Kali, semplicemente la rappresentazione divina dell'energia della famiglia, dell'unione sacro tra familiari.

Osservava i bei decori incisi con vernice dorata sul soffitto della pagodina riservata alla preghiera, le statue che ne decoravano lo spazio attorno. Parvati su tutte, ma anche il suo consorte, Shiva, così i sacri figli, gli dei Skanda e Ganesha (ecco il Dio con la testa di elefante, pensava Sabine, eccolo finalmente!).

Respirava, rilassata in lieve abbandono, inebriata dall'incenso alla rosa che propagava la sua essenza attorno a lei, percepiva il profumo dell'olio delle lanterne, il fumo non invadente. Sopra la piccola pagoda un paio di corvi litigavano senza apparente motivo: erano ovunque, questo l'aveva capito, i veri re dei cieli e dei terreni dell'India, una presenza a volte ingombrante e chiassosa cui ci si abituava, però, in fretta.

Rimase così assorta qualche minuto, alzandosi s'inchinò timorosa in ogni direzione: s'inchinò alle statue, ai fedeli, ai bramini. Uscì successivamente dal tempio, recuperando i suoi sandali sull'uscio e s'incamminò nella direzione del college, rientrò quindi, tra le ombre oramai allungate di un fiammeggiante tramonto con i colori del tropico, avrebbe preparato il bagaglio necessario per trascorrere i due giorni con Leela a Trivandrum. Si cucinò in solitudine qualcosa: pensava di riscaldarsi un po' di pesce rimasto per il pranzo accompagnandolo però con pomodori in semplice insalata olio e sale, senza spezie per attutirne il forte sapore, avrebbe forse quella stessa sera iniziato a pubblicare il suo blog.

Così fece.

Sabine e Leela

Non fu immediato comporre frasi e non solo curare aspetti grafici del suo blog di viaggio, raccontando le prime impressioni di quella giovane esperienza in Kerala: innanzitutto doveva scegliere quale piattaforma usare e le furono d'aiuto alcuni forum che consigliavano, riducendo a poche la scelta, piattaforme con poco spam all'interno, offrendo molteplici scelte di template usufruibili gratuitamente con la possibilità di utilizzare diversi font di scrittura, impaginando con fantasia. Alla fine ne scelse uno tra i più sperimentati e ne compose l'aspetto un po' indiano inserendo la fotografia di un tempio colorato nella parte dedicata al layout di sfondo.

Sarebbe stato in parte coperto dalle sue fotografie e dagli articoli che avrebbe pubblicato, ma non importava, anche solo scorgerne alcuni motivi le dava un che di personalizzato, di curato. Scrisse così il primo articolo, raccontando impressioni, nemmeno troppo ponderate, sui primi due giorni sul posto da lei trascorsi, le sensazioni provate, l'affetto ricevuto; intervallò capoversi con fotografie.

Leela, il nibbio dalla testa bianca, i frutti di jackfruit in primo piano, l'albero nella sua interezza. Una volta pubblicato scrisse una mail al padre, per salutarlo e fornirlo del link, imponendogli di metterlo tra i preferiti perché così avrebbe reso pubbliche tutte le sue esperienze, riflessioni. Una mail breve: era stanca, il mattino successivo Leela l'attendeva alle nove del mattino alla stazione di Ernakulam, il treno Jan Shatabdi era già prenotato, in quattro ore le avrebbe portate alla capitale.

Puntuale ed entusiasta, Sabine alle otto era in strada, elettrizzata per il suo primo viaggio attraverso il Kerala e piena di energie nel contrattare il costo del suo primo auto-rickshaw, ma non fu così rilassante come prevedeva. Leela le consigliò di non superare le sessanta rupie di spesa, che già era un costo superiore di quello che avrebbe pagato un cittadino locale, ma il primo autista che fermò partì da duecento rupie e non volle scendere al di sotto delle centotrenta.

Ci vollero tre contrattazioni con tre autisti diversi per arrivare alle settanta finali che pattuì, e nessuno di loro parlava un po' più d'inglese di qualche frase standard, ma ce la fece e con dieci minuti d'anticipo era pronta all'ingresso della stazione.

Leela ancora non era arrivata, ma trascorsero poco più di dieci minuti e Sabine la vide scendere, tra decine e decine di persone, arrivando con uno dei tanti bus giallo e rossi, scrostati e senza finestrini della compagnia di trasporti governativa; giunse alla stazione con dieci minuti di ritardo, a quell'ora la città era congestionata dal traffico e il villaggio di Leela era leggermente distante, ma avevano tutto il tempo per attendere un treno, sicuramente pur'esso non puntualissimo, piccole regole non scritte comuni a tutta l'India.

"Il tempo è rivelatore, Sabine."

La donna tedesca segnò la frase di Leela nel suo taccuino mentale, per quanto non l'avesse capita immediatamente e le richiese una riflessione durante la prima parte del loro viaggio.

Dieci minuti di ritardo anche per il treno, il quale sopraggiunse sbuffando bianche nuvole di fumo vaporoso al binario annunciato; le due donne vi salirono a bordo pronte per quel piccolo viaggio che, Leela lo garantì, avrebbe dato a Sabine una bella idea della terra che la ospitava.

Uscirono dalla città e subito davanti ai suoi occhi si aprì la foresta, le piantagioni, i mille canali solcati da barchette; quei panorami, tutti assieme, esplosero i propri contrasti e colori attraversando piccoli villaggi formicai di vita. Il Kerala non si nascondeva: Sabine era appiccicata alla grata di ferro azzurro e scrostato del finestrino aperto, ipnotizzata da quel caleidoscopio di vita, natura, case, alberi, uccelli che si alzavano da prati e tra radure al passaggio del treno.

Aironi, corvi, falchi, aquile, anche una piccola famiglia di cicogne e un gruppetto di gru antigoni fiere e vivacemente variopinte dal carminio infuocato della loro testa affusolata, si mostrarono alla ragazza ipnotizzata dalla biodiversità che scorgeva attraverso la sua grata di ferro.

Sabine non era quella che si potrebbe definire un animo naturalista, era sino all'osso una cittadina metropolitana, ma rimase ugualmente attratta dal landscape che le si offriva, dalla bellezza che sfilava di fronte ai suoi occhi, complice la velocità non elevata del treno.

Leela fermò un venditore di cibo e acquistò due chai e alcune vada fritte, sia di lenticchie, sia di farina di riso offrendole alla collega che bevve e mangiò avidamente, approvando quel cibo di strada croccante e sfizioso, supportato dalla bevanda calda, versata in un bicchiere di carta.

"Allora, che dici di questo primo impatto con il Kerala al di fuori di una città come Kochi?"

"È... bellissimo, che dire? Il verde domina ovunque e tra le fronde il sole s'intromette con i suoi raggi illuminando parte del tutto; i villaggi sono un'esplosione di vita, caotici e fascinosi, è davvero tutto molto bello Leela, non ho parole, mi piace la tua terra!"

Sabine era entusiasta; fece una breve pausa spaziando con lo sguardo il panorama, poi proseguì:

"Anche Berlino è molto verde sai? Parchi sconfinati ovunque in città, a pochi chilometri dalla periferia i boschi sono immensi e maestosi, non così luminosi ma imponenti, padroni della foresta molto più silente, ma qui il gioco dei colori, del sole tra i rami, sui vestiti delle persone che colpisce, è tutto come fosse... un'immensa tavolozza, indistinta e attraente. Mi piace davvero Leela, sono ammirata dal tuo Paese."

"Sì è una tavolozza, la mia terra: vedi laggiù? Il mare fa capolino al di là della linea delle palme, tinteggiando d'azzurro di verde acqua la costa nella quale si riflettono le palme e le barche multicolori dei pescatori. Nel gioco dei riflessi amo scorgere la mia terra allo specchio, è un gioco che mi sono inventata da piccina sai? Tutta la costa keralita, da nord a sud, è un bacio tra le palme, le spiagge, il mare, le vere divinità di questa terra nella quale uomini e animali cercano la propria esistenza."

Le *vada* fritte piacquero molto alla donna tedesca che ne acquistò altre: arrivate a Trivandrum non avrebbero avuto tempo per il pranzo dovendo cercare nel caos cittadino della capitale il piccolo hotel prenotato da Leela, ma solamente dopo essersi recate tempestive all'appuntamento con l'ufficio immigrazione che, treno permettendo, era previsto per le dodici e trenta.

"Tu lo conosci il vero nome di Trivandrum, Sabine?"

"Ehm, sì l'ho letto ma è abbastanza impronunciabile, se vuoi ci provo: Thiruvantanampu... Thiruvnampanthuram... oddio, è difficilissimo!"

L'amica indiana sorrise e l'aiutò:

"Thiruvananthapuram! Significa la città di Anantha, un serpente che nella mitologia hindu si offre in devozione a Vishnu Padmanabham, una manifestazione tutta nera del Dio padre di tanti avatara, per concedergli riposo. C'è anche un tempio molto bello a lui dedicato, ma non può entrarvi chi non è hindu. Io, anche se sono cristiana, riuscirei anche a portarti, mi basterebbe il tilaka sulla fronte, ma tu con quella pelle bianca non imbroglieresti nessuno!"

Risero assieme e Sabine riprovò, inspirando profondamente:

"Thiruvananthampur. No... ecco: Thiruvananthapuram!"

E vi giunsero. Subito il caos della capitale si mostrò alla donna tedesca... già dalla stazione fagocitata di anime frettolose di raggiungere binari, uscite, ponti sopraelevati.

Scese dal treno, tra decine di spintoni disordinati, corsero velocissime dal binario verso il piazzale esterno per fermare un auto-rickshaw e correre presso l'ufficio immigrazione, in realtà non troppo distante dalla stazione per essere all'interno di una città con un milione di abitanti, ma visto il traffico non avevano troppo tempo da perdere.

Settanta rupie contrattate, venti minuti di clacson e urla, semafori congestionati, pedoni che zigzagavano tra automobili, tuk-

tuk, camion e autobus, vacche nel pieno di una diaspora bovina urbana, fin quando furono nella tranquilla via dove aveva sede l'ufficio immigrazione in un quartiere di poco periferico.

Si occupò di tutta la burocrazia Leela, parlando direttamente in malayalam con gli addetti della reception: confermò che l'upload di foto e documenti era stato effettuato sul sito, dovevano solamente consegnare i documenti fotocopiati e attendere la registrazione.

Alla fine non ci misero molto, appena più di un'ora sedute al riparo di una tettoia all'esterno, protette dal sole cocente della capitale. Sabine, durante l'attesa burocratica, osservava una curiosa lucertola crestata che camminava a scatti irregolari grazie alle sue grosse zampe squamose, districandosi tra le ruote di una moto lucida e fiammante, sicuramente con pochi mesi di vita, parcheggiata sul bordo di un giardino poco curato e alcune rocce accatastate lateralmente in quel piccolo disordine.

Il giardino dell'ufficio immigrazione, tra cataste di foglie secche di papaya e palme, sassi derivanti da lavori edili e terra, era davvero tutto il contrario di un giardino zen, così all'opposto tra l'ordine meditativo dell'uno e l'incuria asiatica di quel luogo.

Attesero silenziose fino al momento nel quale un addetto le chiamò all'interno per confermare che i documenti erano tutti corretti e pronti per le timbrature e le firme.

Nel momento in cui la donna tedesca si alzò dalla sua sedia, la lucertola impaurita corse di scatto alzandosi come un atleta durante la sua sessione di flessioni sulle quattro zampe, rifugiandosi al di sotto di un ammasso di foglie di palma di cocco secche ammonticchiate in un angolo del giardino, accanto alla recinzione, per poi uscire di nuovo all'aperto furtiva e correre rapida verso un cespuglio di stupendi grappoli eretti di fiori rossi.

La direttrice dell'ufficio la invitò all'interno della sua stanza.

"Prego, s'accomodi. Vediamo un attimo, lei proviene dalla Germania, qui c'è la lettera d'invito, il contratto firmato, il passaporto con visto di lavoro in regola, le fotografie, altri documenti che non servivano. Direi che siamo in regola. Le piace il Kerala signorina... Sabine, si pronuncia così giusto?"

Tutto espresso in un inglese perfetto: Sabine imparò in seguito che la direttrice era keralita, ma con trascorsi di studi universitari a Mumbai e Kalkata. Sabine le fece notare il buon inglese parlato e la pronuncia quasi perfettamente british.

"Nannì! Grazie! Ho studiato in alcune facoltà al nord dopo la laurea, corsi di approfondimento pedagogico e gestionale delle risorse, stiamo modernizzando l'India, un lavoro immenso ma vedrà che saremo presto al passo con il vostro Occidente!"

"Mi piace il Kerala, direttrice. Mi piace anche il suo sari, davvero elegante!"

"Grazie signorina, è un bel sari lo ammetto; le confesso che non ne ho tanti, ma di buona fattura: la mia sarta ha mani d'oro, me la tengo ben stretta! Domani torni al mattino verso le dieci e i documenti saranno controfirmati: per tutto l'anno lei è in regola, si ricordi che in caso di prolungamento del suo soggiorno qui, dovrà recarsi in questo e solo in questo ufficio, un paio di settimane prima della scadenza. Si segni questa data e non dimentichi le regole. Namaskar."

Leela e Sabine s'inchinarono salutando, poi uscirono alla ricerca dell'ennesimo tuk-tuk e del loro albergo.

Leela lo prenotò nella zona centrale della capitale: nel pomeriggio voleva accompagnare Sabine visitando assieme un distretto centrale della capitale, per quanto non avessero molto tempo e il giorno dopo sarebbe stato speso tra l'ufficio immigrazione e il rientro a Kochi. Però almeno il museo Napier e lo zoo adiacente erano una bella tentazione sia per lei, che mancava da Trivandrum da alcuni anni, sia per Sabine che nel museo avrebbe ammirato l'arte antica del popolo che ora la ospitava.

Posati i bagagli nella stanza e pagato l'albergo con la carta di credito del college, uscirono immediatamente camminando sui marciapiedi dell'arteria stradale che le avrebbe condotte in prossimità di zoo e museo, la MG Road.

"Troverai ovunque in India una MG Road, Sabine; in ogni città, anche piccina. Significa Mahatma Gandhi Road. Quasi ogni città dell'India dedica al nostro Padre una MG Road".

Tra due file di palme sui bordi della strada, formando un corridoio centrale quasi metafisico nell'urbanistica geometrica e prospettiva, il museo Napier era dove Leela le indicò: lo zoo cittadino invece era poco lontano e ne intravedevano l'arco e il grande cancello dell'ingresso tra gli alberi, molti di essi fioriti. Avrebbero, forse, se il tempo glielo avesse concesso, visitato entrambi. Dapprima però il museo.

Sabine ne ammirò immediatamente l'estetica architettonica esterna ancor prima di contemplarne i contenuti interni, le strutture, i grandi muri portanti, possenti e antichi, le scalinate di granito bianco marmorizzate da sottili venature alabastrine che avrebbe incontrato successivamente, visitando le grandi esposizioni dei saloni interni.

La vera bellezza per Sabine risiedeva nella complessa struttura dell'edificio, deriva culturale di un'eredità antica, reale, rossa nei mattoni di quel rosso, quell'argilla colloidale e robusta che ritrovava nei campi non ricoperti da vegetazione. L'edificio museale era tipico nello stile keralita per i tetti a pagoda, unici in tutta l'India, caratteristici di un Kerala dalle estetiche comuni a Thailandia, Cina, Cambogia, Laos più che ai classici stili geometrici del nord dei grandi imperi dell'Islam mughal o delle torri simili a concettuali stupa buddhisti del Tamil Nadu. Una larga scalinata, non alta, solamente tre gradini, le portò verso l'ingresso, assieme acquistarono il biglietto, davvero poche rupie, in seguito entrarono, ammirando assieme le teche, le monete, i dipinti ma soprattutto la complessa struttura, lo scheletro dell'edificio con le belle balconate in legno naturale e massiccio, intarsiando il teak oramai annerito dal tempo, ma ancora in grado di presentarsi con possanza. La luce filtrata dalle grandi finestre, giocava donando riverberi e barlumi in chiaroscuro alle le statue negli androni, di granito, di marmo ma soprattutto di bronzo o di ottone impreziosito da lamine dorate.

"Quello è Shiva, Sabine, nella classica posizione di Signore della danza, il Nataraja. Danzando distrugge mondi e sistemi stellari, sempre danzando li ricrea. Tutte le danzatrici e i danzatori di qualunque danza classica o folk indiana, a lui si dedicano, a lui si rivolgono, esso è il loro Signore, protettore e ispiratore nella danza come connessione tra i danzatori e le danzatrici e gli Dei, il Cosmo. In Kerala il Mohiniyattam e il Kathakali sono le due danze classiche tipiche, ma dal vicino Tamil Nadu proviene il Bharatanatyam, è popolare nelle nostre scuole da secoli, così

come il Kuchipudi, il quale proviene dall'Andhra Pradesh. Sono
tutte danze classiche generate nel nostro sud."

Sabine seguiva con attenzione le spiegazioni della collega, in grado di
catalizzare la ragazza tedesca porgendole un aspetto culturale antico e
profondo di una terra sconosciuta ma rivelatrice di un'India
affascinante.

"Ho un'amica a Berlino nata in Andhra Pradesh, ma sono anni
che non torna nella sua città, credo si chiami Kakinada e sia non
lontana dal mare. I biglietti aerei costano molto per una
famiglia di cinque persone, tu puoi capirmi, per loro non è facile
tornare ma credo, soprattutto la madre, abbiano molta
nostalgia della loro terra."

Uscendo, acquistarono per poche rupie presso un chioschetto, un
paio di aranciate fredde: anche Leela amava le bibite oramai diffuse
ovunque a prezzi popolari, piccolo vizio delle nuove generazioni, in
questo, come in altre mille piccole attinenze, sintonizzate con
l'Occidente.

Acquistarono i biglietti per l'immenso giardino zoologico e vi
entrarono, trovandosi immerse nel verde, quasi soffocate da
un'immensa serra tropicale. In gran parte alloctona, fra le frondose
essenze maestose, erano stati costruiti recinti capienti, gabbie,
ambienti sempre tropicali. Alla fine della visita Sabine apprezzò
molto di non avere incontrato situazioni faunistiche assurde, come
animali polari in una città non lontana dall'equatore; al contrario,
nella sua Berlino, animali provenienti dai tropici soffrivano il gelo
invernale della Germania al confine con l'Est. Tigri, leoni, serpenti,
elefanti, gazzelle, antilopi, insomma una fauna sofferente che attirava,

purtroppo ovunque le vere primedonne degli zoo: bambini e adulti, inconsapevoli delle sofferenze climatiche di animali abituati al sole cocente, a temperature spesso elevate.

Ma il momento più bello della lunga visita fu quando una nuvola composta di centinaia di enormi volpi volanti libere s'alzò improvvisa: uno spettacolo da perdere il fiato. Si alzarono contemporaneamente in volo librandosi sbattendo a fatica le ali, lanciandosi dalle chiome di immensi alberi che circondavano i visitatori, piantati decine di anni prima e cresciuti anche sull'isolotto di un laghetto dalle acque verdi e stagnanti, specchi del panorama circostante come fosse un quadro impressionista, adibito per anatre e gru, cicogne e pellicani.

Leela le indicò e disse:

"Vovval, volpi volanti. Sono molto comuni in Kerala, forse potranno impressionarti pipistrelli di taglia così gigantesca, ma sono animali pacifici. Per lo più cercano frutti tra le piantagioni di banane e papaya, arrivano nei villaggi la sera ingorde di mandorle degli alberi badam che trovano cercando nei giardini delle case. Strano che tu ancora non le abbia viste, a volte sorvolano anche la scuola dirigendosi verso la costa."

"No, ancora non le ho viste: ieri sera ero seduta sul terrazzo del tetto del mio edificio, fumando e fotografando, ma nessuna volpe volante all'orizzonte sul cielo del tramonto, solo un'aquila dalla testa bianca."

"È l'aquila bramina Sabine, regale e bramina perché conduce Vishnu nel cielo. Al contrario, quella scura, e ne vedrai tante, è invece la pariah, la fuori casta, un modo poco elegante per sottolineare la bellezza di una e l'anonimato del piumaggio dell'altra. Non farci caso, accettalo nella semplicità della spiegazione."

Lo zoo era immenso e dopo svariate gabbie e recinti le donne erano stanche, la giornata era stata campale, meritavano una doccia, una frugale cena, una dormita prima del ritorno, la mattina successiva, all'ufficio immigrazione.

Filò tutto liscio: dalla visita al rientro in hotel. Consumarono assieme una cena vegetariana composta da un ricco biryani di riso per ciascuna donna, chiacchierando di tanti argomenti, nessuno specifico, dialoghi in cui la stanchezza e la poca concentrazione aveva il sopravvento sull'approfondimento dei temi, sino al momento del rientro in camera e della doccia. Leela prenotò una stanza comune dimenticandosi di chiedere a Sabine se ciò la imbarazzava. Da parte sua la donna tedesca la rassicurò spiegandole che non era la prima volta che dormiva con una donna, nessun imbarazzo di nessun tipo.

Si lavarono a turno; prima la donna tedesca, approfittando della telefonata dell'amica indiana con il marito, poi Leela. Sabine rimase stupita della bellezza dei capelli dell'amica, ora sciolti senza nessuna acconciatura, lunghissimi e neri, di un nero profondo, quasi bluastro, oltremare. Li avrebbe dipinti impiegando unicamente il nero mescolato al blu di Prussia per risaltarne le sfumature del corvino profondo. Leela si pettinava la lunga chioma per disfare i nodi, si unse i capelli spargendo l'olio di cocco profumato tramite il pettine, tornò in bagno con una delicatezza molto verginale per vestirsi per la notte, vestendo un churidar in cotone leggero, composto unicamente dalla blusa smanicata e dai pantaloni. Poi si sedette sul letto e Sabine le carezzò le chiome. In questo dolcissimo e semplice gesto, Leela provò un certo imbarazzo non essendo, come tutto il suo popolo, avvezza al contatto fisico.

Nelle loro formalità convenzionali non era previsto l'abbraccio, la carezza, se non a livelli d'intimità molto alta, con il partner o con un figlio piccino: nei loro inchini di saluto era incluso il rispetto, il saluto stesso, l'abbraccio, una gamma di simbologie che non prevedevano alcun contatto.

Non di certo una carezza imbarazzante per quanto disinteressata, non di certo quel sottile brivido che le percorreva la schiena, quella situazione che Leela provò guardando un film anni prima, una storia tra due cognate sole che nell'intimità reciproca incontravano una nuova forma di solidarietà tra donne molto oltre l'affetto, carnale e emotiva. Ricordava anche il nome di quella pellicola che la turbò: "Fire", criticato in tutta la sua India come tutto il cinema di quella regista indiana e canadese così coraggiosa nell'ostentare la femminilità e i contrasti del suo paese. Leela rammentava il nome della regista: Deepa Metha. Quella pellicola le procurò molto imbarazzo guardandola con il marito, ma in quel momento, con quelle carezze tra i capelli, l'imbarazzo era amplificato dal ricordo del film e dal brivido celato nella sua pelle, nei suoi nervi superficiali.

Sabine si accorse immediatamente dell'imbarazzo di Leela e scostò senza indugio la mano, ma Leela la riprese sorprendendola, riprese la mano di Sabine e la riportò indugiando, tremando, tra le chiome, sorridendole, in silenzio, cercando con inibita virtù lo sguardo dell'amica, solo questo.

Poi spensero la luce, si sdraiarono sul largo letto ognuna delle due donne girata in modo di porgere le spalle all'altra. S'addormentarono all'istante, ma solo apparentemente...

In ogni caso sopraggiunse il mattino, cogliendole assonnate e corresponsabili.

Nel conto dell'albergo era prevista la colazione, frugale, composta di tè nero per Sabine, chai per Leela, fette biscottate tostate e marmellata per entrambe accompagnate da fresco succo di mango in bottiglia, dopodiché si vestirono, prepararono i bagagli e tornarono all'ufficio immigrazione per riprendere i documenti controfirmati, non ci volle molto e in seguito procedettero velocemente verso la stazione per salire sul treno di ritorno a Kochi.

Tutto nel pieno di un silenzio per Sabine, ora, spinoso, imbarazzante.

Fu proprio la donna tedesca sul treno ad afferrare le mani di Leela chiedendole il perché dell'imbarazzo; Leela rispose che non lo sapeva, non apparteneva alla sua cultura il contatto tra, inutile negarlo, due donne tra loro quasi estranee ma prima di tutto donne; però le carezze tra i capelli di Sabine le infondevano un calore umano profondo, una sorta di sorellanza cui non era abituata ed era piacevole. "Sì", "Ammise, le tue carezze tra i capelli erano piacevoli, ho provato un brivido per me sconosciuto".

Tornò il silenzio. Profondo, sfuggente come i pensieri dai quali Leela voleva sottrarsi.

Erano grevi come un sospiro fluido in un'aria umida, invisibile ma presente, oppressiva.

Non aggiunsero altro, continuarono il viaggio una di fronte all'altra, apparentemente rilassate sui sedili sdruciti dello scompartimento, guardando lo stesso paesaggio dell'andata ora con i colori del pomeriggio, che non erano gli stessi del mattino del giorno precedente, ora subordinati a un irradiamento del sole con disuguali angolazioni.

I toni del cielo, degli alberi, delle case dei villaggi, degli abiti di donne e uomini, in quel preciso momento della giornata si offrivano più caldi alla vista, timidamente scrutabili dalle grate dei finestrini.

Ogni tanto avveniva che le due incrociassero i loro sguardi: in quel caso Sabine sorrideva gradevolmente a Leela la quale nascondeva, all'opposto, le sue labbra, utilizzando la mano in maniera pressoché verginale, chinando gli occhi verso il pavimento, celandoli allo sguardo dell'amica.

Era un misto di vergogna e bellezza: Sabine la trovava bellissima in quei momenti ma non glielo disse. Leela lo intuiva dalle occhiate furtive dell'amica, austera e dolce con le sottili labbra rilassate in un sorriso accennato, serafico: occhi dolcissimi e azzurri, lo notava solo ora, lo stesso colore del suo mare nei giorni lontani dal monsone.

Un airone enorme e bianco costeggiò per un breve tratto il loro finestrino, sterzando repentino verso una piantagione allagata nella quale alcuni grossi bruni bufali pascolavano immersi sino al poderoso collo moro, mugghiando immensi segnali con la testa alzata, sembrava quasi stessero guardando il tramonto iniziato da poco. Le lunga corna risplendevano il loro avorio giallastro illuminate dai raggi filtranti tra la vegetazione, Sabine chiamò l'amica e le mostrò un quadro vivente che Leela ben conosceva.

Così, tra piccoli stupori e complicità celate, arrivarono a Kochi, si separarono salutandosi, quasi fuggendo una dall'altra; per alcuni giorni, vista la chiusura del college, Leela si sarebbe dedicata solamente a casa e marito, si sarebbero riviste in futuro, sul lavoro.

Sabine, nel frattempo, aveva la possibilità di assuefarsi alla vita del college.

Entrò all'interno dell'edificio scolastico vuoto che era oramai notte fonda: solo il guardiano era in quel momento in refettorio per consumare una cena con alcuni avanzi del pranzo, Sabine lo salutò portandosi in camera acqua fresca e un paio di banane dalla buccia rossa, quindi si ritirò per rimanere ancora una volta sola, in contemplazione, sul tetto.

Nelle dita della mano sinistra una sigaretta lasciava pendere la cenere di un tabacco bruciato senza essere aspirato, Sabine se ne accorse sentendo le dita scottare quando la brace raggiunse la mano, quindi se ne accese un'altra.

Fu in quel momento che due volpi volanti attraversarono lentamente il cielo dirette ad ovest, verso il mare, alla ricerca di mandorle o papaye mature.

La notte avvolgeva Kochi, Sabine, ogni cosa: in lontananza un muezzin invitava i fedeli alla moschea per l'Isha, la preghiera che succede al tramonto, i clacson lentamente diradavano lasciando il posto a un silenzio che invitava a guardare le prime stelle di una notte serena.

E insonne...

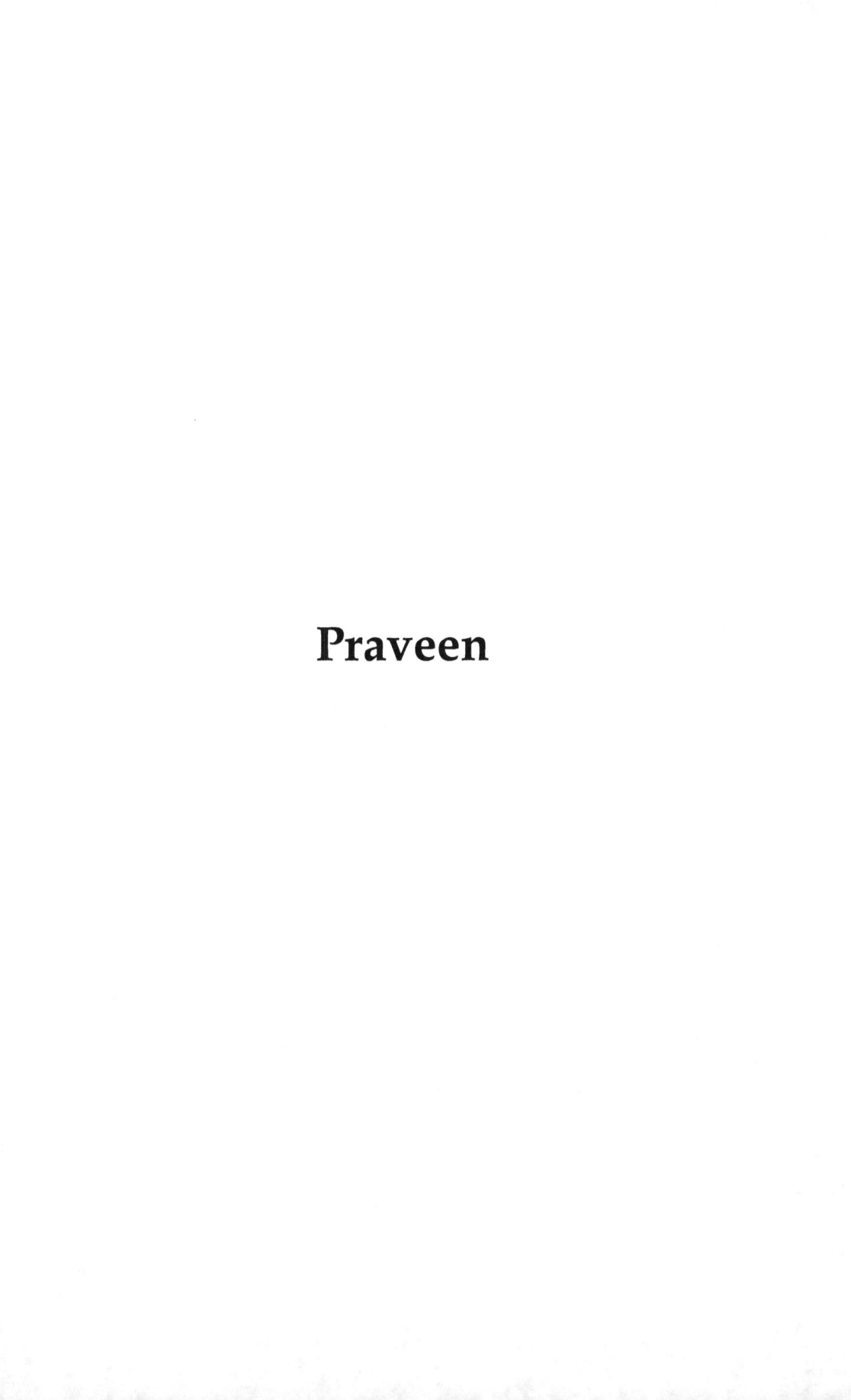

Praveen

Sabine si svegliò di buonora per colpa di un paio d'insistenti clacson suonati dai rispettivi autisti di furgoni che già all'alba vendevano pesce fresco per le strette vie della sua zona; in realtà si risvegliò percependo una solitudine leggermente inquietante. La sua stanza era al centro di un lungo corridoio di decine di stanze vuote in attesa della ripresa dell'anno scolastico: quel silenzio era, per assurdo, rintronante, un contrasto tra il reale silenzio dell'edificio e gli echi dei gecki striscianti sui muri durante la notte, i piccoli sdrucciolii delle porte tamburate dal vento, gli echi del vento infiltrato tra gli spifferi delle finestre.

Dalle minuscole ma potenti casse del suo laptop uscivano le note di un disco che ascoltava sin dalla sera precedente, per sentirsi anche solo un po' meno sola: anche in Kerala non perse il vizio di addormentarsi lasciando la musica in diffusione a volume basso. Ancora nord, ora Svezia: Likke Li, una cantante che conobbe quando era ragazza sul limitare dell'adolescenza quasi adulta, grazie al film "Twilight", la saga giovanilistica che narrava gli amori di licantropi, vampiri e umani, una trilogia, più epilogo, che, nonostante il tema rivolto a ragazzini, le piacque. Nel brano suonato ora, "No Rest For The Wicked", Likke Li sussurrava parole in cui Sabine si ritrovava empaticamente con la cantante:

'sola, sono così sola ora, nessuna tregua per i malvagi, nessuna canzone per il coro, nemmeno speranza per chi è stanco, se li lasci vincere senza combattere...'

La voce dell'interprete le ricordava quella di un idolo del padre, ma americana, Pat Benatar: ritrovava piccole sfumature nella stessa sofferenza esistenziale della voce, sebbene Likke Li si rivelasse più dolce, in contrasto con l'aggressività della pop-star americana famosa negli anni ottanta.

Le piacevano soprattutto le voci femminili, le piaceva quella canzone in particolare, costruita sulle note di un pianoforte quasi carillon sino alle riprese impetuose dell'orchestrazione, ricamata anche con soffusi cori di rincalzo e da una ritmica insistente da film di David Lynch.

Si ricordò che la sera avrebbe potuto guardarsi un film di Lynch in streaming, associazione derivata dall'ascolto di quel brano nel peregrinare impulsivo dei suoi pensieri. Probabilmente avrebbe scelto 'Fuoco Cammina Con Me' o 'Mullholland Drive'; lo avrebbe scelto in base a ciò che il web le avrebbe permesso.

Ora però era il tempo di vivere il college: si fece una doccia tra il freddo e il tiepido: l'acqua era qualche grado in più rispetto a quella normalmente corrente. Dopo essersi pettinata e vestita con una shirt nera e pantaloni di cotone con elastico sui fianchi, uscì dalla sua stanza indossando le Birkenstock e recandosi prima verso il refettorio per la colazione. Aveva fame ed era curiosa di assaggiare una colazione tipicamente locale.

La cuoca era già quasi pronta con il tè nero, il chai, il pane fritto, che imparò chiamarsi puri, accompagnato da uno stufato, gustoso in verità e non troppo piccante, di patate, ceci, cipolla e curcuma; si sedette al tavolo, a quello che reputava il suo posto, e così era, iniziò a sorseggiare il chai. Bollente.

Quella mattina scelse il tè con il latte e una buona dose di zucchero per disporre di energie istantanee.

La colazione fu consumata in solitudine, del resto fu la prima a recarsi nel refettorio, raggiunta solamente, quando era quasi giunta alla fine del suo croccante puri con stufato di verdure, da un paio di donne impiegate in amministrazione di cui non conosceva il nome.

Tornò nella sua stanza per lavarsi i denti, prendere il laptop, recarsi in ufficio; ancora non aveva ben chiaro come impiegare la giornata, però ritenne corretto non abbandonarsi all'indolenza ma mostrarsi pronta a eventuali compiti.

Collegato il laptop alla presa elettrica lo accese, attese il collegamento web, preparò un articolino per aggiornare il blog soffermandosi sul viaggio, i panorami fotografati, il museo nella capitale, lo zoo. Le piacque tanto una foto, cercata e voluta, nella quale un paio di decine di volpi volanti si alzavano in volo simultaneamente staccandosi dagli alberi sui quali erano appese, compiendo una virata sull'addome con stile d'alta acrobazia aerea, per portarsi dalla posizione di planata e caduta libera a quella di volo. Una danza a dieci metri d'altezza, poi il battito d'ali.

Si compiacque di quella foto e pensò al padre che non la reputava la nuova Helmut Newton, ma che guardando quella foto specifica avrebbe dovuto, almeno in parte, ricredersi del giudizio.

Pubblicato l'articolo ne mandò il link al padre tramite mail: avrebbe voluto sentirsi con la madre via Skype ma in Germania era ancora notte fonda. Rimando a più tardi l'idea.

In quel momento entrò Praveen Kumar; non si accorse del tempo che scorreva ma elaborare l'articolo, selezionare e ritoccare le foto, pubblicare il tutto, la occupò per oltre un'ora.

Il direttore accolse Sabine con un sorriso benevolo, ricevendo in cambio lo stesso saluto con un profondo inchino:

"Namaskar Sabine; oh, niente formalismi e inchini, un saluto è sufficiente. Piuttosto mi scuso se in questi giorni non sono stato presente, mi sono recato in alcune scuole dell'entroterra per selezionare studenti proposti al college. Direi che in questa giornata inizieremo a collaborare effettivamente."

"Non si preoccupi Praveen, Leela è stata un'ottima guida e prezioso aiuto negli uffici dell'immigrazione; è tutto in regola ora, io sono pronta, sebbene non saprei da che parte iniziare."

"Vede, Sabine, oggi mi recherò di nuovo in alcuni villaggi, così i prossimi giorni, villaggi poveri abitati principalmente da dalit, le persone fuori dalle caste, ma qui in Kerala il governo prevede quote scolastiche anche per loro e noi dobbiamo selezionare alcuni ragazzi meritevoli di unirsi al nostro college. Quindi, se non ha nulla di così importante da svolgere per rifiutare il mio invito, le chiedo se vuole unirsi a me. Tanvir è già pronto sul pulmino acceso e un insegnante che ancora non conosce, il professor Jeevan, che si occupa di matematica e informatica, è pronto per partire. Ti va di unirti? Questa è la mia proposta, ti va sul serio?"

"Sono pronta, prendo la mia fotocamera e sono dei vostri, onestamente qui mi sento inutile."

Partirono assieme, ovviamente Tanvir accese la radio, in quella giornata sintonizzata sulle frequenze di una stazione locale, musica tipica, romantica, ideale per il viaggio, in un tripudio tropicale di violini, voci sognanti, duetti d'amore tra sopranini e cantanti sdolcinati dalla voce digitalizzata ed effettata dal vocoder, tamburi, flauti e basi digitali. Sabine si divertiva nello scoprire quella musica ma si promise di portare un paio di cd suoi nei prossimi viaggi, giusto per dare una scossa e vedere le reazioni dei colleghi locali ascoltando la sua musica. In quel momento una disperata Mappila Pattukal cantava del suo amore lontano, vagheggiando la loro ipotetica casa dove avrebbero vissuto felici a lungo; i violini, in quella canzone molto arabeggianti pensò la ragazza, erano lo specchio dell'angoscia nella voce leggera e eterea della cantante malayali, svolazzi di corde carezzate da un archetto virtuoso. La apprezzava.

"Dove ci stiamo recando Praveen?"

"Ci rechiamo in un villaggio verso la catena del Gathi, non lontano da Kochi, una settantina di chilometri, non di più, ma, visto il traffico prendila come una lunga gita, i tempi qui si dilatano. Il villaggio si chiama Thodupuzha, si trova nel distretto dell'Idukki, non saremo ancora nel cuore delle riserve faunistiche e il ministero ci segnala un paio di ragazzi che potrebbero avere qualche chance di entrare nel college."

Il professore Jeevan, fino a quel momento silenzioso e leggermente corrucciato, si presentò: era un uomo anziano dall'aspetto austero e dai baffoni ancora scuri e folti a dispetto della calvizie oramai dilagante tra i capelli brizzolati. Sabine lo salutò leggermente intimorita dall'uomo, Praveen le garantì che Sri Jeevan non aveva mai mangiato nessuno sebbene provenisse da una famiglia dalle antiche tradizioni militari, un Nair, casta guerriera disse ridendo il direttore, portando alla risata sia Sabine che il professore.

"Sono un guerriero dei numeri in realtà, combatto tra equazioni e teoremi, però da giovane ho praticato per molti anni il kalarippayattu[20] e ancora ricordo tutte le mosse, potrei diventare pericoloso, direttore!"

[20] Il kalarippayattu è l'arte marziale più antica che si conosca: nato in Kerala fu nei secoli ispirazione per le arti guerriere cinesi, orientali in genere. Una sorta di danza e combattimento a mani nude, con scudi e

"Certamente, professore, vorrei proprio vederti nei volteggi con scudo e spada, peccato perdersi il cigolio delle articolazioni coperti dal clangore dei metalli, davvero un grosso peccato."

Praveen era arguto, rispettoso ma sagace nel punzecchiare il collega, ma quello fu per Sabine lo spunto per imparare quell'arte di guerra che non conosceva e Jeevan quasi salì in cattedra nel soffermarsi sulle origini del kalarippayattu, le tecniche, le nobili figure coreografiche, l'importanza che i guerrieri della sua casta, nei secoli, ebbero nella difesa dalle invasioni indoeuropee dell'India settentrionale, oppure al servizio degli imperi tamil, del Kerala, custodi di una tradizione secolare ancora ben presente nella cultura locale.

"Davvero il kung fu cinese deriva dal vostro kalarippayattu?"

"Certamente Sabine e ne siamo fieri, anche se mai vorrei trovarmi in una lite con un cinese o un coreano oggi, davvero è l'ultima delle situazioni in cui vorrei trovarmi!"

Sabine capì al volo i riferimenti e quanto quell'arte oggi non fosse più destinata al combattimento ma quasi a una forma di danza guerriera dalla violenza latente e smorzata, metaforica a dispetto delle successive evoluzioni asiatiche di tutte le arti di guerra antiche. In questo capì l'abisso culturale tra l'India del sud e il resto dell'Asia, il suo umore pacifico, bonario, proprio come la fluida e lenta corrente del fiume dalle acque limacciose che da un po' costeggiavano.

Le tinte dell'acqua avevano una gradazione, dovuta alla terra ferrosa dalle sponde, rossa per la presenza di minerali di laterite e scivolava lentamente nella direzione opposta la loro che invece erano diretti in rotta delle montagne del Gathi. Sulle sponde incontrarono numerose radure tra lussuose piantagioni in cui pascolavano mucche

---

spade. Un'arte marziale le cui origini risalgono a oltre duemilatrecento anni, molto coreografico nella sinuosità dei praticanti, flessuosi e rapidi nel volteggiare con le armi, con i piedi, con gli scudi.

e bufali, alternandosi a fitte boscaglie dalle fronde penzolanti sul filo dell'acqua. Sul lato opposto del fiume ora si distendevano vaste risaie in cui i contadini, chini e anziani, raccoglievano il riso, già pronti alla prossima coltivazione destinata all'imminente stagione delle piogge. Tra loro decine di aironi bianchi ed egrette che seguivano gli uomini approfittando della terra dissodata dal raccolto e dalle zappe, cercando vermi e insetti terricoli, grassi e ben nutriti dalla terra generosa. Sabine chiese improvvisamente a Tanvir di fermare il pulmino: sulla loro sinistra incontrarono uno stagno, piccino, ma ricoperto di loti in fioritura, la ragazza voleva scattare alcune foto, Tanvir l'accontentò.

La ragazza scese, con lei il direttore; assieme si accostarono alla sponda dello stagno, Sabine selezionò luce e programma sulla fotocamera, voleva fotografare una coppia di donne, sommerse sino al collo, che coglievano i loti fioriti, camminando lente sul letto dello stagno, nell'acqua fangosa, portando con loro due grosse ceste di giunco perfettamente galleggianti.

"È un'immagine stupenda Praveen, di quelle che vedi sulle riviste di viaggio, nei documentari, ma qui è tutto reale, quelle donne sono bellissime nel loro essere tra fiori e riflessi. Questo è un quadro, Praveen!"

"Sì Sabine, questo è reale, sebbene quelle donne soffrano di sicure artriti per la lunga permanenza in acqua: raccolgono i loti per portarli ai mercati, destinati ai templi, alle pujas, loti che saranno venduti per poche rupie, nulla in confronto alle ore trascorse in acqua, ma l'immagine che stiamo guardando, ti confesso, commuove sempre anche me. Questa è la mia terra, il vero volto della mia terra, la terra di Dio come tutti la chiamiamo. 'God's Own Country', il Kerala."

Le donne capirono che stavano parlando di loro: entrambe si girarono alzando un braccio in segno di saluto, pronunciando qualche frase in malayalam che Sabine non capì, e, vista la lontananza, anche Praveen non poté cogliere riuscendo a stabilire un dialogo, ma il sorriso delle donne, unito alle voci, era gentile, quasi sonoro nel linguaggio.

Una coppia di parrocchetti verdi, schiamazzando, attraversò rapido il cielo, nei cespugli i cuculi reali emettevano il loro sordo richiamo, le rane gracidavano, ora, proprio sotto i loro piedi, timidamente riemerse dopo essere fuggite in precedenza all'arrivo della donna e dell'uomo.

Dalla radio del pulmino un flauto iniziò garbato una nuova canzone: a lui si unì la voce innamorata di un cantante supportato da coretti di sottofondo, ancora un brano romantico ma questa volta molto intenso rispetto ai precedenti, la voce melodica di un sognatore in un testo che lei percepiva e interpretava a modo suo ispirandosi all'umore malinconico del brano.

Sabine avrebbe voluto fermare il tempo come mai le era capitato

S'inebriava della musica, deii colori delle foglie verdi e delle alghe e delle larghe foglie dei loti galleggianti sull'acqua, dando origine a uno specchio smeraldino e monocromo punteggiato dai grossi fiori bianchi screziati di rosso sulle punte dei petali, dell'immagine delle donne completamente fuori dalla dimensione spazio/tempo, così irreali e proprio per quello così vere in quell'insie-me.

Non se ne accorse ma non lontano da lei un mahout[21] conduceva il suo elefante in una zona dello stagno non coperta dai loti per il bagno quotidiano; forse l'assenza dei fiori era proprio dovuta alla quotidianità di quella sinergia tra l'uomo e il suo animale, immenso, pacifico, ora riversato sul fianco in attesa che il mahout lo massaggiasse, lavasse, sfregasse sulla sua pelle grigia e ruvida una grossa spazzola per toglierne i parassiti. L'elefante era completamente rilassato, giocava danzando nell'aria tramite la muscolosa e rosacea proboscide, assorbendo e schizzando l'acqua sull'uomo noncurante, impegnato nella pulizia del pachiderma. Sabine non si accorse di una lacrima che le rigava la guancia destra. Se ne accorse invece Praveen che teneramente le chiese:

"Incredibile India, Sabine?"

"Sì, incredibile India Sri Praveen, da togliere il fiato!"

E non aggiunsero altro rientrando sul piccolo pulmino a nove posti, ora ognuno assorto nei propri pensieri, diversi ma affini in quell'universale senso di condivisione emotiva epidermica, un flusso mediato tra la spiritualità di una terra generosa nel mostrarsi e la quotidianità rilassata di una campagna fuori del tutto dal tempo, eterna, simile ai quadri dei pittori britannici durante l'Impero, alle foto dei viaggiatori d'inizio secolo, a quelle contemporanee. Il prossimo articolo del blog per Sabine sarebbe stato un dono a chi l'avesse letto ma, consapevolmente, a tutto quel popolo.

Arrivarono a Thodupuzha dopo una piccola sosta per mangiare qualcosa sulla strada, i soliti fritti di cipolla e gli anelli di ulundu vada che a Sabine piacevano tanto, fritti in abbondante olio, rendendo saporito quell'impasto di lenticchie ammollate e frullate, spezie e foglioline dell'albero curry.

---

[21] Mahout è il nome che in tutta l'India definisce un conduttore di elefanti, in malayalam anakaran. Il rapporto tra il mahout e il suo elefante inizia sin dalla tenera età del pachiderma e quasi sempre si estende a tutta la loro vita divenendo simbiosi, rispetto reciproco, affetto vero, totale.

"Tanvir, la scuola non è lontana, ma forse è meglio chiedere informazioni."

Così dicendo, il professore indicò un poliziotto pigramente incaricato di alleggerire il traffico in un incrocio affollato di tutto, compresi diversi carri trainati da bufali che portavano al villaggio le spighe di riso raccolte nelle campagne.

Così l'autista fece e in pochi minuti giunsero alla misera scuola al margine delle foreste.

L'incontro con i due ragazzi avvenne proprio nella loro scuola, due adolescenti di famiglia dalit proposti dal collegio di distretto per i loro ottimi voti e la propensione allo studio. Si chiamavano Rudra e Namish, amici da sempre, anche per quello pronti a rimanere uniti nell'abbandonare la famiglia per il college. Entrambi erano di religione hinduista, entrambi con il loro tilaka sulla fronte, la camicia a scacchi e i pantaloni nuovi e ben stirati, forse acquistati per l'occasione con enormi sacrifici delle famiglie. Sabine, Praveen, il professor Jeevan, i ragazzi assieme al direttore della loro scuola e un politico locale che ne faceva da garante da parte delle famiglie nei confronti delle autorità scolastiche e del governo, si sedettero attorno a un tavolo. All'esterno le madri accolsero il gruppetto con profondi inchini e saluti, donne che per l'occasione indossarono il migliore dei sari del loro scarno guardaroba, scalze per avere lasciato le ciabatte sul lato riparato del patio, i capelli ben pettinati per dare dignità al loro appartenere a una casta inferiore, pronte a dare ai figli l'opportunità di riscatto tramite lo studio.

"Chi garantirà economicamente per la loro istruzione? Intendo ciò che riguarda assicurazione medica, materiale scolastico, eventuali ripetizioni private, divise scolastiche?"

Praveen sapeva che il governo avrebbe coperto le spese di vitto e alloggio ma non le altre; la volontà del governo di aprire corridoi alle caste inferiori era volontà di tutto il Paese ma con i limiti di un ministero che faceva i conti con bilanci scarni.

Il direttore della scuola assicurò che le spese erano coperte in parte da un'associazione umanitaria americana, cristiani protestanti i quali, unitamente a mille altre associazioni occidentali di tutto il mondo, credevano nella possibilità che in Kerala giovani di ogni casta ed estrazione sociale, potessero avere possibilità diverse grazie all'investimento sulla loro istruzione.

"Certo, avere sponsor occidentali rende più facile la possibilità di essere accolti. Vorrei tanto, Sabine, che saggiassi il loro inglese. Inizierai da qui il tuo lavoro, dimmi che ne pensi."

Sabine fu colta di sorpresa da quella richiesta, ma iniziò un colloquio rudimentale con i due ragazzi rivolgendosi verso il primo:

"Come stai, Namish?"

"Sto bene grazie."

Il giovane rispose correttamente, anche se il suo inglese suonò un po' stonato nella pronuncia, però rispose, come entrambi risposero a domande facilissime, segno che un minimo di inglese, seppur mal pronunciato, lo esprimevano.

"Praveen, l'inglese che parlano è alquanto basilare, ma non credo sia un limite dei ragazzi, piuttosto delle basi ricevute."

Toccò allora al professore di matematica che invece si congratulò con i due giovani per le ottime basi manifestate nel suo campo, limitate in materie inerenti all'informatica, ma avrebbero avuto tempo e possibilità di incrementare l'uso del computer nel college.

"Purtroppo, Sri Praveen Kumar, le connessioni internet qui non sono perfette: tra black-out e mancanza di rete è per noi difficoltoso svolgere il programma informatico come vorrebbe il governo, facciamo del nostro meglio ma i mezzi sono insufficienti, un solo computer per trentacinque ragazzi che si alternano con ventotto ragazze, questa è la situazione."

Praveen capì la situazione e chiese al collega di non preoccuparsi: nel suo college l'aula dedicata allo studio dell'informatica era ben attrezzata e le connessioni a Kochi, per fortuna, erano veloci e costanti. Per loro il colloquio era finito, avrebbero considerato la proposta nei giorni successivi e chiamato, nel caso di una risposta affermativa, i due giovani a Kochi per un esame di ammissione, quindi Praveen guardò negli occhi Rudra e Namish e disse loro benignamente:

"Questa è una piccola lista dei testi sui quali dovrete studiare per l'ammissione, avete poco tempo, dimenticate cricket e football per qualche settimana e date il meglio di voi senza perdere tempo."

Lo disse con voce così bonaria che i ragazzi non furono assolutamente intimoriti dal direttore, sprone per uno studio intenso.

Uscendo, Praveen ritrovò le madri che s'inchinarono di nuovo, a lungo, mostrando tutto il rispetto per una casta a loro di molto superiore, cosa che turbò un po' Sabine e anche Praveen che non aveva mai fatto della sua vita professionale un altezzoso ostentamento sociale, anzi, per lui l'intelligenza non aveva caste e ricchezze, lei stessa era ricchezza.

Rapidamente il direttore afferrò una delle madri per un braccio mentre si accingeva a chinarsi nell'atto di rispetto e umiltà assoluta per la cultura indiana, il bacio simbolico dei piedi. Praveen sapeva quanta deferenza per la sua casta era insito nella donna, ma non avrebbe permesso questo atto, non lui.

"Ora andate donne, i vostri figli avranno la possibilità dell'esame di ammissione, spegnete le televisioni di casa, nascondete le mazze da cricket e nutriteli bene durante lo studio, dipende tutto dalla loro volontà, non più da me."

Lo disse con un sorriso dolce sotto i baffi che ne nascondevano parte del labbro superiore ma non la bonarietà di uno sguardo dietro le lenti degli occhiali, occhi gentili e profondi, Sabine era affascinata da quegli occhietti scuri e anziani.

Partirono, ma durante il ritorno fu Praveen a fermare il pulmino, parlando in lingua malayali con Tanvir che guidava cantando una canzone ora briosa e, finalmente, meno romantica. Scesero tutti e Praveen li accompagnò in direzione di un tempio poco lontano dalla strada in cui parcheggiarono, spiegando a Sabine che quel tempio, per loro keraliti, era particolare, non unico nello Stato, ma dedicato esclusivamente alla loro divinità specifica: Lord Ayyappan.

Sabine ne osservò la statua, al di sopra dell'arco d'ingresso, statua in gesso dipinto con molti colori, rappresentante un giovane Dio seduto in posizione yogica, il petto nudo ma ornato, come la testa, da gioielli d'oro. Al di sotto di essa alcune lanterne che bruciavano olio votivo erano appese al muro tramite sottili catenelle e i fiori erano posti ovunque, fiori freschi, colorati, di varie forme.

"A noi keraliti piace il sincretismo Sabine: Lord Ayyappan è una fusione particolare tra le due correnti maggiori della nostra religione: Shiva e Vishnu unite in un unico Dio. Preferiamo lasciare al nord indiano la divisione in fazioni, qui potrai adorare l'uno come l'altro, così come questo Dio di fusione. Lo sentirai chiamare anche Manikantan, un nome molto diffuso in Kerala da chi devoto al Dio".

Nel frattempo la donna si era già tolta i Birkenstock, ora impolverati per aver camminato ore su strade sterrate, eppure notò che i piedi non erano sporchi, solo leggermente bianchi dalla sabbia ocra in netto contrasto con il bianco della pelle, ma si notava davvero poco. Entrando nel tempio s'inchinò con le mani giunte davanti al petto, silenziosa e rispettosa, si pose davanti ai bramini con un profondo inchino e le mani ora giunte sulla sommità del capo, all'altezza della fronte, del terzo occhio, segno di maggior rispetto e reverenza nei confronti dei sacerdoti celebranti.

Sul lato destro del tempio, sotto un piccolo porticato decorato con intarsi di porporina dorata, una donna leggeva testi sacri, pagine tratte dal Ramayana, così le disse il professor Jeevan.

Le avrebbero spiegato in seguito, durante il ritorno, la bella storia d'amore tra Rama e Sita: ora era il momento della contemplazione, della samadhi. Sabine lo sapeva e si chiuse nel suo silenzio, ognuno di loro lo fece, cullati dal vento caldo proveniente dai monti del Gathi occidentale, dai canti dei bramini, dalla voce della donna nella sua litania, persa nella trance consapevole della lettura, voce mantrica e scandita dal suono del disco che diffondeva canti sacri, dal profumo dell'incenso e della frutta portata in offerta al Dio.

Si sentiva quasi ninnata dalla contingenza: una sensazione che la riportava alla primissima infanzia.

Abbandonarsi le era sempre più semplice ben sapendo che non avrebbe potuto mai essere considerata hindu ma quella sensazione di comunione spirituale la avvicinava a quel mondo antico e profondo.

Il bramino le pose il tilaka sulla fronte, solo pasta bianca d'argilla questa volta; tutti assieme lasciarono qualche rupia d'offerta, Sabine rispose al sorriso della vecchia donna che leggeva il testo sacro con un sorriso che le veniva, giorno dopo giorno, sempre più sincero e spontaneo. Si accorse in quel momento che sorridere, da qualche giorno, non era solamente conformità e circostanza, ma la profonda sensazione di donarsi anche agli estranei, abbattendo progressivamente le proprie rigide, fredde, barriere europee. Nei rapporti non avveniva mai nessun contatto, alcuna mano era stretta, nessun abbraccio. I rapporti con le persone imparava a fondarli solamente attraverso sorrisi e inchini, inchini e sorrisi. Abbozzò in quella circostanza anche un lieve ciondolare di capo così come tra loro facevano gli abitanti locali. Fu così goffo; il primo le venne davvero goffo, ma fu un altro tassello posto nell'insieme del suo puzzle tropicale, nella sua vita che, non se ne accorgeva razionalmente, mutava.

Giorno dopo giorno, ora dopo ora, Sabine cambiava e le piaceva ciò che stava divenendo: una lenta, profonda alterazione dell'io, sincera, all'interno di sé stessa, senza forzarsi.

Abbandono, era solo abbandono. Piacevole abbandono.
I corvi gracchiarono improvvisi, il bramino smise di cantare.

Tra inchini e saluti, il piccolo gruppetto tornò al pulmino diretti a ritroso verso Kochi; il pomeriggio occhieggiava già al tramonto, sarebbero rientrati con il buio, ma andava bene così, il tempo era ora unicamente un sasso calciato con il piede nudo, il tempo era un frutto maturo sbucciato con delicatezza e risolutezza per suggerne il sapore e non l'acidità della routine tedesca, la frenesia dal sapore acerbo che legava il palato con la lingua dandole un sapore amaro e spiacevole.

Il tempo scorreva senza che Sabine ne seguisse il monotono defluire, come il fiume scorreva senza che nessuno si ponesse la domanda di dove la corrente avrebbe portato rami e pesci; tutto era così ricondotto nei canoni naturali del flusso armonico dell'esistenza: Sabine si sentì libera e felice.

Sasikala

Trascorsero pigramente i giorni. Sabine e Praveen, assieme, eseguirono ulteriori visite tra villaggi e piccole città nei distretti limitrofi nel difficile compito di selezionare ragazzi e ragazze offrendo loro la possibilità di un'ammissione al college.

Praveen coinvolse completamente Sabine attraverso un'intensa attività selettiva, girando tra polverose viuzze affollate di sobborghi in cui la povertà contrastava con la bellezza dei posti, ascoltando e approfondendo la conoscenza con gli studenti candidati. Il giorno dell'esame di ammissione arrivò presto e il direttore, quel mattino di buon'ora, la volle in ufficio per parlarle schiettamente, a quattr'occhi.

"Buon giorno Sabine, volevo realizzare un attimo il punto della situazione. Oggi avremo al nostro cospetto quarantasei ragazzi esaminandi per l'ammissione al college. Di tutto ciò che hai visto e fatto al mio fianco in questi giorni avrei bisogno di una tua relazione. Ma al di là di ciò che sarà formale e istituzionale, tu come hai vissuto questi giorni?"

Il direttore era serio: per la prima volta tra loro una confidenza che esulava dai rapporti professionali diveniva la certezza che in Sabine il direttore riponeva fiducia e crescenti aspettative. In quei giorni Praveen aveva apprezzato il suo lasciarsi trasportare dalla sua cultura, cercare di capire, di informarsi, di entrare nel tessuto sociale di regole a lei avulse, di situazioni difficili da interpretare.

Questo era, per Praveen, fondamentale.

Sabine chiuse la porta dell'ufficio: uno bizzarro andirivieni di professori, inservienti, alunni, nel corridoio che transitava davanti all'ufficio, era sintomo di una curiosità da parte di tutti in un momento in cui, invece, la riservatezza, la confidenza tra una donna tedesca e un vecchio professore indiano, doveva oltrepassare le barriere del formalismo per divenire complice intesa, evoluzione sinergica.

"Non è stato facile Praveen decidere, consigliare, scartare ragazzi che chiedevano un'opportunità, ma ho capito da subito che, purtroppo, le contingenze prevedevano un approccio selettivo. Ciò, davvero, non è stato facile. Famiglie che in quest'opportunità riversavano aspettative di vita diversa, di integrazione, evoluzione sociale, forse saranno state deluse dal mio giudizio e il pensiero mi rende malinconica. In quei momenti, con poco tempo a disposizione, mi ha messo di fronte a scelte, valutazioni, scrupoli all'interno di una società così diversa dalla mia, dove chiunque può e deve azzardare il proprio individuale riscatto formativo. Non è stato facile. Penso ai primi due ragazzi: Rudra e Namish, sono giunti ieri a Kochi con le famiglie, un grosso sacrificio per pagarsi il viaggio, l'albergo, e sono assolutamente certa che solamente Namish potrà farcela. Che sarà di Rudra?"

Ora a ragazza si concesse una pausa per riflettere sulle sue stesse parole, sulla sua frustrazione cui forse non era preparata, ma fu decisa nel rivelare il suo stato d'animo.

"Saranno di conseguenza divisi dopo anni di vita assieme? Forse in questi giorni avranno assieme studiato, sognato, si saranno incoraggiati reciprocamente perché assieme avrebbero trovato la forza di vincere la paura del distacco dalla loro realtà, dalle rispettive famiglie. Che sarà di loro? Questo è l'aspetto più crudo dell'esperienza di questi giorni, nel mio intimo mi sono posta mille domande, ricevendo poche risposte, altre mille domande, ancora meno risposte."

Sabine non esitò mai nel rispondere al direttore, segno evidente di una riflessione maturata nelle lunghe e solitarie notti nel college, molte delle quali trascorse ponderando su questi aspetti, fumando sul terrazzo tra il fuoco dei tramonti e le prime oscurità, ora magica e per lei ispirante.

Il professore divenne in quel momento ancora più paterno e non esitò a sua volta nel risponderle:

"Sabine, capisco tutte le tue perplessità e incertezze ma dobbiamo scegliere, purtroppo questo è il nostro compito in questa delicata fase. Credo pure io che solamente Namish abbia le formazioni ideali per poter entrare nel college, Rudra è uno dei mille Rudra del Kerala, che si chiamano Taran, Rajesh, Rahoul, Daya, Shindu, che hanno tutte storie legate a fili invisibili, conclusioni riposte in altre persone, incertezze profonde. Credono nel karma e ne accettano il decorso quasi con rassegnazione a volte, ma dentro di loro, credimi sino alla fine ragazza, una luce flebile, ma certa, li porta a credere in un futuro diverso dalla loro realtà tribale, sognando la città, una vita meno difficile..."

Praveen prese una pausa,lasciando sospese le sue parole in un silenzio nel quale Sabine coglieva l'estrema importanza di ciò che il direttore le spiegava. Parole che condivideva.

Praveen riprese:

> "Noi siamo i burattinai delle loro vite, ma ti dico una cosa e portala con te: nessuno di loro se ne andrà da questa giornata senza un opzione". Il direttore prese altro tempo, allineando i suoi pensieri per poi porgerli nella maniera più convincente e sincera. "Per Rudra vedo la possibilità di poter frequentare una scuola professionale diretta da un amico dei tempi dell'Università a Trivandrum. Potrà divenire buon elettricista, idraulico, magari anche, se lo vorrà, programmatore informatico. In ogni caso avrà le basi per divenire un brav'uomo, crescere istruito e non rassegnato, tentare una vita diversa, rispettare la moglie che la famiglia cercherà per lui, credere nei figli come un altro piccolo tassello del futuro di un nuovo Kerala. Questo, solo questo, posso prometterti e per me è un grosso sforzo, anche io ho i miei limiti, accettali."

Sabine alzò lo sguardo sui trofei appoggiati, mai spolverati, sulla sommità del mobile alle spalle del direttore: coppe, targhe, diplomi che il college negli anni conquistò nelle competizioni tra scuole. Sabine trovava abbastanza assurda la cosa, ma così era: piccole conquiste di ragazzi che poco altro avevano.

> "Non abbiamo mai incontrato ragazze direttore perché? Me lo sono chiesto più volte..."

> "Sei molto attenta Sabine e questo è uno degli aspetti tremendi del nostro compito, perché è molto più di un lavoro, il nostro, è

quasi una missione. Purtroppo nelle famiglie che vivono ai margini delle caste, nei villaggi interni o costieri, siano pescatori, intrecciatori di bambù, raccoglitori di noci di cocco, di lattice di caucciù nelle piantagioni di alberi della gomma, oppure semplici manovali, una ragazza è quasi un peso per la famiglia, la sua istruzione sanno finirà in un'inutile spesa perché solo il matrimonio sgraverà la famiglia da quello che, purtroppo, è un peso economico. Sono tuttavia ragazze giovani, ma per le loro famiglie sono un impegno economico che solo il matrimonio può alleviare. Tra le nostre ragazze più meritevoli ne abbiamo una che si chiama Sasikala"

Sabine s'intromise nel lungo monologo.

"Sasikala con gli occhiali enormi?"

"Esatto, proprio lei! Come la conosci Sabine? Non è nel college ora, la famiglia l'ha ritirata per cercarle un marito ed è un grande peccato, così arguta, eccitata nello scoprire la scienza, la lettura di libri anche occidentali, le sue tradizioni attraverso i testi, davvero un peccato."

"Quindi la ragazza è stata ritirata? Sul sito l'ho conosciuta vedendo le sue fotografie, i premi ricevuti. Come possono stroncarle la vita in questo modo... assurdo, non trovo altri termini se non assurdo!"

Sabine era sconcertata, arrabbiata, delusa: in queste settimane era entrata in quella realtà in punta di piedi, si era abbandonata alla dolcezza dell'India, ma ora ne saggiava gli aspetti più crudi, ingiusti.

"Non sta a noi decidere Sabine, la famiglia determina il futuro dei propri figli. La madre è sola, la ragazza vive con lei e la nonna, il padre si è suicidato strozzato dai debiti bancari nel tentativo, anche dopo avere perso il lavoro, di pagare la casa che avevano acquistato. La madre non ha altre alternative se non il ritiro della ragazza e la ricerca di un marito. Lavora saltuariamente presso un negozio di alimentari del suo villaggio, Vengola, un villaggio davvero povero non lontano da Kochi, ma con poche opportunità. Non possiamo fare altro per lei, purtroppo devi accettarlo."

Sabine ricordava Sasikala, luce lunare era il significato del suo nome, occhi dolci e intelligenti incorniciati dai suoi occhialoni in osso. La ricordava bene quando avvicinò tramite il web la realtà del college e non ne accettava il destino. Sasikala fu per lei una delle prime rappresentazioni di questa nuova vita e non desiderava che un ricordo così dolce finisse con un finale doloroso, non lo accettava.

"Praveen, mi dia un'ora di tempo: voglio parlare con mia madre, accetteremo noi come famiglia di accollarci le spese degli studi di Sasikala. Se può mi organizzi al più presto un incontro con la madre, mi recherò personalmente nel villaggio, come si chiama? Vengola? Andrò là: mi conceda solo un'ora di tempo e Sasikala avrà un futuro diverso."

Il direttore guardò Sabine ammirandone la risolutezza: sapeva che non avrebbe potuto risolvere ogni singolo problema di ogni singola situazione di confine che in futuro l'avrebbe turbata, ma le concedeva questa opzione, anche a lui il piano B piaceva.

Sasikala meritava molto di più di divenire madre in un villaggio, rinunciare alla sua intelligenza, sposandosi per necessità e non per amore, come tante coetanee, subendo un karma che, grazie alla volontà di una ragazza tedesca, inaspettatamente sarebbe mutato.

"Telefonerò alla madre, proverò a fissarti un appuntamento per domani, al massimo dopodomani, i corsi stanno per iniziare. Tu e la professoressa Leela partirete per Vengola. Così sarà, ma sappi che se illuderai una ragazza e non porterai a termine i suoi studi, se l'abbandonerai, il suo karma la porterà verso un inferno interiore così come il tuo muterà. Sono le nostre convinzioni, dharma e karma, causa ed effetto, giustizia, il primo, che può determinare il miglioramento o il peggioramento del secondo. Troppo difficile da spiegare in due parole, ne riparleremo con la dovuta calma in altro momento. Vai pure a sentire tua madre, torna presto che gli esami stanno per iniziare e tu sarai parte del collegio esaminante."

"Grazie direttore, vado, corro!"

"Grazie a te, Sabine. Grazie sino in fondo, *om shanti shanti shanti.*"

Sabine non sapeva che rispondere, avrebbe rimandato tutto a dopo. Si alzò di scatto, sorridendo, piena di un'energia dettata dalla possibilità di cambiare, forse, il corso di una vita, al fianco di una donna in una terra dove essere donne era quasi condanna se nate e cresciute negli strati più bassi della società delle caste hindu, ma non così diversa tra cristiani o musulmani.

Cambiava la divinità pregata ma non di certo il destino comune a tutti, il Karma, come le spiegò il direttore, di una giovane donna di villaggio che come lei era donna... e ora avevano uno scopo. Ciò le dava forza.

"Mamma, cazzo rispondi!"

Sabine era corsa nella sua stanza mangiandosi a due alla volta i gradini che la portavano al secondo piano, cercando di aprire la porta frettolosamente, sbagliando più volte la chiave, per la frenesia di aprire il collegamento Skype che venne accettato da un assonnato padre, svegliata nel cuore della notte, al terzo tentativo.

"Mannaggia a tua madre che ha lasciato il laptop connesso e acceso, spero per te che sia importante figlia mia, perché qui sono le sei del mattino!"

Con grande sorpresa di Sabine, rispose suo padre e lei gli gettò in faccia tutto, Sasikala, il Kerala, Vengola sulla strada che da Ernakulam andava verso il distretto di Thrissur, la vedova e gli studi.

Il padre ci rifletté alcuni minuti, determinati più dallo stato di veglia che ne rallentavano il deflusso razionale dei pensieri, poi le chiese quanto sarebbe loro costato un anno di studi.

"Guarda, papà, alla fine sono meno di trecento euro l'anno, ce la possiamo fare e io sarei qui per sincerarmi che la ragazza ci metta tutto il suo entusiasmo, la potrei aiutare concretamente standole accanto. Insomma... sì?"

Fremeva attendendo la risposta. Lei, in quel frangente, non poteva permettersi il costo degli studi della ragazzina, i suoi genitori erano ora fondamentali.

"Mi giro, guardo tua madre assonnata che fa cenno di sì con il pollice alto, quindi sono in condizioni di poter dire che hai una risposta. Ora se stai bene, sei felice, non hai febbri tropicali, cobra attaccati ai polpacci che t'inoculano veleno, tigri in camera alla ricerca di carne bianca, posso dormire l'ultima mezz'ora prima di andare al lavoro?"

"Certo papà! Tornate a dormire, grazie, grazie davvero e leggetevi il blog! Grazie!"

"Dormire sarà difficile, ma tentare di tediare un po' tua madre sarà lo scopo della mia prossima ora."

Accompagnando le parole con una risata divertita, suo padre chiuse il collegamento.

Sabine, per una frazione rapidissima di tempo, udì la madre ridere e trascinare a sé il marito con fare civettuolo. La ragazza non si rassegnava ad avere due colombi per genitori e immaginava quanto tubassero avendo sempre la casa tutta per loro, senza essere disturbati dalla sua presenza.

Era ora attesa nell'aula degli esami e non si fece attendere più di tanto partecipando, per ciò che le venne richiesto, ai colloqui, correggendo assieme all'insegnante di inglese gli scritti. Namish fu ammesso, Rudra, come lei e il direttore supponevano, aveva forse un futuro come elettricista, ma aveva un futuro. Ora si sarebbe occupata immediatamente di Sasikala, Praveen aveva già messo al corrente del progetto Leela e la madre della ragazza le attendeva, già tempestivamente informata tramite una rapida telefonata, il giorno successivo nel suo villaggio.

Sabine approfittò della pausa per inviare tramie posta elettronica gli estremi del bonifico del conto corrente della scuola ai suoi genitori pregandoli di non perdere troppo tempo.

Ancora una volta Leela e Sabine si sarebbero trovate assieme, pronte per dirigersi verso il villaggio di Sasikala.

L'indomani partirono, dirette a Vengola, quando ancora l'alba non aveva terminato di completare il risveglio del sole, quando sulle strade ancora i clacson non divenivano padroni del rumore cittadino. Al contrario, i chai bollenti e dolcissimi, invece aromatizzavano l'aria unendosi agli incensi delle pujas, al mellifluo odore delle banane e delle papaye esposte nei negozi, mature, polpose, mielate e gustose come solo le banane maturate sui propri alberi possono esserlo. Camminarono rapide verso la fermata dell'autobus che le avrebbe condotte a Vengola, silenziosi fantasmi femminili ancora assonnati.

Leela per comodità dormì nel college; tante stanze erano ancora vuote in attesa dell'imminente inizio dell'anno accademico, non ebbe troppi problemi nel trovarne una solo per lei. Salirono assieme gli alti gradini dell'autobus tra spintoni nella folla già ben presente sulle strade, trovando ancora, fortunatamente, alcuni posti vuoti. L'autobus era stipato di lavoratori, donne che si recavano ai mercati nei villaggi, più economici, signore giovani o anziane che portavano con sé, sulle robuste spalle ossute, sacchi enormi e pesanti di cipolle e patate, cetrioli e cocchi per essere venduti nei mercatini rionali, sedute per ore sotto il sole, riparandosi solamente con comuni ombrelli parasole su sacchi di juta, sulle piazze polverose di spazi rubati al nulla, tra odori forti di pesce, verdure, frutta, voci e schiamazzi di venditori che avrebbero attirato clienti. Iniziava tra pochi minuti la quotidiana, piccola lotta tra poveri per vendere ciò che si poteva a prezzi irrisori, la lotta della sopravvivenza che diviene necessità.

Quasi mai tutto ciò si trasforma in lusso, solamente necessità e Sabine si raccolse nei pensieri mutati all'interno di una nuova sfera sensibile in questa umanità di margine che ora l'accoglieva, senza giudizi, senza richieste.

Accettarsi e sentirsi accettata, questa era la piccola, grande, conquista di Sabine in quel momento.

Una di queste donne era seduta accanto a loro: aveva entrambe le cataratte biancastre, segno di un'età avanzata e di poche possibilità di cura, il sari imbrattato e incolore, sfilacciato sui lembi, di semplice cotone monocromo, i piedi callosi per l'abitudine al camminare senza calzature, i capelli bianchi che non nascondevano lo sporco dovuto alla polvere rossa delle strade cittadine non asfaltate, disordinati e così diversi dalle belle acconciature delle eleganti signore più giovani e abbienti. Le mani dalle dita erano lunghe ma non lineari: cinque rami scomposti senza più una forma diritta, problema derivato da una brutta artrite anch'essa non curata.

In ogni caso non più curabile.

Eppure le guardava con grande nobiltà nello sguardo. Sulla fronte portava il tilaka fresco hindu: si era alzata alle prime luci per recarsi al tempio e, nonostante tutto, ringraziare le sue divinità, forse Ganesha, forse Shiva, forse Krishna, forse tutte assieme, di essere viva.

La immaginava mentre rivolgeva le sue semplici preghiere indirizzate alla vendita dei suoi vegetali a un buon prezzo, un grande sacco di piccole cipolle rossastre, simili a scalogni e qualche ramoscello di albero del curry, qualche radice di tapioca, non tanto di più. La donna sorrise a Sabine, Sabine sorrise alla donna donandole qualche rupia che la vecchia non accettò, lo fece solamente in cambio di un sacchetto di cipolle che Sabine avrebbe poi consegnato alla cuoca del college. Chiese a Leela di informarsi del nome della donna; si chiamava Joshila ed era nata nel distretto di Palakkad, tanti anni fa, nemmeno lei sapeva quando, ma a giudicare dalla pelle spessa e rugosa come una pergamena abbandonata al sole, non aveva meno di settant'anni, forse molti di più. La vecchia scese in corrispondenza di una giunzione fra strade polverose in un villaggio non lontano dal loro. Sabine ne ammirò l'andatura, scalza sulla terra rossastra, i piedi che sollevavano piccoli sbuffi di polvere ocra, il greve sacco ben saldo sulla testa, in perfetto equilibrio senza che nessuna mano ne reggesse i lembi. Sabine si sporse dal finestrino ed urlò: "Namaskar Joshila, om shanti shanti shanti". La donna si girò mantenendo l'equilibrio precario del sacco e sorrise di nuovo mostrando gli ultimi quattro denti rimasti, gialli e sparsi in una bocca increspata che nella vita aveva sorriso poco. La guardò mentre la folla la inghiottiva; un altoparlante diffondeva musica nel villaggio ad alto volume, più venditori cercavano, alcuni di loro bisticciando con veloci frasi di scambio in malayalam, un lembo di terra sul quale appoggiare i propri sacchi aperti e distenderne le mercanzie, tra grossi tonni, pesciolini piccoli adatti a essere fritti, verdure di ogni colore, forma, sapore, piccoli limoni, stoffe e ciabatte a buon mercato rivolte a gente umile. Eppure anche quell'India aveva la sua dignità pensò Sabine che non perse tempo nello scattare una fotografia a quel piccolo incrocio in un villaggio invisibile sulle mappe che rispondeva al nome di Chorrakode, Kerala, India, Asia: un altro modo di bramare di vivere, a volte riuscendoci, a volte subendone il karma, parola che s'impresse risolutiva nella sua testa.

Vengola non era troppo distante dalla giunzione congestionata sulla quale persero un po' di tempo dovuto all'affollamento umano: una volta giunte a destinazione le donne scesero dal bus iniziando la ricerca della casa di Sasikala dove la madre le attendeva.

Il villaggio non era troppo diverso dal precedente, Chorrakode e Vengola non erano diversi da tanti altri. Ovunque incontravano gente per strada, una direttrice principale asfaltata con grosse buche sui margini, nessun marciapiede, semaforo, cartello per disciplinare il traffico, buche profonde anche al centro delle carreggiate.

Immondizia abbandonata in balia del pasto di mucche cittadine, plastica più che altro, sacchetti vuoti miscelati a bottiglie e confezioni di snack a basso costo, impolverate dalla laterite imperante ovunque, tingendo di ocra rossa ogni cosa, anche la dignità di quell'umanità.

Sui lati delle strade principali si ramificavano, serpeggiando in un'edilizia senza regole, stradine sterrate nel classico colore della terra keralita, la gente era pigra e disoccupata ovunque, davanti ai numerosi negozietti.

Anche le mucche sui margini delle strade erano libere d'incedere oziosamente, tra la folla o legata a grossi alberi alla ricerca di germogli teneri sui margini di prati e piccole radure in attesa di un investimento di un'edilizia che fagocitava anno dopo anno gli spazi aperti, le piantagioni abbattute per la crisi del caucciù, della papaya.

Le capre urbane e libere di girovagare, pezzate e impolverate, contendevano ai bovini il cibo della strada, senza cernere nulla, tra erbe e rifiuti umani. Per arrivare alla casa della madre di Sasikala, avrebbero scoperto si chiamava Sanvi, salirono su un auto-rickshaw contrattando trenta rupie che Sabine pagò subito.

La ragazza abitava ai margini del villaggio: dovettero in seguito camminare tra viuzze anguste, case in calcestruzzo grezzo con molti tetti ricoperti da sacchi ed eternit (cavolo eternit, non va bene pensò la donna tedesca), tra giardini non organizzati, fiori nati tra cartacce e macerie, vetri rotti di bottiglie di birra bevute nelle notti di disperazione da uomini senza futuro, pozzi e latrine esterne, cani dal pelo dello stesso colore delle strade che si avvicinavano tentando un ringhio per poi accovacciarsi fiacchi e affamati in attesa di scarti di qualunque cibo venisse loro gettato, anche riso scotto, andava bene anche quello. La casa di Sasikala non era affatto diversa dalle altre: un parallelepipedo in calcestruzzo con le finestre in parte scrostate, in parte scheggiate che non oscuravano per nulla l'interno, il pozzo ricoperto di muschio, completamente verde sul lato nord, la latrina, senza porta, sul retro e una doccia esterna in comune con altre. Ci si lavava lì, in pubblico, senza spogliarsi del tutto, sicuri della riservatezza tra vicini nel lasciare un minimo d'intimità per chi si sciacquava con l'acqua di una cisterna donata dal povero comune, pescando l'acqua da un pozzo, convogliato da una pompa elettrica che lavorava bene, nonostante il modello fosse desueto e arrugginito, quando il black out non negava anche quel piccolo servizio. Sasikala e la madre andarono loro incontro invitandole all'interno, una casa spoglia con pochi mobili, un paio di letti vecchi, mangiati ovunque dalle tarme e materassi logori.

La madre dormiva la notte sdraiata su una stuoia sul terreno senza pavimentazione, tra formiche rosse e nere, molto grandi, che pungevano dolorosamente la pelle e scarafaggi. Il lusso di avere un letto, per quanto piccolo, era destinato alla vecchia nonna e alla bambina, un atto d'amore di una madre che viveva tra sconforto e rassegnazione.

Salutarono la nonna. Sabine ripeté le parole di Leela: "Namaskar ammaci[22]!", rivolgendosi prima alla vecchia per poi salutare le altre due donne. Sasikala conosceva bene la professoressa Leela, tra loro esisteva una stima reciproca.

Era così diversa ora nel suo churidar semplice e mal lavato, con colori sbiaditi dal sole e dai frequenti lavaggi in acqua corrente e fredda, senza detersivi, ma lo sguardo era quello che la ragazzina aveva sulle foto del sito del college, intelligente e vispo. Gli occhialoni erano sempre quelli, ora uniti dallo scotch sulla stanghetta sinistra rotta: una piccola nerd del sottobosco keralita, questa era l'impressione che fece a Sabine.

Leela traduceva tutto in modo che madre e nonna capissero le parole della ragazza tedesca, Sabine propose la sua volontà e l'amica traduceva. La madre ascoltava ciondolando il capo, segno d'intesa e conferma o di forti dubbi, Sabine ancora non capiva visto che il viso era inespressivo, la reazione si limitava al ciondolare il capo, almeno per ora. Al contrario, Sasikala fremeva, pendeva dalle labbra serrate della madre, grosse labbra che incorniciavano un bel volto dai lunghi capelli raccolti da un gelsomino fresco penzolante sul retro del capo, di sicuro acquistato al mattino in una delle tante bancarelle per pujas disseminate nel villaggio per rendersi presentabile in quell'importante occasione. Sabine interruppe Leela con un deciso e secco "Please amma, please!". La madre guardò la figlia e così si fissarono per lunghi minuti, chiese solo a Sabine una cosa, di non tradire la promessa: alla ragazza mancavano tre anni per terminare gli studi, non l'avrebbe dovuta abbandonare per nessun motivo.

Sabine era felice: abbracciò la donna che s'irrigidì per la sorpresa di quel gesto inaspettato, esotico alla sua cultura, le braccia

---

[22] Ammaci, cara madre detto in senso affettuoso, vezzeggiativo. La classica famiglia (turuvate) si compone di: amma (madre), accian (padre), ammumma (nonna), appuppan (nonno), cutti (bambino), così via per tutti i gradi parentali. Il *chi* finale rende vezzeggiativo il sostantivo rivolto alla persona.

penzolavano rigide lungo i fianchi, lo sguardo era tra l'atterrito e il divertito.

Non contraccambiò l'abbraccio, ma ridendo invitò le donne a bere un fresco succo di lime e acqua preparato poco prima, mangiando biscotti al cioccolato e croccanti on-Achappam, dalla forma di fiore di margherita e il sapore del pane fritto europeo. Quel piccolo rinfresco alla famiglia costò molto, Sabine allora invitò le donne a recarsi al villaggio per riparare gli occhiali a sue spese, non voleva che la sua piccola nerd keralita tornasse al college con le stanghette rotte. Sasikala era felice e avvicinò la sua sponsor tedesca con affetto, dimostrando che parlava inglese meglio di altre amiche della scuola, anche se Sabine la corresse in quel '*denghiu*' che le usciva con voce cacofonica. Avrebbe dovuto divenire presto un inglesissimo 'thank you!'

Leela aprì la mano simulando la fioritura delle dita, scuotendo velocissimo il capo, divertita e sorpresa della situazione creatasi. Sasikala sarebbe tornata a Kochi assieme a loro, non aveva grossi bagagli da preparare, solamente un paio di churidar, qualche capo intimo, lo spazzolino da denti, il dentifricio, il sapone per lavarsi, i sandali logori che vennero però sostituiti da un paio di sandali dorati sulle fibbie laterali acquistati in un disordinatissimo negozietto accanto all'ottico locale, ancora una volta pagati da Sabine. Il negozio di ottica era gestito da un bel ragazzo dall'aria istruita: si chiamava Ramavishnu e parlava benissimo l'inglese. Sostituì entrambe le stanghette con una coppia quasi simile all'originale, ne cambiò anche i naselli storti e consumati, ne lucidò le lenti poggiando sul viso di Sasikala un occhiale che, ora, trovava sistemazione perfetta sul naso e sulle orecchie. Finalmente.

Alla fermata del bus che le avrebbe ricondotte a Kochi, la madre abbracciò teneramente la figlia, carezzandole i capelli, sussurrandole in malayalam parole che Sabine non capiva e che Leela, per rispetto della coppia, non tradusse, ma alle orecchie della donna tedesca risultarono foneticamente dolcissime, veloci e scandite, ma piene di tutto l'amore di una madre che, nel momento in cui il trio si apprestava a salire sul bus, estrasse dalla borsa la foglia di banano ripiegata della puja del mattino, benedicendo le tre teste con tre tilaka di sandalo, donando a Sabine un'immaginetta, così simile a un santino cristiano, di Krishna bambino, con la sua piumetta di pavone sul capo e la dolce Yasoda[23] che lo abbracciava teneramente. Arrivarono a Kochi nel tardo pomeriggio, Sasikala attese che le fu assegnata la sua stanza per poi lavarsi con una calda doccia e rilassarsi felice sapendo che dormiva sullo stesso corridoio di Sabine.

La donna tedesca invece si recò sul terrazzo; ora voleva rimanere sola, con la sua sigaretta indiana di poco costo, tra le varie marche che provò a quei piccoli prezzi. Rispetto alle sue sigarette occidentali, ne trovò una varietà dal sapore che la appagava, dondolandosi sulla sedia in giunco.

Così era quasi tutte le sere, con o senza l'aquila bramina che la occhieggiava dal nido.

Sul palazzo di fronte la coppia di nibbi dalla testa bianca era ben presente e si turnò nella cova.

Per la prima Sabine volta identificò il maschio nell'atto di dare il cambio alla femmina nella cova delle uova, ma ora, con grande sorpresa, tramite lo zoom della fotocamera, vide invece due piccole testine implumi, gli aquilotti nati da poche ore. Le ricordavano i vecchietti del Muppet Show.

---

[23] Krishna, ottavo avatara del Dio Vishnu, nasce bambino in Mathura (Uttar Pradesh, non lontano da Delhi) crescendo nell'affetto materno di mamma Yasoda, una donna che accoglie il Dio con l'amore di tutte le madri. In questo ci sono tante affinità tra Cristo e Maria sebbene il culto di Krishna, della sua

Li osservava curiosa quando spuntavano dal nido, inoltre individuò la femmina che rigurgitava cibo all'interno dei becchi dei suoi pulcini.

Erano finalmente nati e le sembravano davvero due ed entrambi erano sani; non vedeva altre testine spuntare dalla paglia secca impastata con il fango e la saliva dai grossi uccelli rapaci.

Contemporaneamente il tempio suonava il suo disco devozionale: tra le stradine la gente procedeva lesta verso le proprie case, alcuni uomini dalla tunica bianca verso la moschea che richiamava i fedeli, moschea non troppo distante dal tempio, in linea d'aria. Gli schiamazzi e i clacson ovunque oramai le suonavano familiari, in un certo senso la rallegravano ora, qualche settimana fa non li sopportava.

Pensava a Berlino: alla stessa ora i suoi concittadini si dividevano in chi rientrava a casa dal lavoro e chi si recava per un aperitivo nei mille locali della capitale tedesca, oppure tra chi sceglieva un ristorante tradizionale o etnico.

Pensava anche a centinaia di turisti sparsi tra Alexanderplatz, tutto il Mitte, i quartieri in quel momento più trendy, gli alberghi o i pensionati dove cucinarsi una cena in stanze comuni prima di immergersi nella notte berlinese. Era oramai giugno inoltrato, periodo perfetto per godersi Berlino nel pieno della sua proposta caleidoscopica: mille opportunità per altrettante migliaia di persone alla ricerca di alcunché per svagarsi qualche ora. In quel momento Sabine avrebbe voluto essere in uno dei suoi locali preferiti con amici, magari con Ulrike, bevendo un boccale di buona birra tenendolo saldamente in una mano, o magari un Manhattan con qualche patatina e noccioline.

venuta in Terra, risalga ad almeno mezzo millennio prima di Gesù il Nazareno, così vogliono i testi sacri, sebbene il culto e la genesi del Dio dalla pelle azzurra, abbia origini sicuramente più antiche.

Allo stesso tempo però, Sabine si sentiva orgogliosa di ciò che aveva fatto durante il giorno, orgogliosa ma sola. Nel momento in cui finivano i suoi compiti professionali, iniziavano i suoi limiti di essere comunque una donna europea, magari viziata, ma donna, in una terra che nell'ora più pittorica, il tramonto sui cieli keraliti, diveniva anche l'ora della fine di ogni cosa. Soprattutto per una donna sola.

Tornò nella sua stanza, accese il laptop telefonando ai suoi genitori per informarli del piccolo successo, nascondendo loro quella piccola malinconia ora divenuta certezza della sua diversità culturale. Aprì la cartella musica sul desktop del portatile, iniziò ad ascoltare un album dei Sigur Ròs, "Valtari", la peggior scelta per chi in quel momento navigava nell'oceano della malinconia, la miglior scelta per chi, in quel momento, in quella malinconia, cercava la dolcezza della musica dei quattro musicisti islandesi, piccoli dolori d'immensa bellezza.

Preparò un articolo per il suo blog, scelse un paio di foto adatte, una sicuramente sarebbe stata l'immagine della vecchia che si allontanava verso il mercato con il sacco di piccole cipolle rosse in equilibrio sul capo.

Qualcuno bussò alla porta. Era Sasikala, anche lei sola e persa nel vuoto del college, mancava ancora qualche giorno all'arrivo degli studenti esterni la città. Con curiosità chiese:

"Che ascolti, Sabine?"

"Si chiamano *Sigur Ròs*, questo disco mi piace tanto e quando sono un po' giù mi aiuta a cullarmi nella malinconia, non so se riesco a farti capire che intendo."

La ragazzina rispose risoluta:

"No, ma mi piace questa musica: sembra una ninnananna e la voce del cantante è così diversa dalla nostra musica. Così fredda."

"Fredda... sì è la parola giusta, ma loro sono islandesi, così dev'essere. Sai vero dov'è l'Islanda? Immagino di no. Aspetta che la cerchiamo sulle mappe online; guarda è qui: un puntino nel nulla, come le vostre Maldive, ma al contrario. Le Maldive guardano l'equatore e si allontanano dall'India galleggiando sull'oceano verso di esso, l'Islanda si allontana dall'Europa al contrario, verso l'Artide, il Polo Nord, il ghiaccio. Ma tu che ne sai di ghiaccio vivendo qui?"

"Infatti, non riesco nemmeno a immaginarlo il freddo."

Guardando le calotte ricoperte dal permafrost azzurro e opalescente nei riflessi di un sole brillante e sgombro di nubi, i vulcani, le steppe desolate, anche Sasikala si abbandonò alla musica che le casse diffondevano.

Sabine alzò il volume quando iniziarono le prime note di *Ekki Mùk*, brano con il potere di donarle assenza, portarla altrove, in una dimensione dove fiaba e vita si fondevano nella stessa melodia di una voce infantile; un pianoforte sfumava note isolate ma coerenti, in cui la musica si disperdeva tra le lacrime di Sabine che ora non riusciva a trattenere.

Sasikala l'abbracciò, d'istinto.

In quel momento non era più la sua sponsor, la sua insegnate di colloquio in lingua inglese: era solo una donna tra i milioni di donne che nel mondo soffrivano le loro piccoli, grandi pene esistenziali.

Sabine si girò e, guardandola, le sistemò i grandi occhiali tondi in montatura di osso che nell'abbraccio si erano posti obliqui sul viso, le sorrise, le disse di andare pure a dormire che tutto era ok, che ora era meno sola.

Aveva se stessa, i Sigur Ròs nella stanza, Sasikala nel cuore... per oggi, non era più così sola.

Sabin

Nonostante la malinconia e i piccoli dolori di quella sera, il tempo continuò a scorrere aiutato dall'afflusso degli studenti nel college, dal vero inizio dell'attività didattica.

Sabine scoprì che l'impresa non era solamente difficile, era addirittura ardua, ma non si arrese quando iniziarono i veri colloqui nelle classi.

L'inglese di tutti i ragazzi era quasi primordiale, al limite della sopravvivenza: mancava loro l'incipit per far sì che quel libro con la 'Union Jack'[24] in copertina divenisse qualcosa di più di una materia da studiare. In futuro per alcuni di loro forse sarebbe stata sopravvivenza; Sabine imparò che l'unica vera lingua di contatto tra stati indiani era l'inglese, non l'Hindi, non altre, ma l'inglese. Cercò in tutti i modi di andare oltre la semplice pronuncia, imbarazzante a volte. Alcuni ragazzi in questo trovarono ispirazione, interrotti due, tre, cento, mille volte dalla donna tedesca durante i dialoghi didattici, ma Sabine cercava qualcosa che potesse divenire anche stimolo divertente.

Le venne allora l'idea di obbligarli a parlare inglese cantando canzoni inglesi:

"Siete un popolo che ascolta la musica ventiquattro ore al giorno? Ok, dal malayalam andiamo verso l'inglese, domani vi fornirò il testo e la musica di una canzone, voi la dovrete non solo imparare, ma cantare e con le giuste intonazioni, accenti, pronunce. Questa e la sfida; se la vincete è un passo in più, al contrario ci rimettete voi. Per me è tutto."

I ragazzi e le ragazze del corso erano sbigottiti: una canzone occidentale da imparare, speravano almeno sarebbe stata un bel rap

---

[24] Union Jack è il nome che gli inglesi attribuiscono alla loro bandiera.

americano, molti ragazzi keraliti guardavano lo street style di zio Sam attirati dalla cultura afro americana ma, conoscendo Sabine, almeno un po', sapevano che così non sarebbe stato e così non fu.

La ragazza pensò a lungo quale canzone proporre, dondolandosi sulla sua sedia, fumando e bevendo aranciata mentre i nibbi ingurgitavano poltiglie animali masticate nel gozzo di pulcini oramai grandi come loro e prossimi al primo volo. Ogni giorno aumentava il tempo che, immobili sul cornicione del palazzo, battevano ripetutamente le ali allenando i muscoli pettorali.

L'involo era prossimo, "forza ragazzi che ci siamo" gridava loro Sabine.

E l'idea le venne e corse immediatamente in ufficio cercando il testo che le balenò per la testa, scaricandone la base musicale dal web, fotocopiando decine di fogli da distribuire ai ragazzi.

Il mattino successivo per primi l'annuncio sconvolse la classe maschile.

"Si chiama Can't Help Falling In Love e la canta un certo *Elvis Presley* che in Occidente, vi garantisco, da almeno cinquant'anni è famoso al punto che venne chiamato anche 'il Re', quindi silenzio e ascoltate: voi sarete i futuri Elvis del Kerala: tanti di voi il ciuffo lo hanno già; manca la voce, ma ci lavoreremo."

Con il mouse cliccò il player dando inizio al brano; le prime note della dolce ballata uscirono dalle casse.

Appena la voce, troppo calda nel timbro per le loro abitudini, del re del rock'n'roll intonò *wise man say only fool rush in*, alcuni ragazzi esclamarono che non era giusto, che era difficile avere quella voce, quella pronuncia, volevano rap a ogni costo.

Sabine mise in pausa e, alzando a sua volta la voce, disse indignata a tutta la classe:

"Eh no, troppo facile il rap: già vi vedo scuri come un nero americano a fare 'yo yo broth' per tutta la scuola, con la mano che simula corna a tre dita; ho deciso per Elvis ed Elvis sarà. Io ho dovuto rimettere in discussione tutta la mia cultura per vivere qui, voi farete altrettanto se volete che quell'inglese da film male tradotto in indiano che parlate, divenga qualcosa di ascoltabile per un turista o un datore di lavoro occidentale. E metteteci tutto il vostro impegno, perché questa canzone fu la canzone che fece innamorare mia madre e mio padre tanti anni fa, quindi non vi consiglio di rovinarla!"

Scherzando, ma sino a un certo punto, Sabine impose per la prima volta la sua volontà: non aveva volato oltre diecimila chilometri dalla sua città per uno sterile 'I'm fine thank you', che quasi sempre suonava come 'denghiu'. Ora voleva il livello successivo: voleva sentire il sentimento profondo del testo di Presley, voleva sentire il miele nelle voci e non solo l'accademia di canto di tutti i cantanti locali, stereotipi amabili ma prodotti in serie, voleva sentire la passione nei maschi del corso. Voleva implicitamente immaginare la madre e il padre teneramente abbracciati nel lento che li portò per la prima volta ad accostare le loro labbra, a stringersi forte l'un l'altro tremando sotto i brividi del momento e della canzone suonata da un vecchio giradischi di un amico, in un salone della periferia di Berlino.

Desiderava emozionarsi e ritrovare la strada che, da quelle note, la portò a essere la realtà di un ventre che per nove mesi la cullò proteggendola dal mondo esterno. Da quella canzone forse iniziò la sua vita, ora loro dovevano far sì che quella canzone rivivesse sotto le palme di cocco di quella città.

Per fortuna che Sabin, un ragazzo proveniente dallo stesso distretto di Ernakulam, nato a Mattancherry come Leela e cresciuto tra turisti occidentali, il padre aveva un piccolo albergo non lontano dalle reti cinesi di Fort Kochi, mise tutto il suo coraggio nell'emulare una voce così diversa dai suoi toni abituali e giorno dopo giorno migliorò il canto trascinando la classe oramai rassegnata alla vergogna di quell'attività.

"Ok Sabin, molto meglio ma scandisci le parole, cavolo! Non puoi dire 'se non posso innamorarmi di te' come se dicessi 'amore portami il biryani che ho fame'!"

Ciò fece ridere tutti: quel laboratorio alla fine divenne divertente, impegnando i ragazzi nel cercare di rendere orgogliosa la loro insegnante.

"Su, riprova Sabin, mettici passione: immagina Deepika Padukone[25] davanti a te, indecisa se amarti o meno. Dipenderà tutto da come le pronunci 'ma io non posso innamorarmi di te, baby'! Anzi, dipenderà da quando, nel finale, le dirai 'ma io non posso fare a meno di innamorarmi di te' e, se ci sarai fare, Deepika cadrà ai tuoi piedi, altrimenti se ne tornerà da qualche bell'attore a Mumbai!"

La risata fu spontanea e ancora più rumorosa della precedente.

Praveen Kumar entrò nella classe per capire cosa accadesse; sapeva di quel laboratorio voluto con forza da Sabine e non era del

---

[25] Famosa attrice del cinema di tutta l'India, regina del cinema Bollywood e dei Blockbuster indiani, modella e testimonial di abiti, gioielli, vernici, ogni forma di pubblicità stradale e televisiva di tutto il sub-continente.

tutto d'accordo. Qualche giorno addietro chiamò la collaboratrice tedesca nel suo ufficio mostrandole il suo rammarico per quel tentativo non omologabile nell'istruzione locale, ma Sabine fu decisa nel contrastarlo: aveva voluto un insegnante occidentale, quello era il suo metodo, non avrebbe retto ulteriormente altre noiose, inutili conversazioni costruite su domande e risposte da scuola primaria; voleva di più, pretendeva che la lasciasse tentare in pace, altrimenti poteva anche tornarsene in Germania.

Praveen per la prima volta saggiò il sangue di una donna europea e si lasciò convincere: avrebbe appoggiato, non totalmente convinto, il laboratorio di Sabine, anche se immaginava i contrasti tra i docenti di vecchio stampo indiano, fedeli alle linee ministeriali e poco inclini alle novità. L'avrebbe comunque supportata.

"Avanti Sabin, riprendiamo: più passione e cura l'accento, fai svenire la Padukone tra le tue braccia, falla impazzire con la tua voce da Elvis dei tropici!"

Risero tutti e Sabin si sentì talmente stimolato da osare anche i toni più caldi della voce del re di Memphis e non gli venne male nemmeno la pronuncia. Il muro, ancora un muro nella vita di Sabine, era abbattuto, anche solo sbriciolato in qualche mattone, ma avrebbe lentamente ceduto e i ragazzi uscivano giorno dopo giorno dal loro muro per capire meglio la lingua straniera, non solo aumentando la gamma di frasi e termini, ma lavorando con concreta enfasi sulla loro pronuncia.

Con le ragazze fu più facile, erano anche numericamente inferiori, consentendo a Sabine lezioni individuali e conversando molto anche dopo la scuola, incontrandosi nei corridoi dei dormitori;

a volte venivano ospite nella stanza dell'insegnante per ascoltare musica occidentale e, sebbene a loro non piacesse molto quelle sonorità, trovandole a volte bizzarre, capivano essere il solo modo efficace di interscambiare le loro culture. Ad alcune piaceva *Likke Li*, per la sua dolcezza e immediatezza, potere del pop pensava Sabine, un pop raffinato e poco commerciale. Ad altre ragazze la musica occidentale piaceva se cantata da Shakira, Lady Gaga, insomma prede del mainstream commerciale, in ogni caso fonte d'apprendimento della lingua.

Sabine le incoraggiava a leggere, tradurre, imparare i testi copiando la pronuncia delle cantanti.

Le spronava, divenne per loro in quelle settimane di conoscenza sorella maggiore a cui affidarsi fiduciose, ricambiando le loro aspettative con piccole disponibilità, presenze anche al di fuori dell'orario scolastico. Sabine amava quei momenti extra, ascoltando le loro vite, le molte spiegazioni di particolari per lei nuovi della loro cultura, una sinergia che riduceva il divario tra loro, avvicinandole poco alla volta verso il terreno dell'annullamento delle distanze.

Tutto ancora le appariva ancora lontano, ma si sa, ogni grande viaggio inizia con un piccolo passo, questo insegnò loro Sabine, confidando loro che quel piccolo proverbio era stato creato un po' più a nord della loro India, in Cina.

Ancora una volta la saggezza asiatica.
Il cerchio si chiudeva attorno a loro.

Leela

Arrivò presto settembre e con lui, negli strascichi finali di una ricca stagione delle piogge, la festività di Onam[26], dieci giorni di vacanza in cui gli studenti che risiedevano nel college sarebbero tornati a casa e Sabine sarebbe rimasta sola in attesa dei rientri e della ripresa delle attività didattiche.

Leela le ricordò la promessa fattale mesi prima invitandola presso il suo villaggio, come ospite.

Onam era la migliore delle occasioni per Sabine di trascorrere qualche giorno staccando anche mentalmente dalla sua attività scolastica: ora aveva accumulato troppe tensioni, scorie che si incrostavano sul suo umore vivendo troppo personalmente ogni singola situazione, coinvolta come mai nella vita in un progetto umano di cui sentiva la responsabilità. Sentiva fortemente l'esigenza di una pausa.

Leela l'avrebbe attesa nel suo villaggio, Mattancherry, per il fine settimana. Il borgo di Leela non era lontano né tantomeno difficile da raggiungere con un unico autobus, istruzioni che la professoressa keralita impartì all'amica scrivendole ogni dettaglio a lei utile su un piccolo foglio.

Fu il sabato mattina di buon'ora che Sabine partì verso il villaggio di Leela, attraversando camminando il suo rione per arrivare alla giusta fermata dell'autobus che si rivelò stipato a bordo. Il sabato molti cittadini di Kochi si recavano verso il litorale, soprattutto in una bella giornata di sole come quella.

La donna rimase quasi soffocata nel suo stato di sardina tra sardine per tutti i quaranta minuti del tragitto, scendendo sudata e accaldata alla fermata che Leela le consigliò; da lì la casa dell'amica era a poche centinaia di metri. Le piacque subito Mattancherry.

---

[26] Onam, festa nazionale hindu, in tutta l'India è la festività tipicamente keralita in onore di Vamana il nano, avatar ancora una volta di Lord Vishnu, onorato con feste, mandala floreali, danze e cibi in tutto il Kerala.

Oramai lo scompiglio urbano per lei era norma quindi non si arrese nel farsi largo tra un gruppo di vacche nel mezzo della strada, nemmeno alle capre che le si avvicinavano con agnellini sporchi di polvere rossa sul vello candido, non si arrabbiò più di tanto nemmeno quando una macchina, guidata malamente, le schizzò di sudicia acqua il churidar nuovo entrando in una pozza causata da una depressione nell'asfalto, pozza formatasi durante l'intensa pioggia della notte. Era parte oramai della sua vita e sapeva gestire del tutto le sue ire iniziali in quelle situazioni.

Camminò nella direzione della costa come Leela la consigliò, chiedendo ad alcuni vicini quale fosse la casa dell'amica, vedendola poi sul patio della casa, all'interno del bel giardino, curato e fiorito, intenta a leggere il quotidiano in lingua locale.

"Questa è casa mia", le disse Leela, mostrandone orgogliosa il colore giallo della facciata da poco ridipinta, le grosse papaye pronte a essere raccolte sugli alberi del giardino, tra fiori a pagoda rossi e cespugli anch'essi fioriti tra cui spiccava una stupenda datura dalle grandi campanule pendenti bianche, screziate di rosa.

"Che bel giardino Leela, non mi hai mai detto ti piacesse coltivare piante e fiori!"

Sabine osservò con curiosità corolle colorate e frutti.

Il suo sguardo fu attirato da una meravigliosa farfalla dalle ali color smeraldo che svolazzava tra nettari invitanti e residui di bucce ancora dolciastre di papaye sul terreno; avrebbe voluto fotografarla, era pronta per lo scatto, la macchina era settata correttamente ma mai ebbe l'opportunità di riprendere l'insetto variopinto che volava danzando nell'aria senza mai posarsi.

Mariposa... lo spagnolo era azzeccatissimo nel nominare la farfalla!

"In verità il nostro giardino lo cura meglio mio marito, ha più tempo di me, si dedica a esso con più passione e competenza, io sono troppo assorbita dal lavoro, ma mi piace consigliare i fiori che vorrei vedere tra i cespugli e gli alberelli e lui li coltiva, ha un vero pollice verde. Ti confesso comunque che non richiede poi così tanto lavoro: appena qualche ora ogni tanto. Mi piace nei colori così assortiti. Stasera vedrai che arriveranno le volpi volanti ad appendersi sulle papaye, ci scommetto, lo fanno quasi ogni sera se non piove."

Sapeva che a Sabine le volpi volanti piacevano, anche se all'inizio era leggermente spaventata da quei grossi ma mansueti, pipistrelli rossastri. Sabine notò, tra cespugli e foglie di palma accatastati in un angolo, un musetto curioso spuntare, poi due, infine altri tre, ma minuti, con piccoli occhietti furbi e lunghi baffi che annusavano l'aria incontrando un profumo per loro inusuale, quello della ragazza tedesca.

"Sono una famiglia di manguste con i loro cuccioli: tempo fa mio marito stava per sgombrare le foglie accatastate in quell'angolo ma, dopo averne sollevate alcune, sentì squittire e soffiare e s'accorse della madre che allattava i piccoli ancora inermi e abbiamo lasciato tutto così come ora vedi. Sono animali tranquilli, tengono lontani topi e serpenti, per quanto rari in questo quartiere. Sono discrete e timide e le vediamo di rado, credo abbiano udito una voce estranea, la tua, e si siano incuriosite, la nostra a loro è oramai famigliare. Curiose come sono, si siano affacciate per vedere a chi appartenesse, me l'aspettavo".

"Sono graziosissime Leela, hai dato loro nomi?"

"Ovviamente no! Come ti salta in mente che possa dare nomi ad animali selvatici?"

"Io lo farei", le disse ciondolando il capo, come le riusciva bene ora quel ciondolare così tipico nelle comunicazioni non verbali. Leela di rimando scosse il suo, disapprovando e ridendo.

"Su, entra. Il chai è ancora caldo, beviamolo assieme. Ti piace con lo zenzero? A me tanto!"

"Approvato lo zenzero!"

Entrarono insieme nella piccola, dignitosa casa di Leela. Il marito era lontano per un lavoro, sarebbe tornato dopo qualche giorno, forse nel giorno principale di Onam, Thiruvonam.

Non sarebbe stato accanto alla moglie in quei primi giorni della lunga festività religiosa, Leela sperava invece il contrario.

Bevvero il chai e Leela mostrò la casa all'amica, casa di un piccolo livello più lussuosa della media locale. Era composta di un ingresso con divano e televisore, una stanza da letto con letto e materasso in lattice acquistati con sacrifici anni prima, un piccolo armadio dove riporre i loro vestiti, con un senso dell'ordine molto locale e poco ortodosso per Sabine. Avevano pure il bagno in casa con la doccia, il water con annesso il doccino per le pulizie intime e il lavandino.

Nel locale adiacente si trovava un'ampia cucina con un lungo ripiano in marmo e i fornelli alimentati da una grossa bombola, rossa come tutte, o quasi, le bombole a gas del mondo. Addirittura un paio di elettrodomestici accanto al ripiano d'entrata, un mixer e il forno a microonde per riscaldare il cibo avanzato.

I muri però, notò la ragazza tedesca, erano anneriti dai gas di cottura, dalle ditate di mani unte sulle pareti, dall'odore di muffa e muschio del locale esposto verso il nord, in balia delle piogge monsoniche sulle pareti esterne porose come spugne.

Quasi tutto ciò che aveva visto in precedenza, visitando le case dalit assieme a Praveen Kumar, era comunque di molto al di sotto a quella media che Sabine definì una borghesia locale, anche se sapeva che le famiglie ricche avevano lussi per tanti nemmeno immaginabili, tra cui automobili giapponesi, televisori al plasma, il frigorifero, mediamente un paio di motociclette, il personal computer e la connessione internet in casa.

Leela non aveva nessun computer: lo utilizzava a scuola anche per le sue attività mediatiche personali; forse in futuro avrebbe potuto acquistarne uno, anche se nel suo villaggio le connessioni erano ballerine, tra black out e cali di una rete ancora agli inizi della diffusione del web su larga scala.

"Ti prego Leela, portami al mare, è così vicino... non ci sono ancora stata in questi mesi, ti prego portami ora."

L'amica l'accontentò e le propose di recarsi a Fort Kochi, non lontano dal suo villaggio, un paio di chilometri a piedi, duemila metri che dividevano loro e qualche occidentale in vacanza, non molti, non era ancora la stagione dell'affollamento turistico.

Passeggiarono chiacchierando di tante cose: ovviamente la scuola, i ragazzi, Sasikala e i suoi progressi, le sue conquiste nello studio, erano i principali argomenti al centro del loro dialogo.

Leela però le chiese, un po' a tradimento in un momento inatteso da Sabine, come andava lei dopo mesi sola in Kerala e lontana da casa.

"A volte non va, semplicemente non va."

Prese fiato e continuò:

"Mi manca Berlino, la vita notturna, gli amici, la mia cultura, il cinema, mia madre, mio padre, i musei d'arte, un concerto della mia musica, la birra..."

"Birra? Ti manca davvero? Benvenuta a Fort Kochi, ridente località turistica della costa keralita, famosa per le reti cinesi che dondolano vuote in attesa di essere calate dal molo sul canale d'acqua salata, i residuati della vita coloniale portoghese e olandese, i teatri della danza classica keralita, ma soprattutto la birra nei locali! Vieni, andiamo da un amico che gestisce un ristorante rivolto a stranieri, rinomato per i suoi noodle in stile cinese, una buon pizza surgelata che acquista da un rivenditore di Bangalore, toast al prosciutto di pollo e formaggio, ma soprattutto la mitica birra Kingfisher, assieme alla Cobra, la regina delle birre indiane. Ricorda che è un lusso: in Kerala solamente in alcune località turistiche o nelle rivendite del governo non aperte alle donne, è possibile acquistare alcolici, ma da Sunhil la Kingfisher è fredda e pronta per essere stappata per te, oggi!"

"Non andiamo... corriamo Leela! Corriamo!"

Risero, simulando una corsa.

Stavano bene assieme e lo sapevano: una complicità nata senza indugio, epidermica e complice, anche se non parlarono più del viaggio a Trivandrum, di quelle dolci carezze tra i capelli da parte di

Sabine, agli sguardi gradevoli e reciproci in treno durante il ritorno. Avevano trovato il loro equilibrio tra puntini di sospensione emotivi e verità mal celate, ma silenti.

Sunhil era nel suo locale e accolse le donne con un occidentalissimo 'hallo girls' e portò la birra assieme a noodles e patatine fritte che Sabine offrì all'amica, la quale però non bevve il fresco alcolico, non l'avrebbe mai fatto in pubblico, non l'avrebbe bevuta comunque, al contrario di Sabine che sorseggiò prima la bianca spuma, poi la fresca lager ricca di piccole, pungenti bollicine.

Il locale si trovava di fronte alla bella basilica candida di Santa Cruz, sul lato destro di una strada sulla quale i turisti incontravano l'antico edificio cristiano, bianco come la spuma dell'oceano quando ribolle o come le nubi del cielo dopo i giorni di monsone, in attesa del vento che le facesse danzare portandole sul mare verso il nord, verso la penisola araba. Sulla stessa strada numerosi cartelli invitavano ai piccoli teatri tradizionali mostrando come esca la maschera verde del Kathakali, la vera attrazione di Fort Kochi assieme ad altre danze classiche alternate, durante le serate, in spettacoli che attiravano anche Sabine.

Non aveva ancora assistito a una danza locale, comunicò all'amica il desiderio.

Sull'inesistente marciapiede diretto verso il lungomare, alcuni turisti cercavano piccoli locali per una cena frugale, tentazione esotica di cucina europea.

In alcuni di essi si cuoceva anche una pizza chiaramente prodotta e surgelata in stabilimenti asiatici.

Sabine li fissava: dopo mesi rivide pelle bianca come la sua in una terra di epidermidi scure in varie tonalità, antiche etnie migrate in tutto il sud di un'Asia in quella zona ancora abbastanza integra, non vittima delle discese indoeuropee del nord.

Fissandoli le scese un velo di amarezza sul volto che Leela colse con l'empatia oramai dimostrata in altre occasioni:

"Che hai Sabine? Non puoi nascondere quel velo di tristezza che mostri ora, a me non puoi negarlo."

"No Leela, è tutto sotto controllo, è solo l'assurdo momento passeggero, come altri già provati, nel vivere sola lontano dalle mie consuetudini, ma è tutto sotto controllo, fidati."

Così le disse, mostrando un sorriso bugiardo e ruffiano ma dettato dalle buone intenzioni di non far pesare il suo umore a chi le stava concedendo tutto ciò che per lei era possibile: il relax di un locale e un buon bicchiere di birra fredda sorseggiato tra bocconi distratti di noodles scotte e leggermente piccanti.

"Il mare è qui vicino? Ti prego andiamoci, voglio vedere il tramonto. Sapendo che il sole cammina verso il mio Occidente, guarderò così lo stesso sole che scrutano i miei cari, i miei amici, la mia gente tra poche ore, lo stesso tramonto che si ripete progressivamente ovunque".

Pagò Sabine e camminarono assorte tra turisti e abitanti locali.

Un turista italiano bestemmiava rumorosamente, perché non aveva abilitato la carta del suo bancomat per prelievi internazionali e non riusciva a riscuotere alcuna cifra dalla cabina della South Bank Of India. Una coppia di turisti non identificati si teneva dolcemente la mano, attirando la curiosità degli abitanti locali che mai avrebbero osato un gesto intimo pubblico, per la loro cultura, così audace.

Una capra attraversava la strada sull'altro lato rispetto alla coppia innamorata, intralciando il cammino delle due amiche che non poterono esimersi dal dispensare agli animali un'affettuosa pacca sulla schiena, magra ma muscolosa.

Le ossa dell'ovino sporgevano laterali mostrando un addome gonfio, così come gonfie e turgide erano le mammelle, segno evidente di un parto recente; sicuramente cercava il suo agnellino smarrito tra le viuzze strette e il grande prato creato tra due strade, ideale per partite, senza regole e riferimenti, di cricket di strada. Gli agnellini, una coppia assortita, erano infatti accovacciati sotto un grande albero sul bordo del prato. Uno dei due era completamente bianco e si alzò dirigendosi verso la madre che a lui belava per richiamarne l'attenzione. Il fratellino, pezzato bianco e nero, rimase invece seduto in attesa di una mammella da spremere.

Dalle case usciva un forte odore di plastica bruciata: Leela spiegò all'amica che era tipico in quell'orario del vespro bruciare l'immondizia al riparo dai venti, tra buche nel terreno, nei giardini o direttamente sulla strada, ma era pungente quel fumo sottile, quella nebbia mefitica in forte contrasto con i precedenti profumi di fiore, di frutta, di salsedine micronizzata nell'aria dagli scogli ora così vicini.

Giunsero sulla spiaggia mentre il cielo si tingeva di un viola acceso: mai Sabine aveva assistito a un tramonto viola dai colori quasi uniformi, screziato in tonalità simili, maggiori o minori, sature, ma senza alterarne l'aspetto di una bellezza quasi pittorica, apocalittica per certi aspetti.

La spiaggia era larga, le onde fragorose: le due donne si sedettero sul limitare della sabbia bagnata, le onde più lunghe lambivano i loro piedi, l'acqua era fredda ma non gelata, forse l'indomani Sabine avrebbe anche nuotato in quel mare agitato. Attorno alle due donne piccoli granchi spiavano con circospezione la zona attorno alle loro montagnole scavate nella vitale ricerca di acqua sotto la sabbia, di umidità nel quale mantenere morbido il guscio.

Spiavano con rapidi movimenti degli occhi innalzati sopra protuberanze del capo, muovendo chele, saggiando l'aria e le vibrazioni alla ricerca di cibo, correndo furtivi sulla rena scura, fuggendo alle mani di Sabine che ne voleva, divertendosi, catturare un paio per vederlo da vicino.

Troppo lesti nell'inabissarsi per essere catturati e anche scavando, era quasi impossibile trovarli, come se fossero misteriosamente dissolti, inghiottiti dalla sabbia grossolana e silicea.

Oramai l'oscurità avvolgeva i molti presenti: turisti e locali che, silenziosi o divertiti, scattandosi reciprocamente fotografie che poi, immediatamente, condividevano sui social network, così simili tra loro, in quell'atteggiarsi mondializzati, così simili a tanti ragazzi di tutto il mondo, non solo dell'Asia o dell'Europa.

Di fronte alla spiaggia, dall'altra parte del mare che in quel punto era un canalone d'acqua salata, nell'oscurità di delineava la sagoma di una delle tante isole e penisole del litorale rivelate da migliaia di lucine a volte intermittenti.

Sabina capì che le luci vivide di quell'immenso agglomerato di torri ed edifici appartenevano a una raffineria, così immaginava, ma ne ebbe conferma dall'amica, stabilimento di lavorazione del petrolio per ottenere catrame stradale, carburanti e sottoprodotti.

Sabine ne immaginava la bruttezza durante le ore diurne, dinosauro industriale posto nel pieno della bellezza paesaggistica ma, così, nell'oscurità, le mille lucine dello stabilimento creavano un riferimento stabile nella notte poco illuminata, donavano a quel buio altre stelle che si univano alle mille stelle del cielo keralita.

La luna si vestì sopra di loro di falce crescente, con un piccolo astro luminoso sul fianco; in quel punto del cielo, le ricordava la bandiera islamica che sventolava sulla moschea non lontano dal college.

Le due donne mantenevano il silenzio ascoltando la risacca ritmata da onde costanti, crescenti poi calanti, alcune lambivano loro i piedi bagnandoli. In lontananza i petardi di Onam scoppiavano fragorosi, segno evidente della celebrazione oramai nel pieno dei festeggiamenti.

"Sabine, vuoi che ci rechiamo al teatro? Forse questa sera

potrebbe esserci il Kathakali."

All'amica tedesca l'idea piacque subito: la malinconia che ancora la possedeva non accennava a diminuire, quella pace alimentata dai rumori della festa le piaceva, eppure un senso di solitudine si era impadronito di lei che, controvoglia, non accettava. Quel sentimento, cui non riusciva dare espansione, le appariva il disegno egoistico della sua mente forse stanca dopo tante esperienze; lo spettacolo probabile era davvero la giusta medicina del momento.

Costeggiarono il lungomare, un paseo spiegava Sabine a Leela, così si sarebbe chiamato se fossero state in Spagna, una promenade francese, tra piccole bancarelle alla fioca luce di lampioni poco illuminanti ove donne provenienti principalmente dal vicino Karnataka vendevano stoffe, abiti etnici, elefantini in finto avorio, collane e drappi dipinti con richiami a divinità hindu, così come gli stessi motivi sacri della religione hindu, attirando i turisti che cercavano capi simbolici dell'India stereotipata che avrebbero ostentato al ritorno. Quei disegni erano riportati su t-shirt di buona fattura, cotone del Maharastra dicevano le donne pronte a parlare qualche frase in inglese, francese, cinese, imparate dai turisti cui dedicavano tutta la giornata e parte della notte se la stagione portava forestieri occidentali in vacanza.

Sabine contrattò un completo etnico composto da una blusa violacea e pantaloni con cavallo basso, all'araba, uno stile che le ricordava quello africano batik dei mercati di Berlino ma con motivi diversi, qui elefanti e pavoni stilizzati, non gazzelle e guerrieri Masai. Riuscì a condurre il prezzo, durante una lunga trattativa con la donna, osservando Leela eloquente quando le faceva notare, con ammicchi risoluti, che ancora era troppo alto per accettarlo, portandolo a una quota onesta e conforme al vero valore della mercanzia.

La donna kannada non era entusiasta del prezzo pattuito: purtroppo avere tra loro una donna locale non la aiutava nel tentare di spuntare più rupie in quella compravendita svolta sotto gli occhi di turisti divertiti e bambini piangenti in attesa che la madre, terminata la contrattazione, porgesse loro il capezzolo, lì sulla strada, nessun'altra alternativa.

La donna avvolse in un foglio di vecchio giornale il completo, prese tra le braccia la piccola bambina piangente e finalmente la attaccò al seno invocando a sé altri turisti in quel gioco di sopravvivenza e durezza, senza vergogna, senza domandarselo neppure. Quella era la sua vita.

Sabine carezzò la testolina della bambina ora quieta nella sicurezza del capezzolo da cui si nutriva avidamente. Intenerita non riuscì a resistere dal lasciare ulteriori cinquanta rupie alla donna che volle però donarle una collana che Sabine accettò, senza dare valore al prezzo. In quel gesto sodale c'era solo la cortesia tra due donne agli antipodi nelle aspettative di vita e nelle certezze del quotidiano.

Leela prese sottobraccio l'amica, un gesto inaspettato per Sabine cui fece piacere sentire la vicinanza di una persona; le immense reti cinesi, simili a grandi trabucchi mediterranei, sullo sfondo apparivano come dinosauri in un museo a cielo aperto. Il mattino successivo sarebbero tornate a essere ciò che erano, trappole per pesci e turisti, ma solo il mattino successivo, ora appartenevano al panorama di una notte surreale nei colori e nelle forme.

Il teatro non era troppo lontano e vi arrivarono giusto in tempo, trovando un paio di biglietti per lo spettacolo da poco già iniziato.

Purtroppo il Kathakali non sarebbe stato sul palco quella sera nella quale, invece, due ragazze danzavano Bharatanatyam, ancora una rivelazione per Sabine, attirata, già all'ingresso, dal suono delle percussioni, dei cimbali tintinnanti, dei violini, della voce che scandiva il ritmo della danza, dei sonagli legati alle caviglie delle danzatrici che pestavano con forza il parquet di legno pregiato del palcoscenico.

Sabine scoprì che la ragazza più adulta era l'insegnante: non aveva riferimenti, era la sua prima performance di quella complessa danza sacra, ma le piaceva la velocità con la quale la danzatrice compiva i movimenti, i veloci cambi di mudra delle mani, la gestualità del corpo e degli occhi, neri e grandi, attraverso i quali comunicava a volte dolcezza, altre rabbia, sgomento, amore.

Tutto era spiegato dalla voce del bramino prima dell'inizio di ogni coreografia, generando così attesa e rivelazione, rendendo culturale e didattico lo spettacolo.

La danzatrice mimava i movimenti narrati durante la spiegazione, in seguito sarebbero stati eseguiti assieme alla musica. Li mimava con grande padronanza del proprio corpo, sfoggiando un meraviglioso costume di seta cangiante arancione e blu pavone che si apriva in un largo ventaglio sulle gambe quando la danzatrice si piegava sulle gambe durante l'esecuzione.

Entrambe le danzatrici erano decorate con una serie di gioielli tra i capelli, nel naso, attorno al collo con una lunga collana che le scendeva sino al petto in diversi giri di perle dorate. Così, tra i gioielli, nei capelli avevano posto fiori di gelsomino e sui lati della testa agghindata, un sole e una luna degli stessi colori di tutti gli altri gioielli.

Capì che era una parure completa e tipica della danza: l'ora di spettacolo trascorse veloce e piacevole, intrigante. Le ragazze furono incantate dal suono e dai due corpi danzanti, anche Leela nonostante non fosse di certo la prima volta che assistette a quel tipo di danza.

Ammirarono la difficoltà d'esecuzione, del tutto rapite dalla bellezza dei movimenti sincopati, tra momenti narrativi, tramite l'uso del corpo, e veloci tour di danza.

A Sabine piacquero particolarmente un omaggio iniziale dedicato al dio Shiva, una coreografia dedicata invece al dio Ganesha, una finale di pura danza senza nessuna storia narrata che aveva il nome di alarippu, fioritura, così spiegò il bramino. Era definita da scatti veloci di mani, movimenti di braccia e gambe repentini e precisi, ipnotica nella voce che cantava dettandone il ritmo.

Capì che nulla in quella danza era casuale, improvvisato: dietro quell'ora di spettacolo, di grazie, energie e bellezze, anni di studio e applicazione, erano il bagaglio soprattutto dell'insegnante, seguita con meticolosa cura nei movimenti sincronizzati e studiati meticolosamente, dalla giovane ma già capace allieva.

Quasi alla fine della serata Sabine sorrise, constatando che il trucco del viso, uno strato cremoso di compatta cipria di riso bianchissima, si liquefaceva lentamente per la fatica e il sudore e la danzatrice, prima bianca come una cinesina del nord, ora lasciava intravedere sulle guance il colore naturale della sua pelle scura. Sudata, stanca, eppure sorrideva senza sosta nonostante la fatica durante i lunghi applausi della folla straniera. Sorrideva alle sue divinità, anche se Leela spiegò all'amica che non sempre i danzatori erano hindu, nonostante lo fossero i temi delle danze classiche ispirate dai testi sacri. Era pur sempre, al di là dei temi religiosi, un'espressione della loro cultura e questo prevaricava l'aspetto intrinseco e devoto, anche se, difficilmente, una ragazza musulmana avrebbe scelto una danza non ispirata dalla sua confessione, di questo ne era certissima. In quella constatazione la voce di Leela palesava un profondo rammarico.

Sabine scattò diverse foto di ottimo livello: il teatro stesso si prestava, bellissimo con la sua mole architettonica di legno massiccio su tutto il palco, ricreando in scena una tipica pagoda keralita sulla sommità della quale, la maschera verde più famosa del Kathakali, appesa, sembrava guardasse tutti loro con il suo sorriso ironico e un po' beffardo. Finito lo spettacolo le due donne s'intrattennero un po' di tempo con l'ansimante danzatrice, gradevole nel fornire ulteriori spiegazioni della danza, in parte aiutata dalla traduzione di Leela, anche se, Lakshmi, così si chiamava, un po' di inglese lo pronunciava, ma non così intensamente da poter conversare in scioltezza linguistica con Sabine.

Attorno loro si muoveva il bramino: era un teatro, ma anche tempio, dedicato alla preghiera tramite la devozione e la danza. L'uomo dalla non più giovane età, vestito solo di un dhoti biancopanna e oro, il petto era nudo e muscoloso, come le braccia e le gambe. Rassettava il mandala di fiori sul pavimento, in parte calpestato da un'invadente signora inglese che ne schiacciò un bordo, rovinandone i petali che ne componevano parte della complessa figura, pur di portarsi sul lato migliore del palco per riprendere con la videocamera alcuni frammenti dello spettacolo.

Petali di fiori di ogni colore colmavano gli spicchi geometrici della figura, in parte simile a quella che la accolse al suo arrivo al college mesi prima: in quei giorni ne vide tanti, un omaggio al Dio Vishnu durante la festività lui dedicata.

Ne vide tanti, ma mai uguali: ognuno in quell'arte difficile applicava la sua sensibilità nella scelta delle figure sempre circolari, variando i petali e i colori dei fiori, così come i vegetali tagliati finemente in sottili strisce plasmabili.

Salutarono la danzatrice e il bramino con un inchino, salutarono la grande statua d'ottone dello Shiva danzante sul lato del palco, splendido nel dominare la puja protettiva della danza.

Uscendo dal teatro Sabine simulò i gesti visti in quella serata portando alla fragorosa risata, non solo l'amica, ma anche un paio di bramini anch'essi parte dello staff, sicuramente attori-danzatori del Kathakali non protagonista di quella serata.

Avrebbero percorso la strada dirette alla casa di Leela a piedi: la notte era serena e calda, anche se sul confine orientale del cielo, alcune nubi cariche di pioggia s'avvicinavano rapidissime alla costa.

Quella notte avrebbe piovuto sicuramente: ancora la stagione delle piogge non smetteva di riversare copiosi temporali nei distretti di tutto il sud indiano, anche se contratti nell'intensità e nella durata.

La pioggia arrivò invece improvvisa e inaspettata in quel momento: le donne iniziarono a correre tra strade deserte dall'asfalto irregolare, valutando anche di fermarsi al riparo della tettoia di un negozio attendendo un rallentamento della pioggia sempre più intensa, così fecero.

Sedute e fradice, i loro churidar perdevano la cangianza dei colori; Leela solitamente usciva con il suo piccolo ombrello, e lo cercò nella borsetta, ma ricordò di averlo lasciato sul tavolo di casa, quindi attesero un miglioramento che non arrivò, ognuno chiuso nei propri pensieri, accoccolate e vicine nei bagliori surreali di quella notte.

Nelle case le persone festeggiavano Onam come potevano, ognuno con i propri mezzi anche se tutti, ricchi o poveri, durante il giorno non avevano rinunciato alla propria sadya, a tutte le salsine che ne arricchivano la base verde della foglia di banana tagliata per simulare il piatto d'appoggio, tra cromie viola e bianche, scure e gialle. Ogni salsina determinava un colore di quella tavolozza gastronomica, una bananina sul lato, la pappadam croccante sulla montagnola di riso choru, la dolce paayasam di riso e latte, arricchita da ogni donna keralita con il suo personale tocco di zenzero o anacardi, vermicelli cotti o uvetta, anice stellato o altre spezie, frutti secchi, canditi.

"Buon Onam, Sabine."

"Buon Onam, Leela. Grazie della serata, di essermi sempre vicina. Non riesco a spiegarti e mi scuso della malinconia di qualche ora fa. È stata irrazionale, troppo irrazionale per trovare le giuste parole e comunicartela, ma è scivolata via come un ombra, anzi come la volpe volante che qualche minuto fa ha attraversato il cielo posandosi sugli alberi della stazione di polizia. Vovval, giusto?"

"Sì è vovval, bravissima! è sempre e solo vovval la volpe volante, impari in fretta Sabineji!"

Sabine respirò profondamente e continuò:

"Ci sono momenti che tutto ciò, la città, voi tutti con le vostre vite, le vostre usanze, i colori, il caos, mi apparite come un lungo documentario in cui mi trovo a viverci senza capirne il nesso, mi sento estranea e non trovo la chiave giusta per integrarmi. Per questo mi scorgi a volte assorta. Sono momenti in cui non riesco del tutto e mettere a fuoco i pensieri, ciò che voglio, trovando punti fermi di questa mia vita sospesa. Vorrei essere una di voi e nello stesso tempo rimanere ciò che sono, vorrei essere la pioggia che bagna e avvolge la mia vita per poi asciugarsi lasciando quel profumo di pulito che copre l'odore acre dell'immondizia bruciata al tramonto. Vorrei essere ciò che non so e non capisco."

"Prova a essere ciò che sei Sabine, vivi il momento, qui e ora sempre. Domani non esiste, non ora. Sarà... Il futuro non esiste, esiste solo il presente. Non attaccarti alle ipotesi per poi perdere di vista ciò che sta accadendo ora. Siamo qui, sotto la pioggia torrenziale, la mia casa è ancora lontana, ma tu sei qui ed io non sono sola, con te sto bene, anche se sei un'europea buffa e confusa. Che cosa dobbiamo volere di più? Dove vorresti essere se non qui. Guarda quella mangusta come attraversa lentamente la strada: ci vede ma non ci teme. Guarda la capra che allatta stancamente il suo piccolo, guarda quell'uomo che cammina sotto la pioggia lasciandosela scorrere addosso, scalzo."

Leela prese fiato sorridendole, concentrando i suoi pensieri persi nel seguire un difficle filo esistenziale e proseguì:

"Lo conosco: non possiede nessuno a casa che lo attende, elemosina qualche rupia ai turisti durante il giorno, anni fa insegnava hata yoga ai villeggianti ma morì la sua cara moglie e la figlia sposata si diresse per vivere al nord, credo Kannur, presso la famiglia del marito. Rimase solo. Ma lui vive nel presente perché sa che il passato è doloroso, il futuro non sa se lo vorrà. Seguimi, andiamo da lui."

Le donne si alzarono, spettri nell'oscurità, camminando verso uno spettro ancora più ombroso di loro, anche se, timidamente, la luna cercava tra le nubi della notte il suo palco per mostrarsi tra nembi che diradavano sospinti dal forte vento monsonico, anche se la pioggia ancora batteva la strada, i giardini, le larghe foglie frastagliate delle palme da cocco e di banana, ma con meno intensità.

Raggiunsero l'uomo, scalzo e vecchio, appoggiato a un bastone composto di un ramo di teck: durante il giorno stirava per poche rupie lenzuola di alberghi e resort occidentali in una lavanderia sociale voluta nel tempo per la popolazione meno abbiente, non lontano dalla casa di Leela. L'uomo canticchiava sottovoce il suo mantra quando le donne lo raggiunsero salutandolo con un inchino. Si sorrisero senza aggiungere altro: ora erano tutti completamente fradici, le lunghe ciocche di Leela penzolavano sulle spalle senza più volume, la pioggia scivolava sull'olio massaggiato nel pomeriggio tra i capelli, senza averli affatto resi impermeabili, i gelsomini invece simbolicamente fiorivano sulla sua nuca, l'umidità ne ravvivò il turgore dei petali.

"Questo è il qui e ora Sabine: lasciare che la tua mente non vaghi troppo nell'altrove dove si simulano ipotesi, non certezze. Qui ci sono le certezze: noi, l'uomo che ci guarda ridendo, i petardi nei cortili delle case della gente che festeggia, il rumore del mare alle nostre spalle, noi due. Dio è lassù tra quelle stelle di carta stagnola e ottone brillante, il riflesso dei visi di noi tutti nelle pozzanghere illuminate dal lampione."

L'uomo capì di cosa parlasse la strana coppia e confermò:

"Tempo fa vissi in un ashram del nord quando praticavo lo yoga e lo insegnavo. Sai ragazza che mi è rimasto nella mia vita? Il presente. Ho perso quasi tutto ma non ho perso me stesso anche se tutto attorno, anche qui in questa folle India moderna, la gente si è messa a correre vagheggiando il benessere, illudendosi, perdendo il senso della vita che nei millenni abbiamo predicato, che voi occidentali fate vostra ma solo chiusi nei nostri ashram, poi tornate e correte come scoiattoli sulle palme dopo avere rubato una nocciola sul terreno."

Sabine si tolse il fermaglio tra i capelli, li liberò scuotendoli dall'acqua e, danzando sulla strada, urlò consapevole: "Qui e ora!", imitando i passi della danza che aveva visto, correndo, aggrovigliandosi, girandoci attorno appesa, a quel palo che con la sua luce illuminava quel tratto di strada, attirando volti curiosi dalle finestre che osservavano increduli quella scena. Ora le stelle brillavano sul Kerala, su Fort Kochi, sopra Sabine, sul viso scuro di Leela, sulla testa canuta del vecchio, sulle mammelle delle capre sdraiate all'addiaccio, la pioggia aveva definitivamente smesso di cadere. Sabine si divertiva ora saltando nelle pozzanghere, spruzzandosi il vestito di acqua mescolata alla polvere della strada, fradicia e felice.

La gente uscì dalle case battendo le mani al ritmo della sua danza inesistente, improvvisata.

Sabine affinò la stessa ai ritmi scanditi dalla gente non più incredula, cantando una canzone che amava, che parlava di stelle luminose che bruciavano per gli ardori di amanti illusi e delusi, di viaggi in mari su navi fatte di sogno e di nulla, di onde rosse come i desideri assopiti.

La gente non capiva ma che importava, era una notte in cui Onam si tinse di presente e tutte le aspettative di ognuno dei presenti erano tra la follia di una donna bianca, lucida come il suo viso bagnato, folle come la sua ragione, libera come il suo pensiero.

"Grazie Leela," disse all'amica, fermandosi improvvisamente.

"Grazie a tutti voi."

Shoba

Le donne si addormentarono di nuovo una accanto all'altra; assieme si svegliarono all'alba quando la pioggia iniziò di nuovo a scendere con il suo ticchettio sincopato, accelerando, rallentando, colonna sonora di un'orchestra a cielo aperto cui presto si aggiunse il solito gracidare di decine di corvi, le grida di una coppia di nibbi proprio accanto all'abitazione di Leela, i clacson sulle strade, il disco della chiesa cristiana che invitava i fedeli alla Messa del primo mattino, un venditore di biglietti della lotteria keralita, venditore di sogni e illusioni, Dulcamara scalzo dalla pelle scura.

Le donne si stiracchiarono augurandosi con voce sorniona il buon giorno, allungando pigramente le braccia verso la testa del letto, svolgendo le gambe intorpidite, prima rannicchiate sul morbido materasso di fibra di cocco, per rimanere poi come tronchi secchi sul greto di un fiume giunto alla foce. Indolenti rimanevano in attesa di decidere la colazione. Leela parlò per prima:

"Che farai in questi giorni? La scuola è ancora chiusa per le festività e tu sarai sola, hai deciso qualcosa? Per me puoi rimanere, anche se oggi torna mio marito e dovrei trovarti altra sistemazione. Hai mai pensato di viaggiare un po' solitaria?"

Sabine fu colta alla sprovvista ma un'idea le balenava già da qualche giorno: voleva mantenere la promessa fatta a Shoba in aereo e visitare la sua città. Di ciò rese partecipe Leela, che approvò:

"Il distretto di Alappuzha è molto bello sai? Ora non ricordo Haripad quanto dista dalla città ma credo non molto. Ci dovresti arrivare comodamente in autobus e guai se torni senza navigare nelle backwaters, non ti rivolgerei più la parola!"

Le famose backwaters pensò Sabine, decine e decine di canali che come ragnatele, come sistema venoso della terra, scorrevano la preziosa linfa d'acqua tra piantagioni, villaggi costruiti senza nessun nesso architettonico sul ciglio di acque limacciose, piccole abitazioni confuse nel verde di foreste, praterie, pascoli.

"Sai che ti dico, Leelaji? Telefono a Shoba e, se mi affretto, in giornata potrei arrivare da lei!"

Così fece, sapendo che quasi sicuramente anche Shoba si sarebbe svegliata di lì a poco, meglio comunque perdere tempo, guadagnandolo, dedicandosi alla doccia e alla colazione che l'amica le stava preparando: latte e cioccolato, pasticcini rimasti la sera prima, un paio di dosa con sambar che l'avrebbe supportata in calorie per diverse ore. Non sapeva ora quanto tempo avrebbe impiegato per raggiungere Haripad se Shoba avesse accettato: telefonò...

"Hallo?"

Seguì una sequenza di frasi in malayalam che Sabine non capì, anche se afferrò il tono, tutt'altro che amichevole dato l'orario.

"Hallo Shoba, sono Sabine, ti ricordi di me?"

"Sabine del volo Abu Dhabi – Kochi, Sabine la tedesca diretta al suo college in Kochi?"

Shoba fece una pausa, lievemente sorpresa, sebbene si aspettasse quella chiamata da parte della ragazza tedesca. Poi riprese:

"Se sei tu, certo che mi ricordo e mi fa piacere sentirti. Anche tu non ti sei scordata la promessa, quindi che farai? Verrai nella mia città in futuro?"

"In realtà sono a Mattancherry, ospite in casa di una collega del college, mi ha invitata per un paio di giorni per trascorrere assieme parte della festa di Onam; ora mi rimangono cinque giorni di festa in cui sarò sola: verrei oggi da te... ti va?"

Shoba ci pensò un momento, ovviamente non si aspettava tanta decisione ma da buona keralita il suo senso dell'ospitalità vinse e le chiese quando sarebbe arrivata.

In questo Sabine non poteva essere sicura né precisa: sarebbe partita in mattinata cercando gli autobus corretti; sicuramente il suo arrivo era garantito nel pomeriggio, sperando in un orario che non fosse troppo tardivo. Shoba le lasciò l'indirizzo confermandole che sarebbe stata gradita ospite della sua famiglia.

"Già mio figlio mi sta chiedendo chi sei e se davvero verrai qui. Aspettati di divenire l'attrazione locale per il tempo che ti fermerai qui, aspettatelo sinceramente chechi[27]!"

"Immagino Shoba, immagino ma ci sono abituata, fidati! Su, non voglio perdere troppo tempo, la pioggia sta diradandosi, vorrei partire nella prossima ora. A dopo, e... nannì[28], giusto?"

"Perfetto! Credo che dovrò aspettarmi una donna quasi keralita allora. Su, non perdere tempo, io ne approfitterò di queste ore d'attesa per preparare una cena speciale e rassettare la casa. A dopo."

L'ora successiva fu per Leela un momento in cui confermò di essere quasi un'effettiva sorella maggiore, piena di premure e accorgimenti: le donne si vestirono, Sabine pose sulla sua fronte un bindi molto decorativo a forma di piuma di pavone brillante, che ben s'intonava

---

[27] Anche qui chechi non s'intende come effettiva sorella maggiore (termine malayalam per indicare ciò) ma come nomignolo affettuoso.

[28] Nannì, grazie in malayalam, in tamil il termine sarebbe stato invece nanrì, una puntualizzazione per mostrare le affinità linguistiche che ne denotano la comune matrice dravidica.

con il churidar nero confezionato settimane prima dalla sarta accanto al college, lavorando sulla stoffa acquistata nei primi giorni keraliti della donna.

Dopo la colazione Leela volle accompagnare l'amica presso la giusta fermata del bus assicurandosi che fosse quello corretto, chiedendo al conduttore di mostrare alla ragazza la fermata in Alappuzha dove compiere il cambio di bus verso Haripad.

"Se tutto procede nei tempi previsti, sarai ad Haripad nel primo pomeriggio, goditi il viaggio e guai se non ti rechi alle backwaters, la tua amica sul posto ti indicherà quale modalità sarà più adatta per permetterti di goderti l'esperienza."

"Grazie di tutto Leela," le disse Sabine, perfettamente calandosi nel ruolo di sorellina. "Ci vediamo tra qualche giorno al college, Sabine, goditi questi giorni di festa e riposati."

"Su, sali. L'autobus parte! Siediti sui sedili di destra, non scordarlo!"

Sabine trovò un unico posto sul lato destro dell'autobus gremito di persone, accanto a una donna musulmana che le fece spazio tra un paio di borse di plastica ricolme di patate, cipolle, verdure varie tra cui i lunghi baccelli verdi dell'achinga, una leguminosa simile ai fagiolini europei adatta alla preparazione di curry di verdure saporiti e amarognoli. Dalla borsa usciva anche odore intenso di pesce, acuto e pungente, dovuto principalmente al caldo che ne propagava gli aromi grassi; sicuramente erano sgombri o maccarelli, oppure sarde.

Sabine immaginava la donna in casa, nella sua cucina umile: anche il sari che vestiva ne denotava un'estrazione sociale tra gli strati bassi. La vagheggiava con certezza, indaffarata cucinando china al di sopra di un ripiano di cemento e pochi fornelli alimentati dal fuoco di legna, intenta a sminuzzare le verdure con il coltellaccio arrugginito, cuocerle con le spezie, friggere i pesci per poi a loro volta speziarli, grattugiando il cocco su un rudimentale attrezzo ossidato, attendendo figli e marito, suoceri e parenti per un pranzo, o meglio, una cena che a tutti sarebbe apparsa ricca.

La immaginava cucinare mentre ascoltava alla radio una mielosa vecchia canzone malayali, estratta dal programma di un canale di musiche vintage ma sempre apprezzate e non solo dalle generazioni canute.

La strada era scorrevole: una volta usciti dall'agglomerato di Kochi, intasato dai camion e dagli autobus, con le solite dozzine di motociclette intente nei loro slalom per guadagnare metri sull'asfalto irregolare.

Con la stessa modalità da autopista, guidavano gli autisti degli auto-rickshaw, in eterna lotta nel tentativo di sopraggiungere un po' prima alla meta, accontentando frettolosi clienti sulle strade di una città senza regole urbane, senza semafori, senza nessun poliziotto in quella zona che ne regolasse il difficile flusso.

In quella tenzone urbana nessuno vinceva, anzi, spesso lo scatto per guadagnare un metro, chiudeva un buco creando tappi che solamente pazienza e dosi massicce di clacson avrebbero ricomposto il defluire normale del traffico; se mai potesse esserlo, pensò Sabine...

Poi, finalmente, la lunga strada numero quarantasette, la vena costiera che collega il sud keralita con il Tamil Nadu, sterzando all'altezza proprio di Kochi verso l'interno per giungere prima alla città di Thrissur, la città 'colta' del Kerala, poi sempre più nel cuore dello stato sino a Palakkad, verso il Gathi, verso le riserve dell'interno, verso Coimbatore, finalmente Tamil Nadu.

Il suo autobus la percorreva invece in direzione sud, rimanendo stabile a pochi chilometri dalla costa, attraversando canali e fiumi, le backwaters erano già ovunque, la ragazza le ammirava di nuovo, ritrovandole dopo il primo viaggio verso sud, verso Trivandrum assieme a Leela.

Abbandonandosi al cullare dell'autobus, estraniandosi quasi completamente da quel baccano stradale di clacson e suoni di villaggio, Sabine si perse nei suoi pensieri, ripercorrendo la strada della sua serata precedente, strada silente e divertente.

Il verde della maschera del Kathakali le era rimasto impresso a teatro; lo immaginava come allegoria di quello smeraldo di milioni di palme che abbracciavano tutto l'orizzonte, interrotte solamente dai corsi d'acqua, azzurri o rossastri, gonfi dalle piogge.

Ancora una volta il verde le infondeva serenità, verde di tutte le gradazioni, empatia e sentimento irrazionale in grado di crearle il vero, reale, legame con quella terra ancora per lei forestiera.

In un paio d'ore Sabine fu ad Alappuzha.

Ora avrebbe cercato il giusto autobus per la vicina Haripad e in questo le fu d'aiuto il conduttore che la assicurò alla giusta fermata per attendere il successivo bus, chiedendo aiuto ai passeggeri come lei in attesa, visto che i cartelli delle destinazioni dei mezzi erano in sola lingua malayalam.

La città non le appariva tanto diversa da altre attraversate: solamente le strade le scoprì ancora più rovinate nel manto delle precedenti, molto più polverose, forse per causa delle importanti entità d'acqua di tutta la zona che s'infiltravano nel terreno poroso. I canali erano ovunque in quel piccolo distretto strappato all'acqua nei secoli, ma quello cittadino non le apparve affatto come il paradiso tropicale che immaginava, zeppo di rifiuti galleggianti convogliati in quel punto, nei pressi di una chiusa prima del mare, dalle leggere correnti dei fiumiciattoli a monte.

Nonostante quell'immagine di degrado s'incantò osservando un grosso martin pescatore stabile sulla biforcazione nodosa di un ramo in attesa di un piccolo movimento dell'acqua, scorgendo con i suoi occhi rapaci la vita di un pesce in transito o di una ranocchia in movimento. Il suo azzurro intenso contrastava con il rosso rubino del becco e il sottogola bianco sporco. Il lungo becco affusolato era massiccio e non tradì le attese della donna quando, con un veloce scatto in avanti, supportato da un rapido movimento d'ali e coda che ne direzionarono la picchiata, in pochi secondi si tuffò in una zona d'acqua non ricoperta da alghe.

Riemerse rapido e fiero di se con quella che a Sabine parve una rana, grassoccia e ancora viva quando l'uccello si posò nel suo posatoio eletto per inghiottirla intera, guidandola nel gozzo con movimenti sincopati del collo contratto in spasmi.

L'autobus arrivò coprendo a Sabine la visuale dell'uccello che ritrovò invece una volta salita a bordo. Era ancora stabile sul suo posatoio, gustandosi la preda da poco ingerita, una piccola scena di vita e morte all'ombra di alberi cresciuti tra incurie e bellezze.

Sarebbe tornata in quel luogo nei giorni successivi alla ricerca della sua gita nelle backwaters: ora Haripad era a poche decine di minuti d'autobus da quella fermata cittadina, Shoba l'attendeva.

La mezz'ora promessa dal conducente fu rispettata e Haripad le si mostrò all'arrivo con il gusto di piccola cittadina molto più pulita rispetto ad Alappuzha. Immaginò che fosse questa contingenza determinata dalla distanza dal mare che ne isolava un po' i commerci tra pescatori e mercanti, i flussi turistici tra i canali della città capoluogo, la notevole concentrazione di vita rivolta al pescato, al commercio, al turismo del capoluogo.

Si era segnata sull'agenda del telefono cellulare l'indirizzo di Shoba e dovette chiedere a più persone il percorso, non distante dal punto in cui l'autobus l'aveva lasciata. Fu Sabine stessa a sbagliare inizialmente la direzione addentrandosi tra le strade sul lato sinistro della Road 47, invece di attraversare l'arteria stradale cercando la casa nella direzione opposta.

Un problema facilmente risolto grazie a un gruppetto di curiose ragazze che decisero di accompagnarla.

Le case del rione di Shoba erano signorili, un ceto medio che viveva ai margini del largo canale indirizzato, come tutti, verso il mare d'Arabia. Case conformi all'architettura locale: tetti a pagoda e colori dei muri esterni, dei colonnati che sorreggevano ampi patii, vivaci e inverosimili, tra il viola, il rosa, il giallo e l'arancione. Tra loro anche villette in stile europeo con vialetti d'ingresso ordinati che conducevano ai garage sotto le tettoie sui lati delle abitazioni. Quelle case le ricordavano tanto i quartieri, anonimi, della provincia americana ma al di là dei cancelli non intravvedeva bionde signore cotonate e padri intenti a giocare a baseball con i figli in attesa di braci meno roventi per un barbecue stelle strisce. Scorgeva invece vecchie signore sedute al riparo dal sole, madri che stendevano sari, uomini che lucidavano ossessivamente le loro motociclette giapponesi, ostentando una piccola ricchezza in territori dove altrove, non tanto altrove, la miseria regnava tra sofferenze e stenti.

La casa di Shoba era meno borghese di quell'apparente ceto medio locale: era una casetta piccola ma curata, ben tenuta all'esterno, disordinata, come quasi tutte, all'interno.

Case ricche e povere, non importava, il concetto di ordine capì essere mistero per gli abitanti del Kerala, concetto che poteva allargare d'istinto a tutta l'India, a gran parte del sud-est asiatico.

L'amica l'accolse calorosamente, Sabine si profuse in tutta la sua gamma di riverenze locali imparate nei mesi, ricordando però che Shoba era cristiana, evitò così un classico *om shanti shanti shanti* che avrebbe rivolto invece a un incontro hindu. Invece Shoba rispose proprio così:

"Om shanti shanti shanti!"

La donna tedesca fu sorpresa:

"Non me l'aspettavo questo tuo saluto! ma tu non sei cristiana?"

Shoba, sorridendo, le rispose che sì, era cristiana, ma prima di tutto era indiana:

"Non crearti troppe categorie mentali Sabine, la nostra Madre è l'India, Cristo non è poi così diverso da Krishna e da altre rivelazioni del Divino."

"Me l'hanno già detto, inizio a capire che davvero Cristo e Krishna hanno più aspetti in comune di ciò che all'apparenza potrebbe sembrare, colore della pelle a parte, intendo."

Risero e nell'accomodarsi sul patio esterno, sedendo su una poltroncina in giunco, sorseggiarono una fredda aranciata acquistata pochi minuti prima presso un negozietto di strada sull'angolo della via.

Sabine intravide gli occhietti scuri del bimbo di Shoba, Aswin, nascosto dietro il sari della nonna sull'uscio, spuntando curioso nell'osservare la prima donna bianca vista durante la sua giovane vita: aveva appena sette anni, ma lo sguardo di un uomo adulto, serioso e intelligente.

"Non parla inglese, Sabine. Qui lo parlo solo io, qualche parola mio marito. Lo parlava bene mio suocero, dipendente degli inglesi durante l'occupazione; mia suocera invece l'ha dimenticato. Mio suocero è morto l'anno del mio matrimonio con Anhil: un brutto tumore dovuto al suo lavoro di elettricista capo, in un'azienda di Bhopal. Ricordi la tragedia?[29] Anche lui negli anni si è portato il male dentro, sino a morirne: nessun risarcimento, nessuna medaglia. Come lui altre migliaia di anonimi indiani sono sepolti, vittime dello sviluppo e dell'incuria."

Sabine ammise di saperne poco di quella tragedia, di avere visto solamente un paio di veloci reportage in televisione in seguito al quale suo padre, nonostante si trattasse di una tragedia famosa nell'età adolescenziale di Friedrich, le riuscì a spiegare solo vagamente ciò che accade.

Bhopal era a un milione di chilometri lontana dall'informazione, dalla divulgazione delle cronache europee: Bhopal era ancora oggi una vergogna occidentale in terra indiana, una brutta storia dove i colpevoli avevano due diverse nazionalità e troppi avvocati pronti a prolungare sino all'esaurimento nervoso un processo pachidermico.

---

[29] Nel 1984 a Bhopal, capitale del Madhya Pradesh, quaranta tonnellate d'isocianato di metile provocarono la morte immediata di oltre duemila persone e l'avvelenamento di altre ventimila persone, delle quali la maggior parte, è deceduta negli anni in seguito a tumori. Tutt'oggi l'area non è del tutto bonificata e i tribunali indiani cercano colpevoli tra gli indagati locali e americani: la ditta multinazionale

Bhopal doveva morire nel dimenticatoio delle coscienze di tutti, ritornare città anonima, come anonimi erano i numeri delle centinaia dei suoi morti: gente povera che nulla chiedeva a quel progresso assassino.

"Mio marito ha seguito la stessa strada del padre. Anche lui è elettricista, per amore riposto in un uomo che ho conosciuto poco, ma di grande umanità. Credimi, mio suocero fu per pochi mesi come un padre per me, ma lo fu davvero."

Scese una cappa su loro, densa come quella maledetta nuvola tossica, nuvola che Shoba diradò con il suo spirito forte e la sua personalità luminosa:

"Su, ora basta. Sei giunta sin qui non per intristirti, ma per goderti la mia città; quanto pensi di rimanere?"

"Pensavo sino a domani Shobaji, vorrei fermarmi un paio di giorni ad Alappuzha per addentrarmi nelle *backwaters*, prima di tornare al college."

"Ottima idea, ti suggerirà la soluzione migliore mio marito, stasera rientra dal lavoro e con lui ne parleremo. Anche se sono giornate di festa, sta sistemando l'impianto elettrico della casa di un amico approfittando di questi giorni di vacanza. So di certo che ha contatti fidati e non coinvolti in speculazioni turistiche ad Alappuzha: un buon conducente di un piccolo battello lo troveremo a prezzi keraliti, fidati di chechi Shoba."

Union Carbide non si è assunta tutte le responsabilità dell'incidente, così come i funzionari locali dell'associata UCIL. Una tragedia che ancora oggi determina morti, ma che non ha nessuna rilevanza da parte della stampa internazionale; a Bhopal si muore ancora, non tutti i colpevoli hanno pagato e non tutte le famiglie hanno avuto indennizzi o pensioni d'invalidità.

Ridendo Sabine finì l'aranciata accompagnandola con una dolcissima banana 'cappa', rara da trovare a Kochi: più grossa delle altre, dalla buccia rossa e la polpa compatta.

Il piccolo Aswin guardava i cartoni animati, un denominatore comune in tutto il mondo: Sabine s'informò dal bambino come si chiamasse quel buffo ragazzino dei cartoni. Aswin rispose, intervallando rare parole inglesi con frasi malayalam, che era un idolo per i bambini di tutta l'India: *Chhota Beem*, una sorta di piccolo eroe che combatte demoni e malvagi, perché dentro di sé ha i poteri di lord Krishna di cui è incarnazione.

Aswin disse tutto ciò con voce seriosa, convinto come tanti coetanei, che Krishna potesse entrare nei bambini per aiutarli a sconfiggere i prepotenti a scuola, così come fa pure Ganapathi[30] con il piccolo Ram, nel telefilm *Balaganapathy*; perché gli Dei proteggono i bambini, sempre.

"Capisci Sabine cosa intendo con 'prima di tutto siamo indiani'? Mio figlio è cristiano, ma il suo cartone animato preferito narra la storia di un piccolo eroe che in sé ha i poteri di Krishna, anzi, ha proprio lo spirito divino di Krishna. Allo stesso modo tutti ci emozioniamo, soffriamo, ridiamo, per le vicende di Ram aiutato da Lord Ganesha nello sconfiggere i suoi demoni del vivere di bimbo. E visto che sono cristiana, oggi, come ti promisi, ci recheremo presso quel tempio dove si venera il Dio cobra; luogo di culto unico al mondo, vedrai."

[30] Ganapathi è il nome soventemente usato in Kerala per Lord Ganesha, il Dio dalla testa d'elefante figlio di Lord Shiva. Da questo nasce Balaganapathy, una soap keralita molto famosa, dove un bimbo di nome Ram, grazie allo spirito del dio, affronta i problemi del quotidiano, i bulli scolastici, adulti alcolizzati, miseria e nobiltà di un popolo che nell'alcol, nell'abuso della propria personalità, nel timore della perdita d'identità culturale e religiosa, spesso identifica i propri demoni, metafore della vita di tutti i giorni.

"Dio ti benedica," apostrofò Sabine. "Non so più quale, ma ti benedica Shobaji; allora sia om shanti shanti shanti anche da parte mia!"

Nella confusione mentale completa, Sabine interpretò la spiritualità dell'amica, credente in Cristo re, ma pronta a trovare l'essenza del suo Dio nell'aspetto quasi pagano della ritualità culturale hindu.

Terminò la sua aranciata, si nascose nel retro del cortile per fumarsi una sigaretta al riparo dagli occhi giudicanti della suocera di Shoba e si dichiarò pronta per il tempio.

"Il Mannarasala[31] è un tempio molto rinomato in tutto il sud: le donne, soprattutto, chiedono al Dio serpente, il Nagaraja, fertilità nell'utero, prosperità in casa, amore per la famiglia. Credimi Sabine: è tutto codificato, ogni puja, ogni richiesta ha un controvalore materiale, tra uova, frutta, fiori, soldi, dipende da cosa chiedi al Dio. In cambio decine di persone ogni giorno partecipano al rito lasciando ciò che ipoteticamente potrebbe essere la giusta puja, la giusta offerta, per ciò che si è chiesto."

Nel frattempo Aswin non volle saperne di abbandonare la televisione, per quanto attirato e incuriosito dalla donna dalla pelle candida. Dopo Chhota Beem il palinsesto prevedeva proprio Balaganapathy, una puntata al cardiopalma, seconda parte dell'episodio trasmesso il giorno precedente: il piccolo Ram era alle prese con uno zio ubriacone ma, Shoba garantiva, il Dio elefante Ganesha era già pronto a difendere l'onore della famiglia del bambino, rinsavendo il vecchio alcolista violento con una strizzata di proboscide che non avrebbe dimenticato presto!

---

[31] Mannarasala Sree Nagaraja Temple. In Haripad si trova questo tempio, davvero unico al mondo, luogo sacro agli hindu keraliti da tempi immemorabili. Lo stile architettonico è heritage, cioè costruito con varie strutture ricoperte da poderose pagode di legno, lo stile classico keralita ritrovabile in altri templi, diverso

Ridendo Sabine avvicinò il bambino, scandendo un forte "Jay Ganesha Deva!" Ma il bimbo rispose, scatenando l'ilarità di tutti i presenti, con un sonoro: "Ganapathi miss, Ganapathi!"

Uscirono attraversando il rione centrale di Haripad, lindo e ordinato, in netto contrasto con il caos cittadino di Alappuzha, rivestito di fiori nei giardini, odorosi di pioggia ancora gocciolante sui petali, tra i quali spiccavano i bei colori delle grandi dature, delle intense clitorie, blu come il pavone nelle sue penne più cangianti.

Sabine si soffermò ad ammirare il rosso degli ibischi fioriti in più punti, in più giardini, spesso fuoriuscendo dalle cancellate, mostrandosi in tutta la loro bellezza ai passanti, abituati a quel tripudio cromatico, non Sabine che nemmeno a Kochi mai trovò tanta bellezza floreale.

Attraversata la route quarantasette, con il tempo che occorre per attraversare una strada così trafficata, percorsero per un tratto la strada attraversata da Sabine alcune ore prima, un errore che a sua insaputa l'avrebbe condotta al tempio; Shoba le chiese se avesse mai bevuto la sharjah.

"No, non ho mai avuto occasione di berla, di cosa si tratta esattamente?"

"Non te lo dico, troppe domande. Entra con me in questo negozietto e siediti, te la offro io: oggi sei mia ospite in tutto."
Shoba parlò con il ragazzo al banco che estrasse dal frigorifero una caraffa capiente, per metà colma di una sorta di frappé profumato.

---

dalla piramidi in marmo tamil, i gopuram piramidali, All'interno sono custodite dai brahmini oltre trentamila statue raffiguranti il serpente, principalmente il cobra, divinità malefica o benefica, ogni tradizione, leggenda, poema, ne assume significati simbolici e interpretabili. Nonostante l'antica e rinomata nomea sacra, il Mannarasala (comunemente chiamato Sree Nagaraja Temple) ospita anche pellegrini non hindu e occidentali, chiunque può partecipare presso il sancta sanctorum alle puje arcaiche e intense dei brahmini.

Ne servì due bicchieroni colmi alle donne aggiungendo ghiaccio tritato; Sabine la sorseggiò tramite la cannuccia che il ragazzo le porse assieme a uno snack al cioccolato.

"È davvero deliziosa! Ha il sapore di... mandorla e gelato e... banana! Il gusto è pieno, ma si sentono i vari sapori."

"Hai indovinato, la mandorla è la badam, forse l'avrai vista in qualche giardino in questi mesi."

"Ma certo! È la mandorla che cercano tutte le sere le volpi volanti attorno al mio college, le vedo ogni sera mentre volano golose di questo frutto!"

"Volpi volanti? Che animali sono?"

"Mmmm... vovval!"

"Ah, vovval, ora capisco. Hai fatto davvero progressi, non sapevo che si chiamassero così in occidente, qui sono per lo più vovval o pipistrelli."

Finirono il gustoso frappé locale, non dopo avere attirato inconsapevolmente almeno una decina di ragazzini e ragazzine che osservavano la ragazza attraverso il sudicio cristallo della vetrata: in questo ancora una volta la pelle bianca di Sabine fu richiamo esotico.

Rinfrescate dal frappé keralita, le amiche tornarono sul percorso iniziale, dirette ora verso il tempio non lontano. Quel lato di Haripad era diverso dal rione di Shoba: non incontrarono case fatiscenti come altrove Sabine aveva visto nel suo girovagare con Praveen nelle zone delle montagne o sulle coste, ma, rispetto alla borgata dell'amica, le case erano comunque d'aspetto più semplice, senza recinzioni, costruite senza un piano urbanistico, una a ridosso dell'altra, con ampi spazi aperti e incolti tra agglomerati minuti. Anche il numero dei bimbi in strada era considerevolmente aumentato e l'ennesimo gruppetto si avvicinò a Sabine per chiederle come si chiamasse, da dove venisse, insomma, le solite domande di chi non aveva una grande gamma di lingua inglese, limitandosi a ricevere risposte senza costruzioni di veri dialoghi.

Sabine notò nel gruppetto un ragazzino portatore di handicap mentale, una delle tante sindromi dovute alle paralisi neonatali. Vederlo le provocò un'intensa tenerezza, la stessa tenerezza che il resto del gruppo, omogeneo tra maschi e femmine di età variabile tra i sette e i dodici anni, aveva nei riguardi dell'amico apparentemente così indifeso in una terra nella quale Sabine non era a conoscenza di quali strutture ci fossero in queste tristi contingenze. Una realtà cui non aveva mai pensato, eppure nel gruppo non c'era ipocrisia, non c'era quel senso d'isolamento che provava a volte in situazioni simili in occidente: erano bambini e basta, con la disarmante bellezza di chi è ancora puro.

Pensò che in occidente quella purezza era spesso morta e sepolta dall'ipocrisia estetica: purtroppo in troppi casi così era e se ne intristì, nonostante tanto fosse stato attuato per una felice vita sociale di questi indifesi bambini. Una lezione a diecimila chilometri da casa, forse di più. Sabine si rivolse al bambino:

"Come ti chiami?"

Con voce distorta, ma fiera di poter comunicare quel poco di inglese che conosceva, il ragazzino rispose:

"Mi chiamo Keshav, uno dei nomi di Lord Krishna e tu come ti chiami, aunty?[32]"

---

[32] Aunty, zietta in inglese, è uno dei nomi che spesso i ragazzini e le ragazzine usano in Kerala per avvicinare le donne occidentali.

"Ende pere Sabine acunnu![33]"

La donna rispose con un tono più che fiero, causando nel gruppetto una risata sguaiata.

Shoba guardò l'amica ciondolando vistosamente la testa, strabuzzando gli occhi con grottesco senso ironico, affettuoso, fiorendo la mano in segno di stupore, così come Sabine aveva visto tante volte fiorire all'altezza del viso.

"Sabine, scusami se insisto a parlarti in inglese: sei una perfetta

keralita anche nel linguaggio, i ragazzini sono stupiti."

Volevano tempestarla di domande, ma Sabine afferrò Keshav per mano e tutti assieme andarono in direzione del tempio, già visibile dietro l'ultima curva. All'esterno scorgevano già il piazzale per i pullman dei pellegrini, colmo per metà.

Si fermarono di fronte a un piccolo chiosco: Sabine voleva acquistare la sua puja da offrire ai bramini ma ne approfittò per acquistare pure un sacchetto di patatine per ognuno di loro, sacchetto del formato piccino, lasciando la scelta ai ragazzi nel determinare il gusto dello snack. Keshav lo scelse alla cipolla, altri al peperoncino, alcuni al pepe o semplicemente fritto al gusto di patata e sale.

Si salutarono, anche se il gruppetto disse loro che le avrebbero attese sulla strada per salutarle all'uscita del luogo di culto per tornare, di nuovo assieme, nel rione di Shoba. Così si promisero.

Le donne entrarono lasciando sull'asfalto esterno, sul lato destro dei larghi gradini in marmo scuro, le ciabatte; Sabine sopravviveva da settimane con le sue Birkenstock oramai consumate in alcuni punti, soprattutto nella suola assottigliata per le lunghe camminate. Ovunque piccoli negozi vendevano di tutto, trovare

---

[33] In malayalam Ende pere (nome) acunnu (o anne) si traduce con 'mi chiamo...'

nuove ciabatte non sarebbe stato un problema, magari osando quelle più glamour, con piccoli gioiellini incastonati, perle o finte pietre preziose sul collo del piede.

Accedere in quell'antico edificio sacro fu come abbandonare la dimensione temporale: mai come in quel luogo Sabine provò la sensazione di vivere in un'altra era, la spiritualità aveva il profumo arcaico del più puro sincretismo tra atavismi animisti e riferimenti diretti ai Veda hindu, ramificati in mille leggende e divinità malefiche o benefiche.

Ora iniziò a capire che la causa-effetto di bene e male erano la stessa medaglia che, ruotando su se stessa come in un gioco, governava le sorti del Mondo; essa dipendeva solo dal volto che la moneta avrebbe mostrato una volta fermato il suo roteare.

Il serpente è veleno, il serpente è fecondità: vita e morte, causa ed effetto del contrasto ciclico.

Una grande statua di ofide a cinque teste accoglieva i pellegrini nello spazio antistante le pagode del tempio: forse era Shesha devota protezione e supporto al Dio Vishnu, forse Vasuki, forse la serpe Mucalinda che per sette giorni protesse Siddharta da piogge e intemperie durante la meditazione al di sotto delle chiome dell'immenso albero della *Bodhi*, l'illuminazione, ficus sacro sotto il quale il Buddha si condusse oltre il corpo fisico, sino al Nirvana. Ovunque statue di serpenti accoglievano i fedeli, nessuno dei quali aveva la pelle del suo colore; pochissimi bianchi giungevano a questo tempio fuori mano per le scontate mete occidentali. Serpenti in marmo, neri come Anantha che aveva pochi mesi prima incontrato nel grande tempio della capitale, serpi in terracotta e dipinti su muretti o dorati in preziose colature d'ottone rivestite di pietre, ornati per risplendere quando lambiti dai raggi del sole filtrati tra le chiome delle decine di immensi alberi cresciuti nel tempio.

Entrando nel sancta sanctorum prevaleva la musica percussiva dei bramini, il fuoco sacro che bruciava l'olio in grandi lanterne portate da altri bramini al cospetto dei fedeli che ne raccoglievano lo spirito del fumo per benedirsi chiome e occhi; tutto ciò le infondeva un fortissimo senso di solitudine. Tra tante persone Sabine si sentiva sola al cospetto di una divinità che non riusciva a comprendere nella sua mente occidentale, attirata più dall'aspetto metaforico di un'entità spirituale, senza rivelazioni, un aspetto mistico cui lei non era avvezza, dal quale si sentiva però istintivamente sedotta.

Lunghe file di donne portavano le proprie pujas ai bramini chiedendo allo spirito serpente un figlio, una cura per malattie di familiari, un lavoro, una protezione. Tra le nocchiute mani callose, molte di esse erano anziane o nella fase dell'età matura in cui una donna desidera un figlio dopo anni di tentativi, portavano frutti, riso, radici di curcuma e zenzero, sacchetti di semi di pepe, senape, piselli, riso, sale, latte. Ognuna aveva la propria richiesta, ogni puja era codificata dalle dottrine degli anziani bramini, tutti a petto nudo, alcuni davvero ottuagenari,ma vivi.

In loro era impressionante la sequela mistica di sguardi brillanti e movimenti rituali davvero arcaici.

Nessun mantra, nessuna sutra era recitata, nessuna lettura portava le parole dei testi sacri alle orecchie dei fedeli, solo silenzio, contemplazione, trance infusa dalla ritmica dei tamburi, dei fiati acuti, dei cimbali tintinnanti, dal profumo di mille bastoncini d'incenso accesi ovunque, dal fumo dell'olio che bruciava lentamente con fiamma rossa e viva. La donna tedesca non aveva nulla da chiedere se non la possibilità di capire quel popolo un po' di più ogni giorno: ovviamente per lei l'hinduismo era la fonte d'attrazione più magnetica, per l'assenza di dogmi scritti e imposti, per il forte senso di anarchia mistica, folclorica, legata alle radici dei villaggi più che ai testi scritti migliaia di anni prima. In quel luogo le lancette di Kronos si erano fermate secoli prima, il legno possente degli architravi e delle volte delle pagode templari avevano perso la brillantezza del legno nuovo acquistando allo stesso tempo il colore dell'epoca, dei secoli. Architravi e colonne erano ora annerite dai fumi, scure strutture architettoniche sulle quali risaltava il bianco dhoti dei bramini, la lucentezza degli ottoni delle lanterne e degli strumenti musicali, i colori dei sari. Alcuni bambini molto piccoli, in braccio ai genitori, piangevano quando i bramini si avvicinavano per posare sulle loro fronti le benedizioni richieste dai padri o dalle numerose madri, scrivendo sulle loro lucide fronti scure i simboli di tilaka bicolori, tramite polveri e paste rosse e bianche.

Le madri ridevano baciando le loro paffute guance, carezzando i capelli intrisi d'olio più per protezione dai pidocchi che per mantenerli pettinati, erano ancora corti per ricevere l'olio come aiuto all'estetica.

Erano però gli alberi la vera forza energetica del luogo: immensi e dalle chiome ramificate, formando giganteschi ombrelli sui quali corvi e parrocchetti dal collare si posavano schiamazzando, unendo la loro voce sgraziata alla musica armonica e tribale, alle grida, alle preghiere sottovoce. Attorno al tempio un giardino selvaggio, voluto dai primi bramini nella storia del luogo sacro, formava una piccola foresta simile a quella primaria, oasi naturale dentro una città molto ordinata rispetto alla norma cui Sabine era abituata. In un piccolo laghetto tartarughe dal carapace nero e del collo allungato all'inverosimile, sostavano pigre al sole su rami marciti per il lungo permanere nelle acque verdastre.

Le fronde attorno a queste acque paludose si specchiavano; ancora l'impressionismo francese per Sabine divenne un legame figurato tra la sua Europa e un tropico che ogni giorno si riservava di mozzarle il fiato, di attrarla, di penetrarla. Come il veleno di un serpente.

Ecco cosa era ora per lei il Kerala: il morso di un serpente che la avvelenava beneficamente, che si propagava inesorabile tra i tessuti, nel sottocute, entrando nelle sue vene, cullandone i nervi di donna europea normalmente stressata dalla vita occidentale, narcotizzandola in un senso 'oppiaceo' di stimolo a cercare la sua nuova strada, dimenticando ogni riferimento filosofico alle domande fondamentali dell'esistenza. Ancora una volta 'qui ed ora': alle domande della vita non c'era risposta, se non il presente.

Chi siamo?

Ciò che siamo.

Dove andremo dopo la morte?

Non importa.

Chi è Dio?

L'attimo felice e inconsapevole.

Perché viviamo?

Perchè così è.

Che importava il resto se contaminava la gioia di godere di

quella profonda immersione empatica, abbandonata ora nel flusso di energie condivise tra le solitudini, invisibile fluido che scorreva tra ognuna delle persone al cospetto delle divinità del luogo, dei serpenti che inalavano il sacro veleno della gioia del vivere. Quel veleno era la sua vita di ora, il Kerala era il serpente più grande che avesse mai visto e non aveva solo le cinque teste di Shesha, ne aveva dieci, mille, centomila, infinite, oppure nessuna.

Quel serpente, il suo corpo, fuggendo, strisciando, lasciava le tracce nella polvere, nel suo cuore. E la contemplazione estatica divenne sempre più rivelazione.

Per tutto il tempo rimase in disparte per non turbare il senso di una puja così intensa da non permetterle di osare chiedere ciò che non capiva, per non inquietare l'essenza del momento, eppure una donna, con un profondo sorriso, una donna anziana dai grandi occhiali d'osso e dal sari variopinto, in prevalenza giallo con ampi richiami ai serpenti nei motivi cromatici della seta, le prese la mano e la avvicinò al bramino pujaro. Sabine accettò la pasta per il tilaka e i fiori inchinandosi, ponendo le mani in preghiera sulla parte alta della fronte, segno di rispetto nei confronti di un uomo superiore per il suo legame al Divino, rimanendo inchinata sino al momento in cui, con il fuoco, venne pure lei cosparsa di fumo dal bramino più anziano, un vecchio bastone d'uomo ancora ben saldo sulle gambe nodose e callose, arcuate all'altezza dei ginocchi, con lunghe vene evidenti in rilievo sino ai piedi, grossi per i grandi calli della pianta, segno di una vita trascorsa per la maggior parte senza calzature.

Shoba rimase in disparte, osservò Sabine attentamente: era così diversa da quella spaurita ragazza adulta dell'aereo, piena di dubbi e incertezze su un futuro ospite in una terra per lei così lontana.

Notò che anche lo sguardo dell'amica era cambiato. La sua capacità espressiva era convertita da una piatta inespressività di circostanza, assumendo ora una gamma mutevole che con facilità scorreva dal sorriso all'increspatura degli zigomi, scuotendo il capo con rapidi movimenti laterali durante le conversazioni. Lo stesso sorriso si presentava in diverse forme e nessuna rappresentava la circostanza sociale: aveva acquisito la naturalezza che non aveva all'arrivo, gestendo la sua emotività ora con pochi paletti contenitivi, abbandonandosi alle contingenze anche dal punto di vista di una comunicazione non verbale ora slegata dal pensiero, istinto puro nelle movenze di mani, viso, bocca, occhi, corpo.

Sabine si avvicinò all'amica invitandola verso l'uscita, non prima di avere acquistato una collana votiva, un japa mala composto dai rituali 108 semi di legno.

Sabine lo scelse in sandalo grezzo, ma ben levigato, ma non lo indossò: lo depose nella sua borsetta di stoffa colorata acquistata alcune settimane prima vicino al suo college.

Uscendo dal tempio notarono che i ragazzini conosciuti durante la loro camminata verso il luogo di culto, effettivamente le avevano aspettate e, correndo incontro alle due donne, schiamazzavano ridendo chiamandola di nuovo aunty.

Keshav corse assieme agli amici, ritardato nei movimenti dalla sua sindrome ma ben deciso a non perdersi il commiato. Sabine li invitò di nuovo presso un chioschetto sul ciglio destro della strada pronta a offrire a ognuno di loro uno snack, assieme decisero per delle cioccolatine che rivestivano un biscotto al burro. Ognuno di loro scelse il proprio gusto: Keshav optò per cioccolato al peperoncino, come d'altronde quasi tutti gli amici.

Sulla strada del ritorno un negozio di scarpe attirò l'attenzione di Sabine: le sue Birkenstock davvero necessitavano di riposo.

L'ordine e la disposizione degli articoli in vendita interno la colpì molto, quindi decise di entrare con l'approvazione di Shoba. Sul lato destro le calzature maschili: quasi tutti sandali in cotone con strappi laterali o ciabatte infradito in pelle marrone scura o nera, su quello sinistro decine di sandali o ciabatte per donne in vari colori, eleganti per matrimoni o festività, oppure comode e meno sfarzose nella forma, adeguate per essere indossate tutti i giorni. Sabine voleva soddisfare la sua indole glamour e ne scelse tre modelli tra i quali avrebbe valutato quale acquistare: una era argentata con un piccolo tacchetto e molti strass sul collo e sul cinturino laterale, una dorata della stessa foggia, una invece nera ma con perle e brillantini sull'infradito e sul collo del piede. La commessa era indecisa su quale consiglio dare alla donna: una piccola folla di donne e ragazzine, attirata dall'avere nel proprio villaggio una ragazza occidentale, nel frattempo entrò timidamente.

Alcune di esse, soprattutto le più giovani, ridendo, osservavano Sabine sino al momento in cui, a turni, ognuna di loro, iniziò a elargire consigli sulle calzature scelte dalla ragazza o proponendole altri modelli. La confusione ora era davvero tanta e Sabine accrebbe la sua indecisione: mai si era trovata così perplessa nell'acquistare una semplice ciabatta da passeggio, avrebbe voluto accontentare tutte le ragazze che le si strinsero attorno, alla fine alzò le mani al cielo gridando:

"Ho deciso! Fermi tutti! Prenderò quelle argentate!"
Nacque così una discussione tra i presenti, la civetteria indiana in quei casi non conosceva barriere.

Ogni ragazza presente tentò in extremis di supportare il proprio consiglio, ma Sabine aveva deciso, anche perché era stanca e voleva rientrare.

Come ultimo acquisto, un sacchetto di dolcetti per la sera e un piccolo regalo per il bimbo dell'amica, un dvd di cartoni animati, dopo essersi sincerata che possedessero un lettore video. Shoba di quella piccola premura fu contenta, il bambino accettò eccitato il suo dono portandolo in trionfo nella sala dove televisore e lettore attendevano che le piccole manine inserissero il dischetto nello sportellino e il laser iniziasse la lettura.

La nonna, silenziosa e defilata nelle stanze della casa, nel frattempo preparò la cena per la serata.

Sicura che la ragazza tedesca non avrebbe apprezzato pietanze troppo piccanti, si limitò a cucinare un ottimo riso al pollo e curcuma, cavolo al curry di cocco e spezie, uovo sodo in tegame con salsa speziata e sugo di pomodoro pepato, pesce fritto, ma non ripassato al peperoncino, tutto ciò accompagnato da chapati preparato sul momento.

Le donne si sedettero a tavola nel momento preciso in cui tornò a casa anche Anhil, il marito di Shoba, già dalla soglia mostrando tutta la curiosità di conoscere la donna occidentale, una situazione per quasi tutti loro davvero singolare e eccitante.

Sabine, attraverso la finestra che guardava l'ingresso, si accorse della gelosia dei vicini stranamente riversati sulle strade in finte passeggiate che spesso terminavano sul cancello di Shoba o in meticolose operazioni di giardinaggio curando fiori già curatissimi, potando alberi dai rami assolutamente corti e non invasivi, tutte scuse per carpire qualche frase, vedere la donna da vicino. Miss

Marple, da buon personaggio di un'Inghilterra vittoriana, avrebbe in ciò ritrovato la sua campagna inglese, lo stesso senso del pettegolezzo, della civetteria femminile curiosa per indole a qualunque latitudine.

Anhil era un bell'uomo, tipico nel portare i suoi baffoni e la camicia a scacchi. Aveva i capelli leggermente lunghi sulla nuca, in questo mostrandosi diverso dai coetanei sposati dal taglio sempre uguale, come diceva sempre Sabine, beffeggiandoli, 'taglio da brav'uomo'.

Durante la cena Shoba informò il marito che Sabine il mattino successivo si sarebbe spostata ad Alappuzha per visitare la grande backwater, navigando tra i canali. Anhil in questo le fu utilissimo contattando un amico del posto che conosceva barcaioli non legati ad agenzie turistiche, pronti a portarla tra i villaggi meno navigati dalle rotte consuete. L'amico l'attendeva il mattino successivo presso un imbarcadero il cui nome fu segnato da Anhil su un foglio di carta; da quel punto l'avrebbe accompagnata dal barcaiolo, un privilegio di cui Sabine fu entusiasta.

La serata trascorse tranquilla: Anhil parlava pochissimo l'inglese e si limitò ad ascoltare le donne capendo solo a tratti i loro discorsi, decidendo infine di giocare con il figlio a scacchi, perdendo diverse partite ben gestite tatticamente da un bimbo sveglio e pratico nelle regole di quel gioco per il padre complesso.

Il mattino successivo la sveglia fu l'ordinario schiamazzo generale di corvi e nibbi, il canto di decine di galli nei pollai, o liberi di razzolare sulle strade, finalmente non i clacson, essendo quella una strada non troppo frequentata.

Tutto sommato il risveglio fu più tranquillo del solito, anche se il sole si mostrava ancora come lampadina poco incandescente: l'alba non era del tutto sorta.

Venkatesh

Sabine si svegliò davvero dolcemente, chiamata in seguito dalla famiglia dell'amica pronta per la colazione, preparata già da tempo dalla nonna. Con idli e chai, un buon chutney di cocco per accompagnare le polpette di crema di lenticchie e riso stufate a bagnomaria, tutta la famiglia di Shoba si strinse negli ultimi minuti attorno a lei per ringraziarla di quella presenza, augurandole di continuare sulla sua strada verso nuova conoscenza, nuovi stupori. Anhil le garantiva che tra i canali delle backwaters avrebbe trovato molte risposte e mille nuove domande nel suo cammino, cogliendo segnali di vita di un Kerala rurale e fluviale, cullato nel lento navigare sulle acque torbide. In quelle parole raccoglieva e sfumava una metafora in cui li navigare dei barcaioli fluttuava nelle torbide acque così come nel suo cuore. Commossa, salutò la bella famiglia ospite incamminandosi sulla strada nella quale avrebbe atteso il bus di ritorno in Alappuzha.

Sabine impiegò un'ora nel raggiungere Aleppey prima, l'imbarcadero poi, dove l'amico di Anhil l'attendeva, stranamente puntuale.

Si chiamava Tamal ed era più giovane del marito dell'amica; assieme camminarono in silenzio lungo l'argine del canale, in quel punto larghissimo.

Decine di piccole barche erano attraccate, scarsamente allacciate alla riva tramite corde di fibra di cocco consumate e sfilacciate. In lontananza anche un paio di kettuvallam, immense barche ricoperte da giunchi che Sabine già scorse in passato viaggiando in treno in quelle zone, attendevano i turisti per lunghe crociere tra le placide e limacciose acque dei canali.

Alcune di esse viaggiavano anche, offrendo camere per la notte, da quel luogo sino a Kochi, un'eventualità che la ragazza prese in considerazione per il rientro del giorno successivo, nel quale avrebbe dovuto, a ogni costo, riprendere servizio al college che apriva le porte dopo la festività.

Incontrarono il vecchio barcaiolo in attesa accanto alla sua piccola piroga di legno, malamente riverniciata in tinte rosse e gialle, battezzata, chissà quanti anni prima dal proprietario, Jayalakhsmi. Il barcaiolo era un uomo dallo sguardo arguto, le gambe magrissime, ma con braccia ancora toniche e muscolose: avrebbe navigato per ore assieme alla ragazza diritto sul retro della barca, utilizzando solamente una lunga pagaia per spingersi tra le basse acque dei canali, non servivano quasi mai i remi.

Sabine ringraziò caldamente Tamal per la gentilezza e la premura; volle per prima cosa saldare il costo della gita con il vecchio chiedendo lui il nome. La cifra era minore rispetto a quella richiesta ai turisti nelle agenzie, di questo Sabine non fu solo grata a Tamal, ma la portò a decidere di lasciare al vecchio una lauta mancia ancor prima di iniziare la navigazione, sapeva d'istinto che non l'avrebbe delusa.

Salì a bordo, si sdraiò sulla poltrona reclinata, sistemata in modo di garantire un relax perfetto, coperta da una piccola tettoia in giunco predisposta in caso di improvvise piogge.

Ben adagiata aprì lo zaino, estrasse la sua fotocamera, collocando sulla ghiera un obiettivo panoramico, si tolse le ciabatte e si lasciò completamente in stato d'abbandono nelle prime, dolci, cullanti manovre del vecchio.

Chiese lui il nome osando, l'uomo non parlava quasi inglese se non poche frasi di circostanza turistica, il malayalam: "ninte pērenthā?"

L'uomo rise fragorosamente rispondendole però in inglese, quasi volendo canzonare la ragazza, che si chiamava Venkatesh.

L'uomo virò immediatamente spostando la barca dal canale principale, entrando nelle venature fluviali dei piccoli corsi, accanto a case isolate e piccoli villaggi riversati sullo specchio di minuscoli corsi che si smarrivano nella vegetazione lussureggiante come mai Sabine aveva visto. Una donna non lontana strofinava i panni sbattendoli sulla pietra dopo averli insaponati per poi risciacquarli nello stretto canale. Alcuni bimbi di varie età, giocavano attorno a lei con un gattino da poco svezzato, dietro loro la casa, umida come diversamente non poteva essere, all'ombra di alberi da frutto e da fiore, ricoperta da teli per tamponare le screpolature dei muri esterni e portanti.

Un paradiso che durante le forti piogge Sabine immaginava molto diverso, eppure vivo in ogni angolo, per quanto le povere case fossero scrostate, sverniciate, diroccate in alcuni punti, tamponate da sacchi e teli di plastica rimediati in cantieri edili.

Eppure la gente le sorrideva al passaggio, i bambini correvano sugli argini per accompagnarla in quella Venezia della povertà ma dai colori che mozzavano il fiato.

Smeraldo di nuovo ovunque: quella era la backwater che stava attraversando, smeraldo di banani giovani e adulti, cocchi altissimi, piegati come vecchi stanchi dalla vita o eretti, diritti come pali telefonici, danzanti alla brezza proveniente dal mare non lontano. Tra le palme s'alternavano alberelli carichi di fiori per colorare la prepotente presenza del verde di nuovo con dature, ibiscus, jacaranda o il delicato laburno dalle miti cromie gialle simile alla mimosa. Tra quegli alberi spuntavano bambini che rincorrevano caprette spaventate, donne che stendevano i loro sari o le camicie dei mariti su corde di cocco fissate malamente, penzolanti tra i tronchi di fissaggio; nell'acqua scrutava anziani che si lavavano strofinandosi con le spugne e il sapone la pelle nelle scure acque del canale, insaponandosi con meticolosa energia i capelli, le ascelle, il viso per poi risciacquarsi tra un sorriso alla ragazza e un saluto spontaneo cui Sabine non si sottraeva.

Sulle sponde isolate vacche ovunque. Erano insolitamente grosse, pasciute, molte di esse gravide, dolenti nel lento ruminare le fresche erbe della verzura ai bordi dei canali. Ruminavano le mille erbe a disposizione: accanto loro, in alcune pozze, i bufali nuotavano immersi assieme al loro pastore. Tra le case e gli alberi trionfavano cartelli di compagnie telefoniche, gioiellerie, anche immagini del Che, il Guerrillero Heroico, emblema di libertà simbolica in quelle zone dove comunismo e religione si fondevano con naturalezza e rispetto di tradizioni, lontano da rivoluzioni e guerriglie, lo spirito keralita prevaleva anche nel suo manifestarsi politico, la falce e martello era ovunque ma in un clima di tolleranza e poca voglia di sconvolgere radici ben ancorate anche in quei terreni resi molli dalla forte presenza di acqua esondata.

Sabine si abbandonò allora interamente all'umore sereno: la sua mano destra si adagiò sull'acqua, la superficie era quasi sul filo del bordo della barca. Abbandonata allo stato quasi amniotico del dondolio della piroga, afferrava rametti galleggianti rapiti dalle sponde, piccole alghe galleggianti alla deriva delle flemmatiche correnti come fossero isolotti precari. I suoi occhi coglievano i rapidi tuffi dei martin pescatori immobili sui muretti o sugli alberi a ridosso dei canali: il loro sguardo era fisso sul pelo dell'acqua, la loro mente determinata a cogliere il giusto attimo per il rapido volo, tuffo e immersione, cacciando piccoli pesciolini in superficie. Molti dei loro tuffi erano vani ma, quando coronati da successo, vederli emergere prepotenti con possenti colpi delle robuste ali, era un piacere per gli occhi della ragazza e della sua fotocamera. Sarebbe stata ardua la scelta di quali fotografie scegliere per il relativo articolo del suo blog.

Anche Venkatesh, mentre remava, più volte fu ripreso dalla fotocamera, senza mai scomporsi, anzi fiero di poter essere protagonista degli scatti di Sabine, sorridendosi entrambi. Sul lato sinistro del canale un uomo si radeva mantenendo saldamente nella mano sinistra un piccolo specchio senza cornice, sulla destra il rasoio nell'atto di rifinire la barba cercando di non toccare i baffi folti e scuri.

Accanto ai suoi piedi, ma lui non lo vide, un lungo serpente d'acqua strisciò silenzioso verso il canale, sfiorando l'uomo troppo impegnato per accorgersi del rettile. Se ne accorse invece Sabine, che gli urlò del pericolo; l'uomo rise assicurando che non fosse velenoso: *no poison, no poison...* la ragazza capì quanta vita c'era in quel luogo magico, quanta relazione tra uomini e natura legava ogni presenza in quella quiete, in quei gesti quotidiani. Nessuna paura tra uomini e animali, nessun timore reciproco, solo armonia, l'elevato e arcaico possesso della vita legato solamente alle invisibili leggi dell'esistenza armonica.

Negli stretti canali in cui stavano navigando, i serpenti erano comuni; Sabine, prestando più attenzione, ne intravide una dozzina durante il tempo di navigazione, anche di specie diverse, a righe o uniformi nelle squame brune, bronzati e lucidi per la permanenza in acqua, arrotolati sui rami in attesa che un raggio di sole filtrasse tra i rami per riscaldarli e dare loro la forza di tentare la caccia.

Topi e lucertole non erano di certo radi tra villaggi in cui granaglie e farine erano mal stivati, frutta e verdura crescevano tra orti mal assortiti ma ricchi d'offerta, il luogo ideale per i topolini e altri animali, tutte prede per i serpenti in quel modo legati alla vita degli uomini.

Improvvisamente un gruppo di bambine corse al fianco della barca che costeggiava la sponda: corse per mostrarsi alla ragazza, chiedendole di scattare loro fotografie, mostrando con fare civettuolo quanto erano belle nei loro frock colorati[34], reginette tropicali abbellite dal trucco tribale sulla fronte, il kajal negli occhi. Sabine scattò altre decine di foto, le bambine saltavano, danzavano per lei, salutavano con le loro manine rispondendo ai saluti della ragazza con altri saluti, creando un loop che terminò solamente quando la barca si allontanò e la compagnia di fanciulle raggiunse la fine della strada che svoltava seguendo un canale collaterale, perpendicolare a quello in cui navigava la donna assieme all'oramai stanco Venkatesh. Tornarono così al luogo in cui iniziò la loro piccola crociera.

Sabine ringraziò, tramite i suoi inchini oramai perfettamente coordinati tra il movimento del corpo e la giunzione delle mani, ciondolando (si soffermò un istante a verificare come oramai quel gesto le si era radicato) dolcemente il capo in segno di stima e gioia nei confronti del barcaiolo, sudato, evidentemente provato ma soddisfatto delle rupie guadagnate in quella giornata.

Nonostante fosse già pomeriggio inoltrato Sabine decise però di rientrare subito a Kochi, per quel motivo fermò, senza contrattare troppo, un auto-rickshaw dirigendosi alla fermata dei bus in partenza per la sua città; attese davvero poco uno dei tanti pullman partenti e carichi di persone e in un paio d'ore fu al college.

Il tragito durò meno del previsto, di questo ne fu lieta.

---

[34] Il frock è l'abito tipico delle bambine indiane, simile al churidar ma più lungo nella parte terminale della blusa che termina quasi sempre con sbuffi e gonnellini di tessuto acrilico, conferendole un aspetto di piccole principesse.

Durante il viaggio di ritorno dormì il sonno dell'inquietudine, sogni lisergici e frequenti risvegli dovuti all'asfalto in molti punti sdrucciolevole.

Si svegliava ogni tanto in seguito agli scossoni del vecchio autobus senza vetri nei finestrini quando accidentalmente rovinava nelle buche dell'asfalto sconnesso.

Una radiolina trasmetteva un silente raga dal ritmo sostenuto, una melodia ipnotica che sulle corde del sitar prese la forma di un serpente, di un 'nagaraja' del tempio di Haripad, regale e cosmico, o di una semplice serpe d'acqua, danzatrice delle onde, principessa senza veleno, catenella viva dalle squame di bronzo e d'oro.

Se la vita aveva la sembianza di un serpente, per sabine in quel momento il veleno era la dolcezza di un ipnosi ambientale dalla quale non voleva sottrarsi.

Si riaddormentò e sognò ancora una volta di essere al cospetto di un cobra nero che la fissava e le ciondolava il capo.

Era una divinità, un reale serpente di foresta, oppure una delle tante donne che le ciondolavano il capo in segno di saluto e accoglienza? Non cercò la risposta, alzò il braccio e lo dondolò con rapide serpentine ondeggianti simulando un serpente che nelle dita racchiuse aveva la bocca, la quale si spalancava davanti al suo viso sibilando l'om.

Non dormiva più ma non si sentiva ancora veramente desta: la gente osservava la sua mimica del braccio/serpente non capendo nulla di ciò che la psiche della donna in quel momento.

Ma anche questo era la scoperta dell'India: tra convenzioni e follie, ognuno si esponeva al tutto, rimanendone parte integrante, piccole follie di chi incontra la sua personalità crescente.

Praveen

All'arrivo nel college, stanca e affamata, entrò nella scuola, depose il suo piccolo trolley sul letto in camera, proponendosi di disfarlo il giorno successivo; scese poi le scale verso il refettorio incontrando gli studenti residenti che come lei si recavano alla mensa per la cena.

Fu letteralmente assalita: ragazzi e ragazze vollero sapere della sua prima esperienza itinerante nel loro paese, invidiosi della sua crociera nelle backwaters di Alappuzha, contenti di ritrovare la loro docente bianca ancor più ricca di esperienze, emozionata nel raccontare con fatica, non sempre con i ragazzi era facile una conversazione approfondita in lingua inglese, le sue mille esperienze.

Preferì allora trasferire sul laptop le fotografie contenute nella schedina della fotocamera e, senza nessuna post-produzione, mostrare loro le fotografie scattate in quei giorni, proprio lì, in mensa, dopo la cena, prima di coricarsi.

Era davvero stanca nonostante l'entusiasmo di sentirsi, per lei fu strano ammetterlo a se stessa, a casa.

Il mattino successivo si alzò di buon'ora concedendosi una lunga doccia calda, vestendosi dell'unico abito pulito rimasto, gli altri attendevano il passaggio nella lavatrice della scuola. Si truccò un pochino, curando gli occhi (aveva anche lei fatta sua l'abitudine all'uso del kajal), entrò nel suo ufficio in attesa di incontrare Praveen per pianificare i giorni successivi.

Il direttore giunse in tarda mattinata: incontrare Sabine fu una delle priorità, aveva in serbo per lei molte traduzioni di relazioni da lui scritte in inglese per la controparte tedesca del progetto.

L'uomo si sedette di fronte alla ragazza, sul lato opposto della scrivania e, quasi scusandosi le chiese:

"Come hai trascorso il periodo di festa? Mi scuso molto se in questi giorni sei stata quasi abbandonata ma tutti noi abbiamo famiglie, ti vedo ben integrata, so che sei stata ospite di Leela, spero non ti sia sentita trascurata."

Fu ancora una volta molto protettivo e premuroso nell'esternarle quelle che apparivano davvero come mortificazioni personali, dettate da contingenze che Sabine capì senza troppi problemi.

"Praveen è stata un'esperienza meravigliosa: Fort Kochi e Mattancherry con Leela, la visita a un'amica ad Haripad, una donna che conobbi in aereo, ti racconterò poi con calma, le backwaters in Alappuzha, davvero tutto meraviglioso, nessun problema direttore, realmente sono stata e sto bene."

Di ciò Praveen fu sollevato in quel dovuto, ma non voluto, senso di inquietudine esagerato nella sua indole protettiva.

"Mi fa piacere tu mi dica ciò: volevo a questo punto fare un punto della situazione e chiederti come inquadri i ragazzi nelle conversazioni? Il loro inglese è davvero migliorato? Credi dovremmo tentare altre strategie didattiche?"

La ragazza ci pensò un po': effettivamente l'inglese parlato era migliorato ma non come avrebbe voluto, mancava sempre qualcosa per andare oltre l'aspetto scolastico. Le venne allora, molto argutamente, un'idea:

"Direttore, la conversazione è migliorata, davvero i ragazzi, chi più, chi meno, azzardano di andare oltre il parlato base ma manca qualcosa per determinare un interesse maggiore alla ricerca di un'evoluzione decisa, determinata."

Sabine prese tra le dita una matita, picchiettando con piccoli tocchi il tavolo, accanto al suo laptop, un gesto solito quando cercava di afferrare un'idea. Suo padre, quando la osservava negli studi, le diceva sempre che assomigliava a Vicky, il piccolo vichingo dei disegni animati quando si strofinava il dito sotto le narici alla ricerca dell'idea giusta, che arrivò; la matita fu determinante...

"Perché non guardare assieme film in lingua originale? Film occidentali intendo; sono tutti ragazzi appassionati di cinema, ne guardano a decine quando non studiano ma sempre e solo pellicole del cinema malayalam. Tentiamo il film in lingua inglese per abituarli alla corretta parlata, magari non americano in lingua originale perché ricco di troppi slang, ma inglese e di buona dizione. Perché no?"

Praveen sgranò gli occhi: per lui era una richiesta spiazzante: aperto a quell'esperienza internazionale, ma frenato da paletti tradizionalisti, vedeva in quel momento il cinema occidentale come demonio tentatore.

Già, la musica americana: quel rap che piaceva tanto ai ragazzini, appariva lui come l'uccisione della loro musica locale; metterci anche il cinema sarebbe stato troppo.

Eppure no... L'idea, per quanto didatticamente valida, provocava in lui contrasti tra la sua formazione keralita e le nuove esigenze di un mondo che cambiava e la sua paura che, in quel cambiamento, molte tradizioni sarebbero state perdute nel nome di un Kerala nuovo. Tutto ciò lo spaventava.

Di queste tensioni rese partecipe Sabine.

"Capisco perfettamente direttore le sue paure e le condivido: anche la mia Germania sta cambiando, anzi, devo ammettere che è maggiore qui il culto dell'identità rispetto all'Europa, però potrei cercare sul web film adeguati, magari di registi indiani ma in lingua inglese."

Sabine si concesse una pausa, un po' per raccogliere gli ultimi pensieri sviluppando la sua idea, un po' per concedere la riflessione al vecchio docente, dopodiché riprese ancora più sicura di sé:

"Direttore: conosce, le confesso, sono scoperte fatte a Berlino prima di partire grazie ad un amico cinefilo, alcuni registi internazionali come Mira Nair, Deepa Mehta, Satyajit Ray?"

Praveen ammise di conoscere solo Deepa Metha per lo scalpore che fecero anni prima i suoi film nelle denunce di un'India in cui la donna, le caste più povere, l'amore, erano presentati al mondo con crudezza, una crudezza che, ammetteva, faceva parte delle cronache.

"Non vorrei fossero pericolosi per le loro giovani menti malleabili, questi esperimenti. Se iniziassimo con classici Bollywood o Blockbuster Movie per vedere come accolgono questo progetto e quali risultati ottiene dalla loro conversazione?"

Sabine, che non era chiusa e nemmeno troppo rivoluzionaria, accettò quel punto d'incontro e promise di andare alla ricerca dei dischetti che avrebbero visionato in auditorium: in quell'aula possedevano il lettore DVD e lo schermo di grandezza adatta per le proiezioni, non sarebbe stato un problema.

"Sei saggia e matura: hai esposto il tuo punto di vista, hai recepito il mio senza mettere nessun puntello dove io ho messo i miei, stai divenendo indiana anche nel negoziare, direi che sei pronta per i mercati e le vie commerciali del nord!"

Assieme risero: più volte il direttore le spiegò che, rispetto al Kerala, la vita del nord indiano era molto più dura per lo sfrontato atteggiamento delle persone, per il freddo, per la poca scolarizzazione. Era difficile, nonostante la bellezza di monumenti e templi, la vita per i residenti occidentali e per i turisti: snervati da commercianti, autisti, ristoratori, campioni internazionali del contratto per ogni cosa, abili nel truffare sui prezzi i viaggiatori giunti da tutto il mondo.

Praveen scherzava dicendo spesso: "Se vai al nord, occhio a chi hai davanti se negozi un prezzo, potrebbe truffarti, ma mentre sei attenta all'uomo, dall'alto t'inganna una scimmia, mai scordarlo Sabine."

Fu così che nelle lezioni successive, su approvazione del direttore, la materia di studio fu l'ascolto e la conversazione partendo dalla visione comune di film Bollywood, tra fischi d'ammirazione dei ragazzi quando appariva in scena l'attrice dei loro sogni, così come delle ragazze durante i morbidi momenti d'amore con uno dei tanti Khan del cinema o con le nuove generazioni di bellocci palestrati di Mumbai, soprattutto di Mumbai.

Ram Leela, Devdas, Singh Is Bling, addirittura un Dracula in versione indiana: Sabine riuscì anche a convincere il direttore alla proiezione di Lunchbox, film che raccolse un paio d'anni prima ammirazione internazionale.

E le conversazioni miglioravano nell'ascolto dei doppiaggi inglesi: le ragazze su tutte, ma anche i ragazzi imparavano nuovi accenti e frasi divenendo presto uno dei migliori college del territorio nell'insegnamento della lingua, nella conversazione. Molti di essi si divertivano, quasi allenandosi, ad attaccar bottone con i turisti sulla costa per ostentare la loro migliorata dizione.

Un ragazzo confessò anche un piccolo flirt con una coetanea inglese, nulla di particolarmente portato all'eccesso, ma quel bacio, durante le vacanze in uno dei tanti periodi di festività, sul porto di Kochi, la sera, fu per lui qualcosa di sconvolgente, di certo non pensabile nelle relazioni con le coetanee keralite.

"Cavolo, Santosh, hai vissuto il tuo Bollywood! Ora sei un latin-lover vero e proprio."

Tutti lo derisero, molti lo invidiarono: la ragazza inglese era davvero carina, Santosh la mostrò agli amici come fosse un trofeo, in una foto scattata con il suo cellulare di fabbricazione cinese.

Sasikala

Arrivò il Natale, ma Sabine lo avvertì pochissimo.

In quei giorni rimase sola nel college lavorando alle sue traduzioni inerenti alle relazioni di metà corso riguardanti singoli studenti, i loro progressi, le sinergie create tra insegnanti oramai assuefatti al suo ruolo, abituati alla sua presenza, accettando una ragazza che poneva sul tavolo della didattica metodi per loro inusuali, meno istituzionali.

Non fu facile per tanti docenti uscire da schemi convenzionali, ma quello era previsto sin dall'inizio di quel rapporto interculturale.

Curò il suo blog in quei giorni, oramai ricco d'immagini e considerazioni, riflessioni intime su un mondo che, come un fluido caldo, entrava in lei ogni giorno sempre più in profondità.

Non era realmente sola all'interno del college: dopo le vacanze natalizie, un importante esame attendeva i ragazzi al varco. Sia il direttore, che gli insegnanti, di quei giorni ne fecero il momento di pausa riflessiva impiegandoli per analizzare gli studi, i progressi, individuando chi necessitava di ulteriori aiuti.

Lo stesso direttore, senza orari definiti, com'era solito nei giorni di frequenza scolastica, compariva in ufficio, organizzava riunioni tra docenti; ognuno di loro cercava di capire come lavorare meglio nei mesi finali del corso di studi.

Assolutamente quel Natale per Sabine non assomigliava alle piccole reminescenze della sua infanzia che non aveva del tutto perso negli anni.

Malinconicamente ricordava, di quei giorni di festa, il freddo, l'abete addobbato nel suo salotto, la ricerca del giusto regalo per parenti e amici, la neve, insomma i segnali quotidiani che la portavano, in un crescendo progressivo di eccitamento, al venticinque dicembre, forse il giorno meno avvertito del periodo, per assurdo, la parte conclusiva di una serie di comportamenti transitori scanditi nel tempo, ripetuti come ordinaria scansione infantile ma determinante.

La temperatura durante il giorno stazionava abbondantemente sopra i trenta gradi e piccoli presepi sparsi per la città, addobbi religiosi anche tra le palme, le chiese addobbate sui frontespizi e le tante stelle di luci che illuminavano archi e cancellate, non erano affatto sufficienti a darle lo stimolo giusto per riconoscerla come festa, nonostante gli auguri, nonostante tutto.

Riuscì, proprio la mattina del venticinque dicembre, collegandosi su Skype con sua madre e suo padre, a condividere con la sua famiglia quelle strane sensazioni: per la prima volta le mancava quel misto di tradizione pagana e retaggio cristiano che apparteneva alla sua tradizione e non era solamente la solitudine, il non condividere con alcuno la giornata, a inficiarne il senso di solennità, era proprio il condizionamento ambientale.

Il padre le chiese se le mancasse Berlino; oramai si era abituato all'assenza della figlia, assuefatto a collegamenti sempre più radi e al naturale calo di mail che si scambiavano.

Distanza e tempo avevano smorzato le emozioni dei primi giorni d'assenza della figlia, ognuno era ora immerso nei propri equilibri, nelle proprie routine.

Come spesso accade, ciò che appare come dolore e senso del distacco è unicamente il frutto egoistico del timore irrazionale.
Il padre le chiese di nuovo, preoccupato dai silenzi della figlia:

"Sabine, ci si? Ti manca oppure no Berlino?"
La figlia ci pensò un attimo, raccolse i suoi pensieri sparsi come pietruzze taglienti nell'inconscio e rispose:

"Sì papà, a volte mi manca; più che altro mi mancano piccole cose come il cinema, il pub, la vita di notte, alzarmi tardi al mattino e protrarre l'inizio e la gestione del tempo. Qui mi addormento relativamente presto, mi sveglio decisamente di buon'ora il mattino. Ogni giorno la vita inizia fragorosa sin dall'alba, non è facile farvelo comprendere, ma il mio ambientamento, più che altro, è stato il riadattare il mio orologio ai tempi locali, non tanto agli usi, spesso affascinanti. Alle cinque del mattino la città qui è già perfettamente funzionante: dal silenzio totale, repentinamente tutto diviene confusione di clacson, templi, corvi che urlano, cani che latrano, vita sulle strade. Ecco cosa mi manca tanto di casa: quelle ore in cui il tempo non esiste, in cui il sonno non è più tale, ma la fase del risveglio sospesa in una dimensione che qui non ho; la pigrizia di alzarsi, accendere lo stereo, bere un caffè sbadigliando, afferrare pigramente una fetta di torta e tenerla tra le dita per minuti prima di addentarla, guardare la mamma sbadigliare a sua volta mentre pigramente spreme le arance e i pompelmi, tu che ti siedi già efficientemente pronto per il lavoro ma hai ancora il velo della notte sul viso stanco, la gatta che miagola rompendo le scatole perché ha fame. Quanto mi manca quella bestiola... ci riflettevo giorni fa: quando sono a casa la detesto, ma anche quel miagolare insistente, ora mi manca."

Il padre ascoltò attento il lungo monologo della figlia senza però capirlo sino in fondo, provando a immedesimarsi con lei nel tentativo di capire a sua volta che, il più delle volte, il risveglio della figlia, andava dal silenzio totale ai cani che abbaiavano improvvisi, assieme a decine di corvi che gracidavano folli, centinaia di clacson, i canti, le grida dei venditori, senza la fase intermedia del risveglio, Luci spente, luci accese, buon giorno e basta, senza vie di mezzo.

Friedrich tentò di immedesimarsi in quel quadro d'assieme per lui sfumato e solo idealizzato; in parte gli riuscì.

"Che farai oggi? Noi andremo al cinema: è tanto che io e tua madre non ci concediamo un cinema seguito da ristorante e, chissà, anche un club dove bere qualcosa e ballare."

Sabine rispose a suo padre, urlando e ridendo:

"Metti il dito nella piaga, eh? Questa me la paghi, giuro che me la paghi!"

Mille pensieri improvvisi le generavano nella mente un bilancio tra quella scelta di vita e ciò che aveva abbandonato: il suo cervello creava punti di contatto tra effimeri momenti di gioia, spesso legati a ricordi sfumati, nei quali dimenticava invece i tanti momenti di noia esistenziale.

Ragionando filtrava i ricordi creandone fantasmi perfetti e odiava la sua mente che auto plagiava il suo presente.

Era vero, in quel cavolo di giorno strano si sentiva sola e fuori luogo, ma era un giorno così su decine di giornate intense, stimolate dallo stesso ambiente che ora sentiva quasi ostile per motivi psicologici indotti stupidamente e non tangibili.

Il suo cervello non vedeva, quasi fosse una sorta di capriccio infantile, la totalità delle cose, il valore del tempo complessivo, quello della vita, di una quotidianità intensa. Si concentrò su quel pensiero odiando la sua mente che la fuorviava sull'effettiva verità del suo essere lì, legandola con corde invisibili a contingenze effimere, materialismi indotti.

Il suo cuore lottava perché ne emergesse invece l'aspetto più profondo, la gioia dell'interscambio, la pienezza della quotidianità, della scoperta di un ambiente così diverso, su tutte la scoperta di se stessa. Si focalizzò su quello salutando il padre, augurando loro un buon Natale, un giorno tra trecentosessantaquattro, quello contava più di ogni altra considerazione.

Udì timidi colpetti alla porta: Sabine chiese chi fosse. Era Sasikala, la sua prediletta, la ragazza che, congiuntamente alla sua famiglia, aveva deciso di supportare negli studi. Non l'attendeva, era certa fosse al suo villaggio con la madre e l'anziana nonna.

"Entra, Sasikala. Credevo fossi a casa, che ci fai qui in questi giorni?"

La ragazza, timidamente, entrò, anche lei forse sentendosi sola, vincendo il timore di trovarsi al cospetto di colei che le offriva la chance della sua vita.

Su tutto si aggiungeva la timidezza di una ragazza indiana di casta dalit, abituata alla vita di margine anche emotiva. Sabine pensò che per Sasikala essere lì doveva costarle molto, per cui la invitò a salire sul terrazzo, il suo territorio elettivo: una sigaretta ora se la meritava.

Sul terrazzo, la ragazzina, spostandosi verso il lato di Sabine dove il vento non portava il fumo, iniziò ad aprirsi alla sua insegnate, cercando tutte le parole che il suo inglese le permetteva per comunicare a Sabine i suoi timori.

"Sono rimasta per studiare, a casa non sarebbe stato possibile farlo rimanendo concentrata: i parenti, la mamma che non si rende conto che mentre studi non puoi interrompere l'applicazione per le faccende domestiche, la mancanza di internet, i black out alla sera. Non avrei ottenuto quella pace che ho invece qui, il supporto della rete, la biblioteca. Qui posso rimanere sola e concentrarmi; ti confesso che ho un po' di timore per l'esame post Natale, ho paura di tante, troppe cose."

"Apriti Sasikala, quali timori porti dentro, non vedermi più unicamente come il tuo sponsor," le disse Sabine, simulando virgolette con gli indici e i medi delle due mani. "Cerca di vedermi ora come un'amica: non siamo in classe, non siamo al villaggio, siamo qui sul tetto sole. Io e te, nessun altro."

Spense la sigaretta nel bicchiere riempito d'acqua che usava come portacenere, oramai zeppo di mozziconi che nel tempo, lentamente, si scioglievano ingiallendo l'acqua grazie alla nicotina disciolta. Accanto loro un geco, immobile, attendeva la sua preda, momento rimandato a quando sarebbe tornato a essere solo. Ora cercava solamente l'invisibilità dei suoi colori tenui sul muretto giallino maculato da muschio nei punti d'ombra.

"Ho tanti timori Sabine; forse troppi. Paura di deluderti, paura di non potere fare della mia vita ciò che vorrei ma trovarmi coinvolta, mio malgrado, in un matrimonio preconfezionato alla fine degli studi. Ho paura di fallire nell'esame, paura di non potere decidere della mia vita ma di trovarmi un giorno a vivere ciò che mia madre avrà deciso spostandomi in una famiglia dove dovrò innamorarmi di un ragazzo che non conosco. Ho le paure che hanno tante ragazze indiane, spero che questo tu lo capisca."

Sabine in quei mesi aveva vissuto tante situazioni analoghe, la maggior parte del tempo assimilando gli input culturali e ambientali della terra in cui ora viveva, concentrandosi più su se stessa che su chi le stava attorno e ciò era perfettamente normale ma, quella fase, era destinata a terminare, ora le persone a lei accanto, chiedevano di essere capite, ascoltate.

Sasikala le chiedeva ciò, in questo Sabine avrebbe dovuto trasformarsi nella 'chechi' della ragazza, la sua personale sorella maggiore.

Due culture così lontane: lei, occidentale, indipendente sin dal giorno in cui, a sedici anni, usciva di casa senza quasi rendere conto di ciò che faceva, di chi vedeva, fumando di nascosto o vivendo le sue prime trasgressioni con incoscienza e divertimento. A sedici anni iniziò la sua autonomia: più volte si trovò a porsi la domanda di quale fu il momento nel quale oltrepassò la soglia dell'adolescenza verso un livello più maturo della sua esistenza. Forse fu proprio quel giorno in cui bevve la sua prima birra con Ulrike al Tiergarten, fumando la prima sigaretta, motivazioni assurde, per lei però riti iniziatici alla ribellione parentale, passi necessari per la sua evoluzione personale, anche se ora apparivano come stupide ipocrisie adolescenziali. Erano in realtà la sua affermazione come persona quasi adulta. Di fronte a lei una ragazza che aveva gli anni in cui lei decise il momento nel quale sarebbe divenuta donna, decretando i passi della sua vita, ma per Sasikala nessuna decisione era possibile se non l'accettare la cultura del suo paese, ancora lontano dal vedere la donna con i suoi potenziali che non fossero solo quelli di casalinga, madre, nonna, cuoca, sarta.

"Io non posso capire ciò che provi Sasikalaji, davvero è così lontano dalla mia realtà rendermi conto che tutto il tuo potenziale umano è invece nelle mani di decisioni di comodo. Mi metti in questo momento di fronte a una realtà sulla quale sin'ora mai mi ero raccolta, troppo impegnata, quasi egoisticamente, a vivere le mie scoperte con gli occhi della turista abbagliata dalla bellezza, dall'ambiente e dal suo fascino tropicale e culturale. È come se tu, ora, avessi alzato un velo, un sipario, e sotto quel velo non c'è l'illusione ma la realtà, una realtà che faticosamente potrei accettare. Povera, dolce Sasikala..."

Sabine l'abbracciò asciugandole con un fazzoletto di carta le lacrime che scendevano dal viso della ragazza, consapevole che tra le sue braccia si trovava un'adolescente fragile come un fuscello nelle paludi sferzate dai monsoni, comunque fortunata rispetto a tante altre coetanee. Quell'aspetto per lei era una nuova consapevolezza e ne turbò l'umore.

Sì, in quei mesi, acclimatarsi, entrare in sintonia con la popolazione, gli usi, la società che le cresceva attorno, la portarono a una sorta di egoismo non voluto, in quel momento penso che il giorno in cui, alla fine del suo contratto, sarebbe tornata a casa, ogni legame creato, ogni traguardo raggiunto, piccole vittorie in una terra di sconfitti, sarebbe svanito come il fumo delle sue sigarette. Aspiri una boccata che brucia la gola e appaga i nervi, la trattieni per un piccolo periodo in te, la getti improvvisa all'esterno e quel fumo, all'inizio nuvoletta compatta, svanisce tra i voleri dell'aria, di venti intensi o accenni di brezze, del tuo stesso respiro, soprattutto di quello. Così erano le vite dei ragazzi con cui entrava in contatto, prima dentro di lei nell'appagarne la sensazione di utilità simbiotica, poi espirati nella loro realtà, evanescenze di persone rilasciate, quasi tradite, illuse, difficilmente appagate.

Capì che per le ragazze, non tanto estratte da famiglie di caste abbienti, ma per le poche come Sasikala che godevano del privilegio dell'istruzione, forse tutto sarebbe stato solamente un'illusione, il velo di Maya delle loro esistenze, sotto il quale esisteva una realtà pronta a fagocitarle.

Quale destino per una ragazza dalit? Cosa avrebbe deciso per lei la madre, la famiglia, il villaggio? Era suo diritto illuderla?

"Se non altro sarò io stessa madre, ma diversa; se il mio destino sarà il diploma poi il matrimonio e la famiglia, almeno sono consapevole di cosa sia la frustrazione, mia madre nemmeno è sfiorata da questa accortezza nei miei confronti, vive come la sua società le ha insegnato, ma io no: per i miei figli, soprattutto se saranno femmine, vorrò altro, so che sarò diversa."

Che tenerezza provò Sabine ascoltando quelle parole, incontrando la maturità di una ragazza che nei suoi pensieri maturava come donna, capì allora che forse non tutto il suo essere lì sarebbe stato fatuo se contribuiva ad accendere piccole scintille di speranza e consapevolezza anche in una sola ragazza tra decine, migliaia, milioni.

In questo Sabine non cercava rivoluzioni, non le voleva: desiderava al contrario, solamente dare voce al karma silente di tante creature fragili in un sistema ancorato a troppe convenzioni, a schemi dettati dal sesso e dalla casta.

"Sasikala, è Natale anche per noi. Non vogliamo buttare al vento caldo di oggi la festa abbandonandoci a lacrime e tristezza vero? Sei mia ospite! Decidi un ristorante: avremo anche noi il nostro giorno di celebrazione... e non badiamo a spese!"

Sasikala rise piangendo, adorava Sabine, l'abbracciò stringendola forte dicendole sottovoce, sussurrando timida, nannì chechi..., grazie sorellona.

"Certo, usciamo e cerchiamo un posto per festeggiare e se ti va, possiamo andare anche al cinema!"

Così disse, quella ragazza di villaggio dalit alla ragazza di città cosmopolita; la sorellanza in quel momento abbatteva barriere, culture, situazioni, contingenze: erano donne, come lo sono tutte le donne del mondo, sempre solidali perché in loro esiste il senso latente di maternità e di comprensione.

"Cinema? Vuoi portarmi e vedere uno di quei drammoni malayalam, tra pugni e canzonette?"

Sasikala ridendo le rispose:

"Assolutamente, visto che offri tu. Dopo il ristorante vorrei vedere Dolly Ki Doli, un Blockbuster con la bella Sonam Kappor che sta spopolando in tutta l'India!"

"Ok, preparo i fazzoletti!"

"Ma no, che dici? Ci sono tanti balli e lei è bellissima, lui anche; c'è azione, amore e lei è una truffatrice, ma poi s'innamora anche se lui la scopre e la polizia è sulle loro tracce, le famiglie scoprono la relazione e..."

"Ok ok, si va, basta che ci siano i balletti perché sarà in lingua originale; però se mi dici che è un Bollywood ci sono i sottotitoli. Ok, approvato, cerchiamo un ristorante e usciamo. Ci troviamo tra mezz'ora al cancello, le chiavi le ho."

"Sabine, mi piacerebbe provare il Mc Donald's, non è lontano dalla multisala; così, per curiosità..."

Sabine rise e fu bravissima nel ciondolare il capo aprendo la mano destra vicino al viso fiorendola ora per la prima volta, quasi come fanno le ragazze quando esternano stupore, un gesto che le uscì spontaneo senza averlo mai provato, d'istinto:

"Oddio, film Bollywood e McDonald's, così mi sembrerà il classico Natale occidentale con cinema e fast-food al pomeriggio. Alla fine sono più conformista ai tropici che a casa mia!"

Ridendo corsero alle proprie stanze, vestendosi con churidar eleganti.

Sabine indossò il suo abito scuro, cucito dalla sarta mesi prima che teneva sempre pronto e stirato per le occasioni speciali. Indossò anche molti braccialetti di vetro colorato in ogni polso, mise anche una cavigliera d'argento con charms di elefantini e om alla caviglia destra, Sasikala le donò un bindi molto elegante posandoglielo lei stessa al centro degli occhi.

"Siamo bellissime e pronte per festeggiare Natale: se non trovo un keralita ricco oggi da sposare, non lo trovo più!"

Sasikala la guardò, ribattendo:

"Sai che non ti ci vedo proprio come moglie malayali: preparando dosa, riso e sambar per la famiglia e inchinarti a una suocera dispotica che ti comanda a bacchetta? Scusa, ma non ti ci vedo!"

Ridendo fermarono un auto-rickshaw, l'autista rise a sua volta guardando le due donne senza capirne il motivo, accese la sua autoradio sintonizzata su una stazione di musica moderna, portandole in direzione del McDonald's di Kochi.

Il fast-food era del tutto simile a quelli di tutto il Mondo: il pagliaccio donava palloncini anche ai tropici, la Coca Cola aveva le stesse miriadi di bollicine dolci e salate nel retrogusto, i panini erano al pollo, solamente al pollo, ma speziati, le patatine fritte, sottili e secche come tutte quelle di tutto il Mondo.

Rifletté su quanto il suo Occidente condizionava i gusti dei paesi in via di sviluppo anche dal forte carattere e identità come l'India, rifletté a lungo su questo rendendosi conto che mondializzazione era invasione, inganno, una ricetta che non le piaceva, che aveva il sapore della strumentalizzazione della felicità manovrata. Avrebbe scritto su questa riflessione un articolo dedicato nel suo blog.

Al cinema il film la divertì molto: la storia era surreale ma spensierata, alternando momenti di tensione ai classici balletti dalle coreografie complicatissime dei film Bollywood; l'attrice che tanto piaceva a Sasikala era un visino acqua e sapone che giocava a fare la donna navigata con la purezza virginale che il cinema indiano richiedeva alle sue sceneggiature. Nessun bacio, solamente piccoli sfioramenti di mani a piedini ingioiellati e dipinti, mani pelose del protagonista, maschio, muscoloso e baffuto come piace alle donne indiane, che sfioravano, nelle scene di intimità romantica, il viso della protagonista alimentando gli 'oh' gli 'ah' di stupore del pubblico.

Chissà in quanti, tra il pubblico, si domandava Sabine, frequentavano il cinema abitualmente o quanti invece investivano in unico sogno annuale la possibilità di vivere oltre lo schermo il miraggio di ragazzi e ragazze che poco altro avevano, in un mondo dove si convive con la sofferenza così come, in Occidente, troppo spesso, si convive con la noia e l'indifferenza.

Imparò così a non giudicare più stupidi i film indiani di Bollywood, o delle cinematografie locali, tamil, telogu, malayalam, kannada; ora li vedeva come forse l'unico, vero, importante mezzo per fantasticare un po' per milioni di persone che nella notte incontravano solo gli incubi del quotidiano o la forza di non sognare affatto per non perdere di vista una realtà tremenda. I mostri del sonno che mordevano le coscienze.

Una lezione tra le mille che, quando era ancora in Germania, non valutava affatto: la vera scuola era quella, la sua scuola, quella del rispetto e della comprensione.

Sabine

Trascorse il tempo scandito quotidianamente dagli impegni del college: i giorni del Natale scorrevano velocemente lasciando il posto al capodanno, fragoroso nei botti dei petardi che alla mezzanotte saturarono l'aria della notte tropicale con l'odore intenso dello zolfo.

L'estate keralita riempiva le giornate di sole e caldo, umidità e qualche sporadica pioggia. Sabine s'immerse nel suo lavoro, cosciente che la fine dell'anno scolastico sarebbe sopraggiunta improvvisa.

Mancavano pochi mesi al termine e voleva, doveva, ancora svolgere tanto lavoro, tra difficoltà e tensioni, successi e sconfitte; quella era la sua realtà in quei giorni: piccoli successi rubati, strappati alle numerose sconfitte.

I contatti con la famiglia si diradavano sempre di più: anche la madre, ora libera e sola nelle sue giornate, decise di accettare un incarico part-time presso uno studio di geometri del suo quartiere, senza pretese economiche eccessive, lo stipendio del marito bastava loro per vivere. Era una coppia che non credeva nella ricchezza come fine supremo e non metteva la professione al centro della propria vita per arrivare a chissà quali vette. Beate cercò quel lavoro, tra mille annunci sul web, solo come piccola affermazione personale, essendo la donna non lontana della soglia dell'età dei bilanci. In questo Beate s'illudeva di allontanare in maniera preventiva le frustrazioni di donna comunque colta, comunque istruita, ibernata per anni nella sua dedizione alla famiglia, ora decisa a distrarre il suo tempo dalla routine tra le mura domestiche, arricchendo le sue ore intellettuali, impiegandosi in quella collaborazione part-time.

Soprattutto non poteva e riusciva a mentire a se stessa: il lavoro, seppure per poche ore e non tutti i giorni della settimana, aveva solo lo scopo principale di riempirle qualche ora durante le giornate nelle quali la figlia era ancora, per qualche mese, lontana da Berlino. Sabine li aggiornava settimanalmente sui piccoli traguardi raggiunti, Beate s'accorgeva, Friedrich, il padre, pure, che lo stupore quotidiano delle prime fasi di vita indiana, lentamente fu sostituito dai racconti di una ragazza ora pienamente inserita nel suo contesto esotico, nella sua realtà. Capirono la figlia; compresero, con quella sottile empatia parentale che diviene istinto e preveggenza nei confronti dei propri figli, quanto di lei, in quella scansione temporale, minuto dopo minuto, giorno dopo giorno, era divenuta la consapevolezza che la sua vita ora aveva nuove certezze, nuovi ritmi. Ciò spaventava in maniera crescente la coppia perché un sentore di appagamento, di eccitazione nel suo insinuarsi nella vita dei ragazzi, nelle sue nuove routine, si era sostituito progressivamente alla fase iniziale di adattamento che, forse, sarebbe stata solamente una parentesi e nulla più. No, così ora non era: in quei primi giorni del nuovo anno Sabine appariva come una donna matura e piena di se nel quotidiano mettere in campo tutta la sua esperienza, passione, curiosità, una sensazione che ai genitori non piaceva, aveva il profumo pungente delle spezie di cui la figlia raccontava nelle sue chiamate tramite web, quelle spezie che ora avevano il colore e il sapore piccante delle giornate e delle emozioni.

Sopraggiunse velocemente pure marzo, l'ultima parte di quell'anno scolastico: fu un mese ancora più caldo e ricco di tensioni dovute agli ultimi esami, alle ultime interrogazioni, un mese al quale Sabine dedicò tutta se stessa nello spronare i ragazzi all'immersione negli studi, motivandoli senza sosta, dando loro il senso della riuscita quando i voti erano brillanti, appassionandoli in conversazioni private, individuali, stupendo i professori locali che in quella totale dedizione alla sua professione vedevano un aspetto inconsueto, il lato nascosto e caparbio della ragazza.

Era ammirata da tutti: Sabine voleva vincere la sua distanza culturale appianandola con il suo fraterno interesse nei confronti dei ragazzi. Chi dormiva nel college, spesso, nelle ore non scolastiche, la coinvolgeva in studi collettivi, le chiedeva aiuto e ascolto e lei mai si sottraeva alle chiamate, pronta a vincere al fianco dei ragazzi e delle ragazze. Alle volte Praveen stesso non la trovava quando l'avrebbe voluta in ufficio, doveva delegare la ricerca di Sabine ad altri studenti che la segnalavano chiusa in camera con ragazze o in aule vuote con ragazzi per cesellare le pronunce, le frasi, incrementare il vocabolario di una lingua che ora era, per molti di loro, meno ostica, più fluida.

Fu una domenica di metà marzo, giornata memorabile in cui il tempo si fermò, chiedendo a Sabine attenzione, una calda domenica in cui la ragazza tedesca si staccò dal college per giungere solitaria alla penisola di Vypin, speculare a quella sulla quale sorgeva Fort Kochi, arrivando sulle spiagge del mar arabico grazie al traghetto, più lento nel percorso rispetto agli autobus, generoso nel donare una piacevole brezza sul viso in quelle giornate calde.

Sabine sedeva rilassata sulla costa marina, ne sentiva davvero il bisogno dopo settimane di intensa attività didattica e psicologica nel supportare le incertezze di alcuni alunni.

Sedeva al riparo dal sole del mezzogiorno in un chioschetto rivolto al mare: tra lei e le onde una larga spiaggia sulla quale, in quell'ora rovente, solamente i cani randagi, alla ricerca di cibo, si litigavano con i corvi pesci rifiutati e marcescenti, abbandonati dai pescatori poco prima nel ripulire le reti dal pescato della notte.

Cani rossi, tutti uguali tra loro, eccitati dalla possibilità di poter mangiare qualcosa, ignorati dalle persone che, solitarie, facevano due passi sul margine delle onde e della sabbia, rinfrescandosi i piedi con la spuma bianca di flussi salati e gentili. La battigia era un confine indefinito sul quale s'incontravano due mondi.

I corvi erano a decine, ovunque, chiassosi come sempre, insolenti come sempre; tra loro anche qualche nibbio bruno, l'aquila pariah, la meno evidente nel piumaggio come le avevano insegnato.

Accanto a Sabine un gruppetto di palme da cocco sulle quali gli scoiattoli litigavano per tutto, soprattutto per le femmine. I maschi, in quei giorni, erano irrequieti.

Vezzose, le ipotetiche future compagne li stimolavano al litigio per capire chi aveva le carte in regole per accoppiarsi con loro generando nuove nascite.

Gettò alcuni popcorn sul terreno per vedere la reazione dei roditori curiosi: un paio di essi, così immaginava Sabine in una storia che si creò nella mente guardandoli, quasi adatta ai disegni animati, stabilirono una tregua avvicinandosi con rapidi passettini e numerose soste, con fare diffidente, ai popcorn rotolati non lontano dal tronco, afferrandone un paio a testa per poi correre velocissimi lungo il legno morbido e rugoso del fusto della palma e rosicchiarli in tranquillità sulle biforcazioni delle vigorose foglie sfrangiate.

A Sabine ricordava quel frangente l'età nella quale, piccina, lanciava il pane secco ai colombi nei parchi scommettendo con papà e mamma su quale degli uccelli avrebbe afferrato il tozzo di pane, ovviamente lanciato in direzione di quello sul quale aveva rivolto la preferenza, canzonata dai genitori che in quelle piccole truffe trovavano il pretesto per farla indispettire e ridere.

Sulle rocce che delimitavano la linea di demarcazione tra la strada e la spiaggia, un agamide scaldava da tempo il suo sangue al sole: era una lucertola di buone dimensioni, sicuramente un maschio per l'aspetto di piccolo drago dalla cresta in quel momento alzata, più per espandere la superficie di contatto con i raggi solari che di minaccia. Non lontano una femmina, di dimensioni inferiori, faceva capolino con la testa tra due rocce nelle quali una larga fessura concedeva riparo a rettili come loro o a topolini che durante la notte avrebbero cercato ogni tipo di cibo. Sabine osservava il mare, riusciva in quei lunghi momenti a non pensare a nulla; anche la gente di passaggio la vedeva così assorta da non avvicinarsi per riempirla di domande dettate dalla curiosità di scoprire cosa facesse una ragazza bianca e sola seduta in quel posto.

Solamente una coppia con due bambini molto piccoli la distolse dal suo non pensare, chiedendole di scattare loro una foto di famiglia con il cellulare dell'uomo.

In seguito la madre, una bella ragazza dai fianchi larghi per i parti recenti e dal sorriso candido, le chiese una foto assieme come ricordo. Sabine acconsentì abbracciandola lateralmente mentre il marito cercava la giusta inquadratura, spronando la donna indiana a imitarla, a fare, come stava in quel momento eseguendo lei, il gesto dell'indice e medio alzati a V, spiazzando la donna già ingessata nella classica posa di tutte le foto ufficiose dello stile indiano.

Sabine non voleva un esito triste a quell'incontro, solleticò con irriverenza rispettosa i fianchi della donna che cedette alla scherzosa provocazione della ragazza.

La famiglia keralita fu soddisfatta di quell'incontrò e la salutò lasciandola di nuovo sola con la sua mente in elaborazione costante, pungente.

Si sedette di nuovo: la lucertola era corsa veloce sollevandosi, tipico atteggiamento in molti sauri, sulle quattro zampe, muovendo scompostamente la coda a destra e sinistra per bilanciare l'andatura; il branco di cani ora sedeva non lontano al riparo di alcune palme digerendo il pesce conquistato nella battaglia sulla sabbia con i corvi, il mare cantava la sua canzone vecchia come il mondo, ritmica e ipnotica, quel giorno dolce nel moto ondoso regolare.

Un paio di cani cercava di rigettare delle lische che pungevano loro la gola, spalancando le mascelle, portando la lingua all'infuori sino al limite, producendo una sorta di tosse. Poco distante un grosso maschio saliva sulla femmina in calore per accoppiarsi, una scena vista tante volte tra i mille randagi della città.

Ordinò l'ennesima bibita fredda, si accese una sigaretta, in seguito ben nascosta con la mano sotto il tavolino, aspirandone il fumo solo quando sicura di non essere vista.

Non voleva trovarsi nell'imbarazzo di una sgridata di qualche anziano keralita ligio alle leggi, per altro da molti, nelle direttive contro il fumo in pubblico, non rispettate.

Si concentrò sul tempo rimasto, pianse.

Pianse improvvisamente senza un motivo specifico ma con mille motivazioni confusamente sovrapposte; pianse perché era certa che nessuno di chi la conosceva l'avrebbe vista, che nessuno avrebbe mai saputo che quelle lacrime erano rivolte a Praveen, Leela, Sasikala, a ogni ragazzo e ragazza del college, a tutti quei professori che l'avevano aiutata al suo progressivo adattamento, a Tanvir con il quale aveva condiviso pochi dialoghi per la sua mancanza di conoscenza dell'inglese ma con il quale aveva spartito centinaia di chilometri sulle strade mal ridotte o ben tenute, polverose e sterrate di rossa laterite ferrosa nei loro spostamenti legati all'attività del college.

Da una parte Berlino era oramai visibile: l'anno scolastico keralita era quasi al termine e Sabine era cosciente del fatto che avrebbe ottenuto, assieme ai ragazzi più coinvolti negli studi accanto a lei, qualche buon risultato, qualche successo personale. Berlino, gli amici, la famiglia, Ulrike, i pub, la vita occidentale, era lì a poche settimane e nei prossimi giorni avrebbe dovuto decidere l'acquisto di un volo per il rientro, ma la sensazione dell'abbandono era forte, abbandono nei confronti di adolescenti che la vedevano come insegnante e sorella, amica che aveva condotto piccole lotte per dar loro nuovi strumenti per crescere nella didattica. Quale sentimento avrebbe prevalso? Quale Sabine avrebbe deciso e cosa?

Si sentiva in quel momento subdolamente egoista, un'occidentale individualista pronta a slacciare rapporti legati nella fiducia e nell'amicizia per ritrovare le sue sicurezze.

Ma soprattutto: quelle sicurezze sarebbero state solo conforto e placebo o reali volontà per un'esistenza serena e duratura?

La ragazza tedesca, cui mancava un po' la possibilità di indossare gonna e tacchi, ritrovare la sua vita notturna e la spensieratezza delle notti berlinesi, avrebbe avuto la meglio sulla ragazza in churidar e ciabatte infradito maturata accanto a giovani che, assieme a lei, avevano condiviso timori, aspettative?

Avrebbe vinto la fredda tedesca o la donna che aveva abbattuto le certezze accademiche imparando a uscire dalle sue timidezze culturali, le diversità, sforzandosi per accogliere e proteggere una ragazza che aveva messo in gioco tutte le sue certezze, maturando giorno dopo giorno assieme a coloro che ancora erano lontani dalla maturità di uomini e donne del sud indiano?

Le lacrime dell'occhio destro erano dedicate a Berlino, quelle dell'occhio sinistro al Kerala: nel mezzo tutti i dubbi e le poche certezze nel futuro di una donna ora sul confine emotivo del dolore profondo.

Le lacrime scendevano delicatamente, il Kerala e Berlino s'incontravano sul suo viso come rigagnoli di montagna cui manca la forza di generare il torrente impetuoso.

Avrebbe dispettosamente voluto tornare a quella sera nella quale un direttore di college indiano le aveva mandato una mail, non aprire quel link, spostarlo nel cestino della casella mail e telefonare a Ulrike per uscire assieme, ignorando quel futuro anonimo e incerto che ora era invece parte integrante del suo vissuto e del suo presente? Avrebbe voluto decidere diversamente perché aveva paura in quel momento, mentre gli scoiattoli attendevano altri popcorn ai piedi della palma, osservandola con piccoli occhi neri come bottoncini di vetro, mentre i cani, dopo l'accoppiamento, sbadigliavano pigri come uomini ai bordi delle strade di quella terra che le era entrata dentro, mentre i corvi le rubavano le briciole del suo toast, mentre la gente la osservava indecisa se avvicinarsi e porgerle un fazzoletto per asciugarsi gli occhi?

Aveva paura in quel momento in cui il tempo si fermò nella dimensione dei fusi orari della sua Germania e dell'India, timore che avrebbe deciso cose che la destabilizzavano emotivamente?

Cos'era paura, pensava, se non la mancanza di un riflesso di vita che si espone al futuro vincendo la volontà di essere nel presente?

Cos'era il futuro se non un magma di incertezze da affrontare nella consapevolezza del 'qui ed ora' appreso sulle strade, nel latrato dei cani, nella vita di migliaia di persone, nell'approccio timido con la voglia di capire?

Divenire donna ora era decidere: sapeva nel profondo della sua età indefinibile tra la fine definitiva della giovinezza e la consapevolezza adulta, che quella decisione avrebbe condizionato la vita sua e di tanti altri.

Fu distratta da una manina che le tirava ripetutamente il risvolto del churidar.

Una bambina le chiese se poteva fotografarsi con lei: le si avvicinò timida e innocente come tutte le bambine del mondo e del Kerala, porgendole la sua richiesta con la voce bassa e con poche parole di cui alcune in malayalam, anche se Sabine capì senza dubbi la richiesta. Alzò lo sguardo verso la bimba e le chiese il nome:

"Mi chiamo Anju, signora..."

Dalla borsa Sabine estrasse uno specchio e il kajal per truccarsi quegli occhi color ghiaccio che scioglievano lacrime, le sorrise dicendole di avvicinarsi, l'abbracciò indicando il padre pronto allo scatto, aprì il suo cuore in un sorriso sincero e con la mano le fece solletico sotto il braccio opposto per spronarla a ridere. Voleva gioia e gioia ebbe: il padre e la madre di Anju risero, Sabine baciò sulla fronte la bambina, attenta a non sporcarle il tilaka rosso tra gli occhi; l'abbracciò forte senza che la bambina ne capisse il motivo e guardandole ancora quegli occhioni color cioccolato le disse *nannì*, grazie, solo quello e nella sua lingua.

Praveen, Shri...

Il direttore entrò in ufficio, come sempre, senza preavviso. Appena aprì la porta, e Sabine alzò lo sguardo salvando il file sul quale stava completando una relazione tradotta in tedesco e inglese, la figura snella dell'uomo, illuminato in viso dal riflesso di un raggio di sole strisciante attraverso le tende di cotone leggero, apparve, senza nessun rumore che ne preannunciasse l'ingresso. Praveen appariva con una leggerezza cui Sabine in tutti quei mesi mai si era abituata.

Un fantasma, ma scuro come cioccolato fondente. Shri Praveen Kumar, il suo direttore.

Si salutarono: l'uomo le si sedette accanto sorridendole, la ragazza capì che non era in quel momento, in quel luogo, entrato per il consueto formalismo del saluto e della circostanza, ma fu diretto nel chiederle ciò che lo voleva lì:

"Sabineji, è oramai l'ultima fase del periodo scolastico: so che state lavorando sodo nella preparazione degli esami in lingua inglese e come sempre mi compiaccio del tuo entusiasmo, ma hai già pensato alla data del tuo rientro? Se acquisti un biglietto all'ultimo momento, e lo sai bene, il costo sarà maggiore."

Sabine lo guardò incerta nell'iniziare una risposta, ancora poco chiara ma in parte abbozzata nei suoi, ancora per poco, confusi pensieri.

Lo osservava silenziosa, ticchettava nervosamente la sua biro sul foglio bianco in cui aveva precedentemente delineato una serie di punti per sviluppare con metodo la sua relazione, una sorta di bilancio finale sulla sua esperienza, sul valore dell'interscambio, sulle motivazioni degli alunni all'arrivo nel college e in quelle ultime settimane dopo mesi di lavoro congiunto.

Ticchettava e il direttore appoggiò la sua mano, scura e nodosa, forte e paterna, sulla spalla della ragazza, incrociandone lo sguardo, guardandola attraverso le sue minute lenti ovali.

Gli occhiali gli discesero sul naso scorrendo sul sudore gocciolante di quella giornata umida, il sorriso era sincero ma interrogativo.

La ventola del ventilatore ruotava al massimo della velocità, ma non era sufficiente. Sabine taceva.

Alle loro spalle il cortile brulicava di vita: i ragazzi attendevano l'inizio delle lezioni schiamazzando, chiacchierando, alcuni canticchiavano un motivo pop ma in malayalam, una sorta di buffo rap sciolto e ritmato nella loro lingua. Ascoltarne la litania musicale era piacevole.

"Immagino Praveen dovrà contattare di nuovo un altro neolaureato per proseguire il progetto: l'Ente di relazione tra le Università tedesche e keralite mi ha scritto la settimana scorsa che anche il suo parere è positivo e l'esperienza merita un seguito, o sbaglio?"

"Non sbagli affatto Sabine: hai lavorato rigorosamente e bene e i ragazzi, soprattutto le ragazze, hanno trovato quegli stimoli necessari all'applicazione metodica. Alcuni di loro hanno quasi un accento convincente, quando li stimolo conversando con loro in inglese; non siamo ancora a Oxford, direi però che i miglioramenti ci sono e di ciò ti ringrazio."

Nessuno dei due puntava al nocciolo del discorso, mutando direzione repentinamente, continuando il dialogo con frasi ricche di puntini, di sospensioni, soprattutto Praveen, con fare molto indiano, arguto e consapevole di dove Sabine voleva portarlo.

Ma attendeva. Come la mangusta attende nascosta dalle frasche un serpente pronto a sfidarlo nella sua danza mortale.

Praveen danzava con lei acquattato nelle frasche delle sue consapevolezze.

Voleva aprire il cuore della ragazza e si concedeva il tempo necessario a far sì che ciò accadesse con naturalezza.

"Certo, sarebbe un peccato arrivasse nel college una figura con problemi di adattamento, i ragazzi perderebbero tempo adattandosi alla nuova condizione, ciò tarderebbe la ripresa della didattica, davvero un peccato…"

I puntini, le sospensioni dialettiche aumentavano.

"Un grande peccato se ciò accadesse, Sabine: volesse il cielo che i semi da te seminati germoglieranno immediati, magari ci vorrà il monsone anche in questo, solamente il tempo fornirà le risposte che cerco…"

"E lei, direttore Praveen… ji, dovrà iniziare di nuovo la ricerca, la selezione dei nuovi alunni che dai villaggi si sposteranno nel collegio e chi arriverà faticherà un po' a capire le situazioni, le probabilità di successo nel credere in un ragazzo piuttosto che in un altro…"

"Probabilmente sarà così, ma non fu così anche per te all'inizio?"

"Sì, lo fu ma si potrebbe evitare tutto ciò, non crede?"

"Sabine sii diretta: vuoi rimanere? Non nasconderti?"

Sabine si richiuse nel suo silenzio iniziale: non si attendeva un appello così diretto.

Perlomeno terminarono improvvisi i puntini nel dialogo, le sospensioni reciproche: la freccia scoccata stava raggiungendo il bersaglio.

Praveen era un arciere della dialettica dalle grandi doti, come l'eroico Arjuna sulle immagini della Bagavad Gita, accanto al Dio Krishna.

Sabine, nonostante le riflessioni degli ultimi giorni a riguardo, era ancora piena di angosce, contrapposizioni interiori, insicurezze. Era ancora sospesa sul suo mondo 10000 chilometri a ovest di quella realtà, così le piaceva definirsi. La Germania la chiamava, il Kerala la reclamava. Sabine era al centro di un doppio appello talmente forte da abbattere ogni sua convinzione.

In quel momento iniziò pero a percepire il significato della chiamata, confuso e roboante, squillante come una campana, come un tamburo percosso nei templi.

Iniziava a capire le chiamate di suore, missionari, bramini, viaggiatori del passato.

Il richiamo che mette in discussione la vita consolidata offrendo in cambio l'incertezza di un'alternativa possibile, affascinante, lacunosa.

Lacunosa... per questo vita: in quel momento le si chiarì il senso dei mesi trascorsi a Kochi, non tanto nelle nuove conoscenze di una cultura a lei lontana, nemmeno nel gusto della sfida, vinta o persa che sia non era quello il tema sul quale si focalizzava davanti al suo direttore in quel momento.

Il senso del tutto era l'incertezza della vita, un atto di fiducia totale nel credere che esistere è una scommessa incerta.

Fiducia in un Dio, fiducia negli amici, fiducia nelle nuvole che incombono portando la pioggia, fiducia nel sole che arriverà nascosto da quelle nuvole, fiducia in se stessi, soprattutto e su tutto, fiducia in se stessi.

La ruota gira, punti su di te, bingo!
Questa è la vita, pensava sabine: centrare il bingo quanto la puntata è grossa e vale la pena il rischiarne le evoluzioni occulte, senza badare a percentuali e statistiche, ascoltando la voce del cuore che sussurra tremenda e ruffiana, suggerisce e si zittisce in successione nel farlo.

Praveen le disse che sarebbe tornato presto: era in quel momento l'ora del suo chai del mattino.

Sabine sorrise al vecchio direttore, arguto anche nella scelta del momento nel quale lasciare la ragazza sola con i propri pensieri celati, ascoltando i richiami sempre più squillanti, cercando le risposte a mille domande. La ragazza si alzò dalla poltrona da ufficio in finta pelle, scostò la tenda, accostò il suo viso al vetro della finestra chiusa.

Davanti a lei i ragazzi: li osservava dal suo piano, leggermente sopraelevato rispetto al cortile, seppure non era un vero primo piano, solo rialzato.

Alcuni ragazzi le rivolsero il loro sguardo timido sorridendole, lei ricambiò sovrappensiero, fu l'istinto ad assottigliare le sue labbra in uno sbadato sorriso.

Osservava assorta il grosso albero di jackfruit nel centro del cortile: l'anno scorso al suo arrivo i frutti erano maturi, oggi quattro nuovi sincarpi acerbi, grossi come palloni ovali, stavano maturando ben attaccati al grosso picciolo sul tronco. Alcune farfalle gialle e nere svolazzavano senza un'apparente metà, ondeggiando lievi come pensieri felici tra le calde correnti di una giornata tersa e piacevole, come tante di quel periodo: le piogge vere erano lontane.

Sasikala era in disparte chiacchierando assieme a un paio d'amiche: Sabine immaginava commentasse l'esame di hindi o di storia, di matematica o di ragazzi, per quanto il flirt non appartenesse alla loro adolescenza, ma, nel segreto delle loro confessioni, le ragazze parlavano spesso tra loro giudicando chi aveva il sorriso più affascinante, la voce più bella, gli occhi più dolci.

Le ragazze erano adolescenti con tutti gli ormoni dell'età, così i ragazzi: tutti loro vivevano soffocate emozioni comunicandole segretamente all'interno delle cerchie più intime, discorsi che nascevano e morivano nel momento in cui si esaurivano, ma erano parte della loro crescita, delle confessioni tra coetanei.

Sasikala la vide e la salutò ciondolando velocemente il viso, sorridendole con affetto, aggiustandosi con la mano gli occhialoni sempre troppo grandi per il suo viso fine e sottile, agitando la mano in sua direzione.

Sabine la imitò nel ciondolare il capo, scompigliandosi i capelli sciolti: aprì la finestra, attirando così l'attenzione di tutti i ragazzi e le ragazze oramai in attesa della campana che li chiamasse nelle rispettive classi, li salutò tutti, uno per uno, nome per nome come mai aveva fatto.

Uno per uno, ragazzi e ragazze, senza dimenticare nessuno, senza sbagliare un nome e mentre la sua voce, scandita e forte, usciva da quella stanza per raggiungere ognuno di loro, Praveen tornava nell'ufficio, silenzioso, osservandola ancora una volta affettuoso, lo era sempre stato, sin dalle prime mail.

La ragazza accostò le ante della finestra, si girò sorprendendosi di trovare di nuovo il direttore in ufficio, raccolse alcuni fogli volati via, conseguenza diretta delle forti folate del ventilatore, sempre al massimo della potenza in quella giornata calda di fine estate, fissò diretta negli occhi Praveen ed esclamò quasi trionfante:

"Nessun aereo! Se Praveen lo vorrà, io lo voglio!"

Praveen non si sorprese più di tanto, anzi mostrava di avere ricevuto una conferma attesa. Le sorrise dicendole che avrebbero scritto agli enti per prorogare di un altro anno la sua presenza, sarebbero tornati a Trivandrum all'ufficio immigrazione per estendere il visto, ovviamente avrebbero informato presto della decisione presa i ragazzi e i professori.

Una notizia per molti inattesa, ma solo fino a un certo punto: in tanti avevano sperato in questo omaggio, per loro e per lei dal sapore di gratificazione, sapore di frutta e di dolcetti.

Avevano in questa decisione riposto molte speranze soprattutto i ragazzi che in Sabine avevano scoperto una sorta di sorella maggiore, 'chechi', come oramai alcuni la chiamavano nei fuori orari scolastici.

Fu durante il pranzo nell'affollata mensa che il direttore comunicò a titolo definitivo la notizia ('vero Sabine che non cambierai idea?', le sussurrò coprendosi il volto con la mano perché nessuno udisse la sua domanda). Professori, aiutanti di cucina, impiegati seduti e rapidi nel raccogliere con le dita della mano destra a pinza il riso, per poi amalgamarlo spaientemente con le salse, in silenzio ascoltarono il direttore mentre comunicava a tutti loro la notizia.

Più di uno di loro lasciò ricadere sul piatto d'acciaio il riso già condito, altri portarono alla bocca bocconi sproporzionati, anche sconditi in seguito alla sorpresa. Tutti assieme applaudirono alla decisione di Sabine, Leela pianse di nascosto, così altre colleghe.

Sasikala si alzò in piedi e urlò a tutti gli alunni la sua gioia, innescando un virulento canto.

Tutti in coro, urlarono, cantando, 'Jay oh', vittoria, anche la ragazza sapeva che Jaya significava proprio vittoria, un misto di compiacimento e grande gioia collettiva.

Allora si alzò, guardò tutti e, danzando ancheggiando, scimmiottando una giovane attrice di Mumbai, gridava assieme a tutti il suo 'Jay ho'.

Quella contingenza divertita le ricordava tanto la percezione di vittoria del ragazzo che in 'The Millionaire' esultava nella canzone della sigla iniziale, oggi inno di tutti gli adolescenti dell'India quando assaporavano una conquista, una gioia appagante nell'avere ottenuto una vittoria.

"Ora però dovrò comunicarlo ai miei genitori, Shri Praveen: non so se la risposta sarà pure un Jay oh, ne dubito, ma ho scelto; crescere è scegliere, anche quando, nel farlo, sai di perdere una parte di te, almeno temporaneamente."

"No Sabine, ciò è quello che credi tu, vedila piuttosto come la rinuncia del tuo ego nel soddisfare invece la tua nuova personalità. Stai consapevolmente scegliendo di amare ciò che fai, condividendo la tua esistenza alla ricerca della vera donna che sta maturando. La farfalla dispiega le ali uscendo dal bozzolo, è timorosa, non sa quasi nulla del mondo ma si ferma un po', assorta in un tempo per noi così breve, per lei eterno, rimanendo raccolta mentre le ali si asciugano. Poi, e solo allora, vola. Questo fa: vola, senza chiedersi altro e nel farlo porta la bellezza e la forza di farlo senza consapevolezza, solo l'istinto di un piccolo cuore che in se ha la saggezza di millenni."

Quelle parole rimasero incise nella ragazza: una farfalla, non si era mai immaginata metafora di una farfalla ma le piacque immediatamente.

Il bozzolo si era aperto e, sì, aveva paura di volare in quel momento, ma avrebbe con forza sbattuto le ali sino a trovare il ritmo giusto e abbandonarsi alle correnti, al suo flusso vitale.

La consapevolezza era in quel momento forza e certezza, avrebbe cercato di trasmetterlo alla sua famiglia.

Si sedette, la sala era rumorosa, la notizia aveva monopolizzato i discorsi di tutti. Leela la osservava compiaciuta, Sabine le strizzò un occhio lasciando scivolare una lacrima timorosa rimasta sospesa, ancora non completamente formata, sull'angolo dell'occhio sinistro.

Sabine, con la mano destra, prese una porzione di riso scondito, lo mescolò a una salsa di sugo al pomodoro, spezie e peperoncini verdi, prese anche una piccola porzione di pollo galleggiante nella salsa e con noncuranza e naturalezza finì il suo pranzo, non prima di gustarsi una larga fetta di dolcissimo ananas.

Alla fine del pranzo si lavò le mani in uno dei lavandini presenti nella sala e si concesse alle mille interviste e strette di mani di professori e ragazzi.

Si sentiva a casa: quella era la sua casa ora, quei cibi le erano oramai familiari, completamente assuefatta alla piccantezza, anzi, per rendere alla situazione un tono scherzoso, nascondendo i suoi piccoli e pungenti dolori ancora presenti, lo sarebbero stati a lungo, fece qualcosa che le venne d'istinto ma che già da settimane escogitava.

Afferrò una porzione di chapati chiudendola a fagotto attorno ad un cucchiaio di mango pickle, portandosi il boccone tra le labbra, carico di tutta la piccantezza della pungente salsa, mangiando la saporita salsa macerata nel peperoncino con un sol boccone, lasciando che il fuoco le esplodesse in gola, sulle labbra, nel palato, strizzando gli occhi all'inverosimile, ridendo assieme a tutti coloro che accompagnarono quel gesto ridendo e battendo le mani.

Sì, era a casa, una casa a cui non avrebbe rinunciato, almeno per un altro anno: qui e ora anche in quella giornata adatta e voluta per le decisioni, gli stimoli, la crescita.

Si sentiva donna e avrebbe rimandato ad altro momento consapevolezze e illazioni logiche: determinare la vita era crescere, se lo ripeteva di continuo. Ora levitava sui cieli del Kerala con il suo spirito, con le ultime lacrime che le scioglievano il kajal dagli occhi rigandole il viso, con le mani che la stringevano, gli occhi che le sorridevano, le parole d'affetto di almeno tre generazioni di insegnanti e ragazzi.

Praveen la prese per un braccio prima, con entrambi poi, le alzò il viso per avere nei suoi lo sguardo ora timidamente fisso sul pavimento, le strinse un occhio e le chiese:

"Sai come si dice farfalla in malayalam? Chitrashalabham, magnifica falena, non esattamente *farfalla*, ma *magnifica falena* che in sé nasconde il meraviglioso simbolismo della metamorfosi volta alla ricerca della luce. Se tramite la scelta che hai compiuto troverai la strada, la tua strada, verso la trasformazione e la luce della tua vita, sarò fiero di avere in parte contribuito a ciò, ma stai volando con le tue ali Sabine, chitrashalabham, magnifica falena. Grazie a nome di tutti, ora vai in camera, hai bisogno di volare in solitudine e spiegare le ali con fierezza."

Sabine non aggiunse nulla: sorrise al direttore e si pulì il viso dal kajal colato peggiorando la situazione, spargendolo ancora di più in quella che ora sembrava quasi una maschera, aumentando l'ilarità di chi la osservava, in particolar modo di Praveen che l'accomiatò borbottando:

"Sei pronta per il kathakali ora, oppure, prima di spiegare le ali, hai bisogno di una bella rinfrescata."

Uscì dalla sala camminando e canticchiando una canzone sacra e allegra cercando Tanvir, l'autista, che l'avrebbe accompagnato in banca per depositare le rette mensili.

Sabine arrivò alla sua stanza, ne chiuse la porta lasciando tutto il mondo al di fuori, si guardò allo specchio e, ridendo, disse ad alta voce per sentire la sua voce:

"Chitrashalabham, magnifica falena... sembro piuttosto un moscone che ronza!"

Allora si lavò il viso, truccandosi gli occhi di quel finto ghiaccio che ne determinavano il colore, ghiaccio oramai disciolto per l'abitudine al sorriso oramai consolidata. Per riconquistare tutta la sua fermezza continuò il trucco ponendosi anche un bindi rosso sulla fronte e, dopo essersi cambiata il churidar, tornò al suo ufficio dove l'attendevano un paio di ragazzi per perfezionare lo stentato inglese preparando gli esami.

Quella era la sua vita da un anno, quella sarebbe stata ancora per un anno.

Qui e ora, si vola nel presente per volteggiare ancora più felici nel futuro. Accese un bastoncino d'incenso per poi porlo sulla sua piccola puja sulla quale metteva sempre fiorellini freschi raccolti nel cortile o acquistati in strada, ringraziò la statua di Shiva che la guardava immobile, s'inchinò agli dei, tutti gli dei del mondo perché fossero un unico dio, questo era in lei radicato da settimane divenendo consapevolezza consolidata.

Beate e Friedrich

La giornata trascorse senza ulteriori pensieri: le conversazioni in inglese del pomeriggio l'assorbirono al punto di non pensare ad altro che al suo lavoro con gli alunni. Si concesse una piccola pausa pomeridiana solamente per bersi il chai delle quattro preparato dalla cuoca che oramai sapeva bene come personalizzarne il sapore: Sabine amava anche un po' di zenzero e coriandolo infusi per aromatizzarlo. Leela entrò nella sua stanza e le si sedette accanto.

"Riesci sempre a stupirmi Sabine. Ci contavo in questa tua decisione, ma ti confesso che non mi ero illusa, credevo sino in fondo che la tua città ti mancasse al punto da voler tornare, mi spaventava però saperti poi senza un progetto di vita. Oddio, un po' m'illudo che tu abbia così scelto anche in nome della nostra amicizia!"

Sabine le sorrise dolcemente, le carezzò i lunghi capelli neri raccolti in una lunga coda tagliata a metà da un fermaglio nero con brillantini finti incollati alla plastica plasmando un pavone stilizzato, un gioiello economico ma di grande effetto decorativo in quella chioma.

"Razionalmente Leela non posso spiegare la scelta, ma so, ne sono consapevole sino in fondo, che la nostra amicizia è forte; tornerei così volentieri alla tua casa nei prossimi giorni, ora non sento più la malinconia di quella volta, ricordi?"

Leela ricordava la tristezza dipinta sul volto di Sabine quando, sedute in quel ristorante in Fort Kochi, non lontano dal mare, attendendo le noodles fintamente ispirate dalla cucina cinese, lasciò vagare la sua mente lontano, sulle onde di quel mare, percorrendole a ritroso sino alle coste europee, vagando oltre, tra monti che la donna keralita non conosceva, tra pianure solamente immaginate e altri monti e pianure e foreste, e laghi e fiumi dalle correnti impetuose e acque limacciose o argentine, sino alla sua Berlino.

"Ora non più Leelaji: certo, la mia città mi manca, la mia famiglia su tutto, ma ho pensato che ancora più forte mi sarebbe mancato l'essere qui, l'essere ancora al tuo fianco come colleghe e amiche e non voglio poi trovarmi nervosa a tredici ore d'aereo vivendo nella depressione, che dici?"

Ridendo la donna keralita le confermò che la decisione era saggia.

Le chiese quindi, in confidenza, cosa le avesse detto Praveen reggendole le braccia sulla soglia del refettorio; Sabine le spiegò come il direttore la definì, chitrashalabham, farfalla o magnifica falena, così a Sabine parve di capire.

"Si Sabine, il direttore vuole che così tu ti percepisca e così ti voglio anch'io vedere: una metamorfosi che ti porti alla tua felicità, il tuo volare ora verso la luce della tua vita dovrà essere nel pieno delle tue scelte."

Sabine le spiegò invece che in un film di qualche anno fa la falena era simbolo invece di metamorfosi e morte, un film dove un serial killer allevava queste falene per immedesimarsi in loro: morte e trasformazione.

Il film si chiamava "Il Silenzio Degli Innocenti" e raccontava proprio di un assassino che nella falena, nel suo significato d'insetto notturno, con le ali dipinte di scuro, raffiguranti un teschio stilizzato, si chiamava ricordò proprio sfinge testa di morto, la farfalla in questione, ispirava i suoi crimini.

Leela la guardò e ridendo le borbottò strizzando gli occhi con disapprovazione:

"Quanto siete stupidi voi occidentali a volte. Dimenticate che nella morte c'è il seme della vita, che nella farfalla che vive di notte c'è la controparte che vive di giorno, che gli opposti si compensano. Per fortuna che hai scelto di rimanere in India, il lavoro è ancora lungo ma vedrai che nulla è disperazione, ti ripulirò ogni giorno un po' di più. Ovviamente scherzo, però comprendi in ciò che ti ho detto una profonda verità: osserva la natura e trai i tuoi significati, impara. Quel film non lo approvo!"

"Ok, però ti garantisco che la tensione era forte e me lo sono divorato e rivisto due volte!"

Ridendo si promisero di andare assieme al cinema presto per sognare con una storia d'amore.

Il chai era terminato, Sabine aveva quella mattina gli ultimi colloqui individuali, uno dei quali con Manu, un ragazzo difficile per colpa di un passato di miseria e rassegnazione, ma che, lezione dopo lezione, aveva trovato la forza nel credere che anche lo studio dell'inglese ne avrebbe giovato al suo futuro.

Sabine alla fine della sua lezione svelò al ragazzo che anche lui era una chitrashalabham, una farfalla, una magnifica falena, doveva solo migliorare il suo bozzolo e uscirne agli esami con ali vittoriose.

Il ragazzo non capì del tutto, ma ne accettò il senso generale. Forse Sabine non aveva espresso completamente il suo concetto, ma Manu le promise che avrebbe conversato in inglese con i suoi compagni di stanza nel college per migliorarsi ancora di più. Di ciò Sabine era consapevole.

Rimanevano ora i suoi genitori, capitolo tra i più dolenti: si rese conto che si gettò sul lavoro per tutta la restante parte della giornata nel tentativo, immaturo ma comprensibile, di rimandare qualcosa che la spaventava.

Cosa avrebbe pensato la razionale mamma Beate e suo padre, mente aperta ma padre affettuoso ed estremamente protettivo?

Ne avrebbero capito le sfumature di una determinazione sofferta ma consapevole?

Solo accendendo Skype avrebbe risolto l'arcano ma era ancora presto, in Germania il padre era al lavoro, nonostante la sfiorasse la tentazione, un po' vigliacca, di scrivere una lunga mail, risolvendo così il tutto.

Decise invece che una magnifica falena avrebbe dovuto affrontare le voci di suo padre e di sua madre, senza rimandare ancora: d'altronde, pure loro, da giorni, le chiedevano la data di rientro.

Per quanto in quelle ore fosse logorata dalle paure quella chiamata non poteva attendere oltre.

Aveva tre ore abbondanti di margine, non sarebbe rimasta ad attendere chiusa tra le mura del college, sentiva la necessità di respirare, uscire.

Così fece incamminandosi verso il supermercato a lei tanto caro, unico posto nel raggio di chilometri dove avrebbe trovato una birra senza dover portare con lei un uomo autorizzato nell'acquistare alcolici.

Scelse la strada meno diretta, tra gli stretti vicoli affollati di persone, ma non congestionati dal solito andirivieni di auto-richsaw e motociclette; sulla sua destra un paio di carretti, che vendevano mele e papaye, erano gremiti di uomini e donne che ne contrattavano, con scarsi risultati, il prezzo.

A quell'ora della giornata uomini e donne erano ovunque indaffarati in rientri a casa, nelle ultime spese per la cena, oppure diretti alle proprie moschee, templi o chiese, in attesa dell'inizio delle funzioni del tardo pomeriggio.

Fu proprio una Chiesa che in quel momento, tramite un disco che diffondeva musiche cristiane chiamando i fedeli all'interno, attirò la sua attenzione. La scorse in un vicolo nel quale mai era transitata e le piacque immediatamente nella sua semplicità, bianca candida nelle pareti esterne, in contrasto con l'ampio cortile spoglio di terra rossa e una barriera di palme posteriore che forgiava uno scenario in cui il bianco risaltava ancora di più, sporgendosi con le architetture luminose verso l'alto, conquistando lembi di cielo con le sue geometrie sinuose nelle due guglie laterali.

Lasciò le sue ciabatte di pelle all'esterno, tra tante altre, ben accostate e ordinate dove invece il disordine regnava tra mucchi di altre ciabatte spesso simili se non uguali. Entrò.

Il canto religioso in malayalam era dolce, così diverso dai ricordi delle sue Chiese solitamente protestanti; entrò timorosamente senza aspettarsi nulla se non la pace e l'atmosfera di raccoglimento della preghiera. Il parroco saliva sull'altare proprio in quel momento, un uomo piccolo e tarchiato, giovane nel viso nonostante i capelli in parte grigi.

Sabine non riusciva dar lui un'età, forse aveva quaranta, al massimo quarantacinque anni, che importava?

Si sedette su una delle panche delle retrovie.

Sul lato destro della navata centrale, accanto a lei, una Madonna tipicamente indiana, nel suo essere circondata da un'aureola di lucine intermittenti sul velo, gli indiani amano le luci attorno alle icone di culto.

Silenziosa e assorta ascoltò le preghiere in malayalam.

I pochi fedeli erano quasi tutte donne: se non fosse per l'assenza del tilaka sulla fronte non le avrebbe distinte da altre donne ma hindu. Stessi sari, stessi colori, stesso modo fiero nel camminare scalze, con la schiene ben diritte nonostante anni di stenti e privazioni, stesso sguardo arguto di occhi circondati da rughe inverosimili, piccole fenditure sul mondo spalancate tra lembi di pelle oramai flaccidi per l'età, palpebre cadenti, bocche raggrinzite, mani scheletriche dalle lunghe dita ora giunte in preghiera.

Sabine pensò a cosa era servito pregare tutti quegli anni per poi non avere nulla di diverso nella vita se non la solita e travagliata esistenza di migliaia di altre donne che nelle diverse fedi chiedevano qualcosa di più del nulla e della miseria.

Eppure le loro mani erano giunte, il loro viso chinato le raccoglieva in preghiera ascoltando il sermone del pastore.

Sabine non se ne accorse, ma una di loro, giungendo alle sue spalle silenziosa nei passi a piedi scalzi, le si sedette accanto raccogliendosi come tutte le altre in quel momento: solo lei rimaneva seduta diritta, osservando, riflettendo.

Per lei era già un grande passo l'essere entrata in quel luogo, quasi richiamata da una voce inudibile, senza motivazioni ben precise.

Iniziò allora a riflettere sulla sua spiritualità, sui motivi che l'avevano portata ad allestire la piccola puja hindu nella sua camera: emulazione di un esotismo intrigante o vera ispirazione mistica?

Ricordava le parole di un bramino che qualche mese prima, quando lei gli chiese perché tanti dei, perché tanti culti, le rispose in semplicità che quegli dei erano solo il frutto della loro cultura antica.

Assieme rappresentavano il retaggio di manifestazioni che nell'assieme erano alla fine il volto dell'uno che si manifesta in tante morfologie al fine di giungere nei cuori di ognuno, quasi personalizzando il volto, il culto, per non mutare solo verso la mera esecuzione liturgica. Ricordò ancora le parole che il bramino le porse sussurrando:

"Vai oltre l'aspetto, entra nel tuo cuore, collega il chakra del tuo cuore alla corona più alta, ai chakra oltre il terzo occhio, quelli rivolti al divino: cosa senti? Cosa provi? Senti in te un'energia, un fluido incontrollabile, il senso di umiltà umana nei confronti di qualcosa di molto più grande? Se così è, allora Ganesha è come il Dio cristiano. Allah o Shiva, Parvati o Maria, Krishna o Cristo sono solo nomi, icone, simboli di qualcosa che non ha simbologia, energie di misteri incomprensibili se non supportati dalla fede o dalla rivelazione, dalla percezione che l'essere umano, in un grande atto d'umiltà, è un pulviscolo di egoismo nel Cosmo, che energie molto più arcaiche e potenti della sua esistenza stessa sono fluidi invisibili percepibili solo nel profondo della propria coscienza."

In questo Sabine capì il senso della meditazione come porta dischiusa nel proprio io inconscio: le vibrazioni dei mantra, delle preghiere, dei sutra, dei canti, divenivano vibrazioni energetiche, atti d'umiltà nei quali caste, posizioni sociali, sparivano e si appiattivano nei confronti di un universo molto più ampio, dove l'esistere in quanto esseri deve esulare dall'egoismo, dalla chiusura.

Pensò per la prima volta a Madre Teresa, piccola suora cristiana votata alla cura di centinaia di uomini e donne in maggioranza hindu, senza chiedere nulla in cambio, conversioni o santità, in questo molto affine con la filosofia della carità che vuole abbattere l'ego per vincere in un sentimento universale.

Pensò anche ai tanti europei incontrati giunti nel sud indiano alla ricerca di ashram, di guru, di un momento di misticismo esotico. Ne aveva conosciuti più d'uno in quei mesi: erano per lo più notai, banchieri, insegnanti, un ceto piccolo e borghese giunto sin lì senza la necessaria convinzione, una finta parentesi di ipocrita misticismo all'interno di una vita scritta nel perbenismo.

Per molti di essi la spinta mistica era determinata in parte dall'esotismo, solamente esotismi che seguivano mode e atteggiamenti di una new-age superficiale e borghese.

Fortunatamente, non tutti erano così, in alcuni apprezzava la sobrietà d'intenti e il profondo analizzare il se.

In quel momento il suo sentimento, per quanto confuso e completamente in definizione, era così lontano da tutto ciò.

Ancora non comprendeva cosa in lei stesse maturando, ma a ciò s'abbandonava con sincerità, intesa come purezza, e le prime scintille di una fede molto più profonda, per quanto embrionale nell'immensità del significato intrinseco e complesso, in lei divenivano la certezza che la sua scelta di rimanere ancora un anno, era l'occasione per approfondire la sua consapevolezza del se.

Ciò un po' la turbava per la difficoltà, ma l'attraeva per la bellezza di rivelazioni più profonde e complete.

La donna al suo fianco la guardò sorridendole, Sabine contraccambiò. Il sorriso era forse l'aspetto più seducente di quella nuova vita, il mezzo più semplice per comunicare. Scoprì in quei mesi non essere la parola la primaria direttiva di comunicazione, ma il silenzio nell'empatia del volto che sorride. Quanto fredda era la sua esistenza prima, quanto sforzo aveva compiuto in quei mesi per capire ciò che era sul filo delle sue labbra.

Si alzò inchinandosi alla vecchia donna dal sari consunto, bianco panna con bordature dorate ma non di seta, di semplice cotone, s'inchinò alla statua luminosa della Madonna e uscì.

Avrebbe rimandato ad altro momento la sua birra, ora doveva assolutamente compiere una telefonata in Germania.

Iniziò nella sua stanza la consueta sequenza di trilli di Skype, emulando una telefonata vera.

Un paio di volte la linea cadde, al terzo tentativo udì la voce di sua madre.

"Ciao ragazza, ci si sente sempre meno di questi tempi, procede tutto bene? Hai già acquistato il biglietto di rientro? Ti è costato molto? Nel caso avessi bisogno di qualche aiuto economico esprimicelo tranquillamente, non sarebbe un problema."

Ciò rendeva le cose molto difficili...

"Ciao mamma, papà è lì accanto?"

"Certo professoressa ai tropici sono qui, come si dice? Namaskara, giusto?"

Ridendo Sabine confermò.

"Anche namaste andrebbe bene comunque, accetto il tuo namaskara."

Silenzio...

"Sabine ci sei? Mi senti?"

"Certo mamma, ti sento forte e chiaro... ehm Houston abbiamo un problema nel rientro, mi senti Houston?".

Trovò in quella soluzione comica il primo approccio verso la confessione, impostando scherzosamente il discorso, evitando di essere troppo diretta per non ferire i genitori, o forse, al contrario, avrebbe dovuto puntare diretta al nocciolo della questione, ma si mantenne su quel ruotare attorno alla notizia sperando in una intuizione che le avrebbe reso il tutto più semplice. Oppure, forse no...

"Qui Houston," rispose il padre stando al gioco. "Quale problema hai Sabine nel rientro? Manca carburante? Soldi? Rientri?"

Colpita e affondata: nel silenzio del minuto successivo la conferma di ciò che il padre percepiva, ma la ragazza continuò sul suo stile.

"Houston, in teoria dovrei rientrare ma rimanderei il tutto alla prossima orbita di passaggio per evitare di perdere il contatto Terra-Luna, mi senti Houston? Mamma, papà, io voglio restare, ho prolungato di un altro anno la mia permanenza qui, ho tanto da dire ancora, tanto da capire, da imparare da questa gente, da insegnare a questi ragazzi. Lo so, non sarà facile per voi accettarlo, ma questa che sto vivendo è come una simbiosi, vedo in loro una parte di me, quella parte che ho imparato a comunicare nel tempo, portandoli a migliorarsi nella mia materia. E in me vedo ciò che non avevo mai visto, qualcosa che è ancora embrione, ma matura in fretta. Io ho bisogno, mamma, papà, di rimanere ancora, di andare sino in fondo."

Silenzio... in realtà silenzio e singulti materni: Beate da giorni maturava in lei questa percezione, ora certezza. Sabine era felice nelle rade telefonate dell'ultimo periodo e questa felicità divenne egoismo materno nel sapere quasi con certezza che la figlia le avrebbe detto ciò che lei non voleva. Sperava in un anno quasi sabbatico, nulla più che questo; la realtà era invece ciò che si aspettava e che in quei minuti ebbe quella conferma che non avrebbe auspicato.

"Kerala, ora il problema lo abbiamo a Houston, tua madre è fuori uso, io non so che dire se non che se ciò ti rende felice, in qualche modo accetteremo. Che dici Beate: se Sabine non ha acquistato il suo biglietto, forse è il caso che ne acquistiamo un paio noi. Ovviamente... direzione Kerala!"

Sabine esultò e nel momento in cui lo fece sentì bussare alla porta: era Sasikala, Sabine la invitò a entrare.

"Sasikala vieni qui davanti alla webcam; Hey Houston, questa è Sasikala, la ragazza che stiamo aiutando negli studi e che mi da grandi soddisfazioni, è per lei e per tutti loro che rimango, è per tutti loro, ma anche per me, spero lo capiate..."

"Ciao Sasikala," salutò il padre. "Sabine mi dice che sei molto brava a scuola, per noi è un piacere aiutarti, so che state preparando gli esami finali, lavora sodo e vedrai che andrà tutto bene."

"Papà, magari se invece del tedesco le parlassi in inglese, Sasikala potrebbe anche capirti e risponderti."

Risero tutti, una risata catartica cui s'aggregò anche Beate e fu la madre a ripeterle il commento del marito, ma in inglese.

"Sasikala ciao! Abbiamo appena saputo che Sabine prolungherà la sua permanenza a Kochi e visto che ci manca tanto, saremo noi a volare nel tuo Paese!"

Molto timidamente la ragazzina guardò imbarazzata il piccolo occhio scuro della webcam: era venuta per chiedere a Sabine se le andasse di conversare con lei in inglese, si trovò a farlo per la prima volta con altri occidentali che non fossero la sua insegnate; Sabine la incoraggiò a parlare con i suoi genitori.

"Namaskar!"

"Sì certo, Sabine ha scelto di rimanere e se voi verrete sicuramente vostra figlia vi mostrerà la mia terra. Noi le vogliamo tutti bene, ci sarebbe mancata tanto."

"Mamma, io per un mese non lavorerò: se arrivate in quel periodo, sarò libera e potremo viaggiare attraverso il Kerala assieme; alla fine io ho visto ben poco del paese, ho tutto il tempo di organizzare un tour incantevole."

"Con quello che ci costerà in biglietti e visti ci mancherebbe altro ragazza! Potremo dedicarci un mese di ferie dal lavoro in maggio, mi dicevi che sarai libera in quei giorni."

"Confermato Houston, maggio è ideale, domani vi manderò una mail con i documenti necessari per il visto, procurati i biglietti appena puoi, se voli via Delhi o Mumbai ti costerà meno, poi con volo interno arriverete qui a Kochi, l'aeroporto non è lontano dal mio college, vi verremo a prendere."

La madre ora non singhiozzava più: in quegli anni aveva atteso ogni giorno che quel cordone che le legava sin dal concepimento si sarebbe spezzato, anche se mai avrebbe pensato a una soluzione così radicale. Le sarebbero occorsi mesi per abituarsi all'idea, anche se il suo era più un atto d'egoismo che altro e ne era cosciente. Lasciami essere madre sino alla fine, così avrebbe detto nei giorni successivi al marito che capì lo stato d'animo della moglie.

"Ok Kerala, domani Houston organizza il volo. C'è qualcosa in particolare che ti occorre?"

Sabine ci pensò per un lungo periodo, alla fine esclamò ridendo:

"Certo! Due paia di Birkenstock numero trentanove, nuove e nere! Per un anno intero un paio solo è insufficiente!"

Su quella risposta, ridendo tutti assieme, Sabine e i suoi genitori chiusero la telefonata. Sasikala si pose in disparte per lasciare in intimità la figlia con i genitori, in verità la causa principale fu la non comprensione del tedesco.

Beate si strinse al marito, ora abbandonandosi alle lacrime vere, quelle soffocate durante la telefonata; Friedrich non giocava a fare il duro e non le negò pure le sue lacrime, abbracciandola, baciandole la fronte.

In quel momento non era la sua donna, era totalmente la madre di sua figlia e lui condivideva tutto ciò con profondo amore.

"Beate, ti metterai il pallino in fronte?"

"Sì e tu il gonnellino... come si chiama? Dhoti?"

"Così credo..."

Si guardarono negli occhi, si baciarono come fidanzati perché quel brivido durante i loro baci, sin dai tempi dell'università, mai aveva smesso di vibrare dentro loro, decisero assieme che un paio di birre a testa nel pub vicino sarebbero state ideali per programmare il viaggio futuro.

Terminata la chiamata, Sabine si avvicinò a Sasikala, le sistemò gli occhiali, mai assestati, sul piccolo naso affusolato e la invitò ad andare a riposarsi.

Per oggi non avrebbero conversato preparando l'esame, Sabine doveva e voleva rimanere sola.

Quando Sasikala chiuse la porta della stanza, Sabine si aprì un pacchetto anonimo di patatine del tipo chips, sottili e fritte in un negozietto sulla strada nei pressi di Mattancherry, nel villaggio di Leela. Le piacevano molto e chiedeva spesso a Leela di rimpinguare le sue scorte in stanza quando la fame era nervosa, o semplicemente quando desiderava mangiare solitaria in camera, ascoltando la sua musica.

Leela le portava i sacchetti: concordava che la fragranza delle patatine, quasi sempre fritte in giornata, le rendevano attrazione pericolosa, il gusto era ottimo, arricchito dalle foglioline dell'albero curry dal sapore simile al suo alloro mediterraneo, erano poco salate e molto croccanti.

Mangiando le sue chips aprì sul laptop la cartella musica: nel player un album di Nick Cave, berlinese d'adozione.

Le piaceva la voce calda di quel crooner underground. Il disco era "Murder Ballads", ballate omicide, un disco tremendo nella sua maledetta poesia.

Adorava, come quasi tutte le ragazze, il duetto di Cave con Kylie Minogue "Where The Wild Roses Grow", struggendosi quando la viola, con dolci movimenti d'arco, seguivano il violino di Jen Anderson, sottolineando la poesia di Elisa Day mentre moriva uccisa dal suo amante, una delle dieci ballate maledette del disco.

Cave ispirò il video al quadro di John Everett Millais 'Ophelia', a sua volta ispirato dal suicidio di Ofelia di Shakespeare; Sabine trovava in quelle immagini di estasi, poesia, bellezza e morte, nel rimando al pittore preraffaellita, nella bellezza delle voci contrapposte, cavernosa quella di Nick Cave, miele e purezza quella di Kylie Minogue, una delle maggiori forme d'arte musicale della sua adolescenza.

In questo rimaneva sempre forte il suo essere europea: nella sua musica il conforto di una ricerca sotterranea e astratta, teatrale e psicologica, contrapponendo l'elettronica algida e inumana agli aspetti più psichici del rock. In quell'anno in India, nel quale aveva ascoltato gruppi adolescenziali locali che scimmiottavano soprattutto la musica nera americana, la conferma che una parte della sua musica era davvero un complesso e armonioso frutto di ricerca, poesia, astrazione, filosofia moderna in chiave sonora.

Non avere la sua ricca cartella di mp3 le avrebbe reso difficile la sua permanenza in Kerala: in quegli angoli temporali strappati all'India, le necessità di estraniarsi da tutto, dai rumori, dalla confusione intensa delle strade, dai profumi di Kochi, dalle polveri, era fondamentale.

Esisteva solamente lei ora; assieme a lei, in quel momento, la voce roca di Nick Cave che attaccò "Henry Lee" ora in duetto con Pj Harvey. Pensò che, per quanto romantici in tutta la loro musica, nessun indiano avrebbe mai raggiunto le vette di erotismo e poesia di quel pezzo. Sangue e amore; Sabine apparteneva alla cultura maledetta di un'Europa ferita nei millenni nel nome di troppi falsi miti, ma quello di Eros, sin dalla Grecia antica, bruciava il sacro fuoco della passione.

In quei momenti s'immaginava essere Kylie Minogue, Pj Harvey, Bjork, Liz Fraser e le fredde passioni e i tormenti dei Cocteau Twins, così come Lisa Gerrard che con i Dead Can Dance aveva cavalcato la morte metaforica intrisa d'Oriente e di culti misterici arcaici.

In quei momenti si sentiva lontana da tutto, anche da Dio, qualunque Dio: c'erano solo note nell'aria, una voce uscita dalle caverne che narrava la disperazione, il fumo della sua sigaretta, a volte la birra bevuta direttamente dal collo della bottiglia.

Com'era lontana dalla poesia dei poeti indiani, dalla gioia delle pujas e dei canti sacri anche cristiani, dai colori del Kerala, dai profumi intensi dei fiori, della frutta, degli incensi: il suo mondo in quei momenti era grigio e porpora, il fumo danzava nell'aria nascendo dalle sue labbra, librandosi come spirito tutt'attorno, la morte era nel suo letto come poesia e cultura, un aspetto di se che non avrebbe mai potuto spiegare a nessuno in quel posto.

'O lo sei dentro o lascia stare', così amava dire anche in Germania a chi non capiva il suo trasporto verso certa musica, figuriamoci in quella terra in cui l'amore era deciso a tavolino dalle famiglie, chimera su grande schermo nata e morta nelle pellicole di un cinema astratto dalla realtà mai così romantica.

Si addormentò mentre Lou Reed cantava "Perfect Day", pensando che se quello non fu un giorno proprio perfetto, le tante rivelazioni, decisioni, consapevolezze, l'avevano avvicinata alla perfezione di una giornata da contrassegnare sul calendario.

A diecimila chilometri di distanza Beate e Friedrich bevevano una weiss da lunghi bicchieri tubolari, il pub diffondeva musica: era "Perfect Day", Lou Reed stava legando madre, padre e figlia inconsciamente.

Potere della musica, magia del rock.

Indice

www.ingramcontent.com/pod-product-compliance
Lightning Source LLC
Chambersburg PA
CBHW080951020726
47505CB00009B/2163